Blau03

SONNY STARK

Blau03

Bibliografische Information der Deutschen Nationalbibliothek:
Die Deutsche Nationalbibliothek verzeichnet diese Publikation
in der Deutschen Nationalbibliografie; detaillierte bibliografische
Daten sind im Internet über https://portal.dnb.de/ abrufbar.

© 2023 Sonny Stark
Satz, Umschlaggestaltung, Herstellung und Verlag:
BoD – Books on Demand, Norderstedt

ISBN: 978-3-7526-8236-6

1

Tribandum konnte seine Blicke nicht von dem blauen Planeten abwenden. Die Erde offenbarte ihm ihre ehrfurchtgebietende Schönheit auf dem Hauptschirm des Wissenschaftsdecks. Das Deck, auf dem die Wissenschaftler ihren Dienst verrichteten, war das größte auf dem Forschungsschiff Sirius. Tribandum war ein uraltes humanoides Alien. Nach Erdenjahren gerechnet bereits vor mehreren Jahrtausenden im Sternensystem Abla01 auf dem Planeten Suna74 geboren. Die längste Zeit seiner Existenz hatte Tribandum mit der Erforschung fremder Welten verbracht. Er konnte sich aber nicht daran erinnern, wann er zuletzt einen Planeten gesehen hatte, der ihm so viel Faszination, so viel Bewunderung abverlangte. Lag es vielleicht daran, dass die Lebensformen auf der Erde sich noch immer biologisch fortpflanzten? So, wie er selbst einst gezeugt wurde. Er wusste es nicht. Doch er fühlte eine Verbundenheit zu den menschlichen Bewohnern dieses Planeten, die er sich nicht anders erklären konnte. Jetzt oblag Tribandum eine undankbare Aufgabe. Als Mitglied des Wissenschaftsrates einer intergalaktischen Kooperation von humanoiden Alienrassen musste er darüber entscheiden, was mit der dominanten Spezies auf der Erde geschehen sollte. Die Ansicht der anderen Mitglieder sowie des Vorsitzenden Titawin war in dieser Frage eindeutig. Der Wissenschaftsrat würde der Regierung die dringende Empfehlung aussprechen, die menschliche Spezies aus dem Lebenskreislauf zu extrahieren, um den Fortbestand der Erde und der anderen Lebensformen zu sichern. Anschließend würde der blaue Planet als Kolonie in die Kooperation eingegliedert werden. Tribandum war sich im Klaren darüber, was das für die Menschheit bedeutete. Er hatte diese Prozedur schon unzählige Male begleitet. Die Absonderung einer Spezies bei der Kolonialisierung ihres Heimatplaneten ging mit ihrer Vernichtung einher. Wollte Tribandum das verhindern, so musste er den Rat und insbesondere Titawin davon überzeugen, dass die menschliche Spezies Potenzial zur Weiterentwicklung in eine friedliche Lebensform hatte. Das Problem war nur, Tribandum war selbst nicht davon überzeugt. Seine bisherigen Forschungen über die Menschen mussten im Gegenteil zu dem Schluss führen, dass die Extrahierung der Menschheit zur Rettung anderer Lebensformen, des ökologischen Systems, ja sogar das Planeten selbst, als alternativlos erschien. Um eine abschließende Beurteilung abgeben zu können, hielt Tribandum jedoch weitere Studien für erforderlich. Es war aber sehr fraglich, ob Titawin ihm Zeit dafür geben würde. Derweil analysierte dieser im Hauptlabor der Sirius die neuronale Anatomie der Alienrasse Cron. Er studierte ein dreidimensionales Hologramm. Die Projektion gab eine detaillierte Abbildung aller Neuronen- Verknüpfungen eines Crongehirns wieder. Titawins Überzeugung nach durfte eine Spezies nur dann weiter existieren, wenn sie eine bestimmte Zivilisationsstufe erreicht hatte. Zudem durfte sie ihren Artgenossen, ihren Mitgeschöpfen und ihrer Umwelt keinen Schaden zufügen. Erfüllte sie bereits eines dieser Kriterien nicht, stellte die Eliminierung der gesamten Spezies bei einer Kolonialisierung eines Planeten eine legitime Option dar, ohne Rücksicht oder Mitleid. Titawin hatte den Wissenschaftler Saros-Pi, ebenfalls ein Mitglied des wissenschaftlichen Rates zur Erforschung fremder Rassen, beauftragt, die Cron auf ihren Planeten Cronoton zu beobachten und zu studieren. Saros-Pi hatte mehrere Monate geforscht. Seine Forschungsergebnisse hatten ergeben, dass die Cron seit etwa drei Millionen Jahren existierten. Ihre Technologie und ihre Zivilisation waren sehr weit fortgeschritten. Deutlich weiter als die der Menschen. Ihre detaillierte Geschichtsschreibung reichte etwa 100.000 Jahre zurück. Die Cron lebten in perfekter Harmonie miteinander. Sie hatten ihre Kräfte gebündelt und gemeinsam alle existenziellen Probleme auf ihrem Planeten wie Hunger, Armut und Not beseitigt. Für Titawin stellten die Cron das Idealbild einer Typ-I-Zivilisation dar. Sie lebten im dauerhaften Frieden miteinander und in Koexistenz mit allen anderen Lebewesen sowie ihrer Umwelt. In seinen Augen waren die Cron das genaue Gegenteil der Menschen.

Der Vorsitzende war ganz anders als Tribandum. Ein junges Alien, das erst vor wenigen Hundert Jahren im Sternensystem Cequl Vrigrod in einem Reproduktionslabor für wissenschaftliche Führungskräfte in einer Petrischale erschaffen wurde. Sein Genmaterial bestand aus Vrigrod DNA, die am höchsten entwickelte Spezies des Alpha Sektors mit mehreren Milliarden Galaxien. Titawins genetische Codierung sollte sicherstellen, dass er seine Aufgaben rein objektiv, frei von Emotionen erledigte. Seine Entscheidungen basierten, so war es jedenfalls von seinen Erschaffern vorgesehen, allein auf rationalen und logischen Erwägungen. Tribandum betrat das Labor. Er erblickte Titawin, wie dieser vor der Projektion stand. Der große Humanoid fiel durch seinen starken Knochenbau und die ausgeprägte Muskulatur allein auf, nicht nur wegen seiner hellblauen Haut. Seine Augäpfel glänzten tiefschwarz, aber seine Pupillen leuchteten hell, wie Sterne im dunklen Raum des Universums. Konzentriert starrte der Vorsitzende auf die Daten, die sich vor ihm offenbarten. Er schien von den Cron fasziniert zu sein. Tribandum stellte sich zu Titawin, schaute auf die Projektion des Cron. Mit seiner sehr schlanken Gestalt und seinen langen dünnen Extremitäten fühlte sich Tribandum trotz seiner Körpergröße von zwei Metern winzig neben Titawin.

»Tribandum, sehen Sie sich das an«, sagte Titawin. Er deutete auf die Daten. »Es ist kaum zu glauben.«

»In der Tat. Sehr beeindruckend«, sagte Tribandum.

»Kein einziger Cron ist in den letzten 100 Cronoton-Zyklen durch die Hand eines Artgenossen gestorben. Können Sie sich das vorstellen?«, fragte Titawin erstaunt.

»Sie glauben die Erklärung dafür in den Neuronen-Verbindungen des Cron-Enzephalons zu finden?«, fragte Tribandum zurück.

Titawin schaute auf Tribandum hinab. »100 Cronoton-Zyklen. Ist Ihnen klar, was das bedeutet? Das entspricht hunderttausend Erdenjahren. Die Menschen haben auf der Erde allein in den letzten 100 Jahren 300 Millionen ihrer Artgenossen allein durch Kriege und Mord getötet.« Er schaute wieder zu der Kontrolleinheit des Holografen und änderte mit einer Handbewegung die Projektion. »Das hier ist die Hirnstruktur eines modernen Homo sapiens von der Erde samt all seinen neuronalen und synaptischen Verknüpfungen«, erklärte Titawin. Er machte eine erneute Handbewegung. Es erschien eine weitere Projektion. »Hier zum Vergleich, die von einem modernen Cron vom Planeten Cronoton.«

Die beiden außerirdischen Wissenschaftler sahen sich die Projektionen eine Zeit lang schweigend an.

»Sehen Sie die gravierenden Unterschiede?«, fragte Titawin nach einer Weile.

»Ich kann nichts dergleichen erkennen«, erwiderte Tribandum, während er die Darstellungen betrachtete.

»Genau das ist die Antwort auf Ihre Frage. Es gibt keine Unterschiede. Zwei humanoide Rassen mit nahezu identischen Hirnstrukturen«, sagte Titawin triumphierend. »Keine signifikanten Unterschiede in Volumen, Struktur, Aufbau, Komplexität oder in der biologischen sowie chemischen Zusammensetzung.« Er richtete seinen Blick wieder auf Tribandum. »Dennoch zeigen sie komplett gegensätzliche Verhaltensmuster. Die eine Spezies lebt in absoluter Harmonie mit ihren Artgenossen. Mit allen anderen Lebewesen auch. Die andere hingegen begeht zig-millionenfachen Massenmord an der eigenen Art. Damit nicht genug. Hunderte andere Arten werden vom Menschen gleich ganz ausgerottet.«

Tribandum erwiderte Titawins Blicke nicht. Er schaute weiter auf die Projektionen. »Worauf wollen Sie hinaus?«, fragte er.

»Auf nichts Bestimmtes. Aber ich hoffe, Ihr Bericht wird uns das gewalttätige und zerstörerische Verhalten der Menschen erklären können.«

»Wir wissen nicht, warum ihr Verhalten von solch extremer Aggressivität geprägt ist. Wir wissen insgesamt sehr wenig über diese Spezies. Ich kann zum jetzigen Stand noch keine abschließende Empfehlung für den Umgang mit dem Homo sapiens abgeben. Sie sollten es auch nicht tun.«

»Was wollen Sie, Tribandum?«, fragte Titawin. Er sah ihn abwartend an.

»Mehr Zeit. Ich bin Wissenschaftler. Wissenschaftliche Erkenntnisse erfordern Zeit«, sagte Tribandum. »Lassen Sie mich weiter forschen. Zum jetzigen Zeitpunkt kann ich einer Extrahierung der menschlichen Spezies nicht zustimmen.«

»Der Rat braucht Ihre Zustimmung nicht. Das wissen Sie doch.«

»Aber er verlangt von mir eine wissenschaftlich fundierte Einschätzung. Wie gesagt, dafür reicht unser jetziger Kenntnisstand nicht aus.«

Titawin sah in Tribandums große stechend-grüne Augen, die vor leichter Erregung funkelten. Die weiße Haarpracht des alten Aliens erinnerte an die Mähne eines ausgewachsenen Löwen von den Savannen der Erde und verlieh ihm die einnehmende Aura eines alten weisen Mannes.

»Die Richtlinien sind eindeutig«, sagte Titawin. »Die Menschheit ist eine Typ-0-Zivilisation. Beweisen Sie, dass die Menschen weder sich selbst noch ihren Mitgeschöpfen oder ihrer Umwelt schaden. Gelingt Ihnen das nicht, kann es nur eine Empfehlung des Wissenschaftsrates an die Regierung geben. Wir wissen beide, wie diese aussehen muss. Und jetzt Entschuldigen Sie mich.«

Titawin drehte sich um, ging zu einem Nebenausgang und verließ das Labor. Tribandum stand noch eine Weile allein vor den Projektionen. Eingehend studierte er noch einmal einige Subdateien über die Proteinstruktur der Gehirne der beiden Spezies. Der Vorsitzende hatte offenbar Recht. Keine Unterschiede. Er beendete die Hologramme und ging Richtung Beobachtungskammer am anderen Ende des Labors. Ein kreisförmiger Raum, abgesperrt durch ein unsichtbares Kraftfeld. Der Wissenschaftler sah einen Cron, gleich daneben einen Menschen. Sie lagen regungslos nebeneinander auf zwei Untersuchungstischen. Ihre Hirnströme wurden permanent von Sensoren gescannt, die gewonnenen Daten an die Recheneinheit des Holografen übermittelt. *Warum bist du so gut und du so böse?*, dachte der Forscher. Er ertappte sich bei diesem Gedanken. Tribandum schüttelte den Kopf. Überlegungen in den Kategorien Gut und Böse waren für einen Wissenschaftler nicht angebracht. Er verließ das Labor und trat in den röhrenartigen Flur. Das komplex vernetzte Flursystem verband die verschiedenen Sektionen des Wissenschaftsdecks sowie alle anderen Decks des Schiffes miteinander. Abgesehen vom Boden waren die Gänge durchgehend aus einem durchsichtigen Material konstruiert. Tribandum liebte den freien Blick auf die Sterne. Der Forscher blieb stehen. Er starrte in den Weltraum. Hier fühlte er sich zu Hause, hier draußen im All. Hier wollte er sein. Hier wollte er auch eines Tages sterben. Ein feuerroter Doppelstern war in der Ferne zu sehen. Der leuchtende Himmelskörper erinnerte Tribandum an seinen Heimatplaneten im Abla01-System. Seine Heimat, die er nach dem Tod seiner geliebten Frau vor Tausenden von Jahren verlassen hatte. Nie wieder kehrte er zurück. Er dachte oft an Thalhea. An seine wunderschöne Thalhea, die nur noch in seinen Erinnerungen weiterlebte. Ihr Verlust schmerzte noch immer tief in seiner Brust. In diesen traurigen Momenten versuchte er sich damit zu trösten, dass er sie eines Tages in einer anderen Daseinsform wiedersehen würde. Der Glaube an das Konzept der Seelenwanderung und der Reinkarnation war auch unter den verschiedenen Alienrassen verbreitet. Es schien, als sei der Wunsch nach Wiedergeburt und eines Lebens nach dem Tod ein universelles Phänomen zu sein. Doch Tribandum musste sich eingestehen, dass er sich selbst nur etwas vormachte. Er glaubte nicht wirklich daran. So auch in diesem kurzen Moment des Schwelgens in traurigen Erinnerungen.

Tribandum schloss seine Augen. Im nächsten Augenblick war er wieder zu Hause auf Suna74. Ein herrlicher Sommertag. Der rote Doppelstern Mira strahlte vom blauen Himmel. Vor seinem geistigen Auge sah Tribandum ein fremdes Raumschiff am Himmel. Das mächtige Schiff kam näher, bedrohlich nahe. Plötzlich ein heimtückischer Angriff. Eine riesige Explosion, dann noch eine und noch eine und unzählige weitere. Dann Stille. Sein Heimatplanet nur noch Schutt und Asche. Überall Feuer, Rauch und der Gestank von verbranntem Fleisch. Tribandum in den Trümmern seines Hauses. Er hält Thalhea in seinen Armen. Sie ist blutüberströmt, atmet nicht, kein Herzschlag. Das Alien schreit vor Verzweiflung in einer furchterregenden, markerschütternden Frequenz seiner fremdartigen Alien-Stimme. Sein 6-jähriger Sohn Tegemun steht daneben. In zerfetzter Kleidung, blutenden Wunden an seinem zarten Kindskörper. Panisch weit aufgerissene Augen. Der außerirdische Junge zittert am ganzen kleinen Körper, ansonsten ist sein Laib regungslos, gefangen in einer festen Schockstarre. Wie in einem Albtraum, aus dem man ausbrechen möchte, aber nicht kann. Es gibt kein Entkommen. Man ist gelähmt und kann nicht aufwachen. Dem Horror hilflos ausgeliefert. Tribandum riss die Augen wieder auf. Er rang um Fassung. Schließlich wandte er hektisch seinen Blick von den Sternen ab, setzte hastig seinen Weg fort. Er wollte zum Freizeitdeck, schnellstens auf andere Gedanken kommen. Tribandum eilte zum nächstgelegenen Lift. Beim Eintreten traf er auf ein Besatzungsmitglied. Es war Dr. Cursa vom Zeta Leonis System. Die Xenophilosophin gehörte dem Ethikrat der Kooperation an. Die Ethiker an Bord bewerteten die Empfehlungen des Wissenschaftsrates aus ethisch-moralischer Sicht. Ein Korrektiv, um Eugenik und Euthanasie bei der Kolonisierung von Planeten vorzubeugen. Der Vorsitzende dieser Kontrollinstanz war Tegemun, Tribandums Sohn. Der Junge, der seiner Mutter auf grausame Weise beim Sterben zusehen musste.

»Cursa«, sagte Tribandum und nickte ihr zu.

Er stellte sich neben sie. Cursa war ein großes humanoides Alien mit der Figur einer sehr schlanken Menschenfrau. Ihre Haut war so weiß wie frischer, unberührter Schnee. Ihr Haupt war im Verhältnis zu ihrer restlichen Statur auffällig groß. Ihr Antlitz war anmutig. Tribandum schaute ihr gerne ins Gesicht.

»Hallo«, sagte sie und sah ihn mit ihren dunklen Augen an. »Auch zum Freizeitdeck?«

»Ja.«

Sie schwiegen, bis der Lift anhielt. Die Türen öffneten sich. Tribandum deutete mit seiner Hand zum Ausgang des Liftes. »Nach Ihnen.«

»Sehr aufmerksam«, entgegnete Cursa. Sie trat aus dem Lift.

Tribandum folgte ihr in den Gang, an dessen Ende sich eine Bar befand. Die Bar war bei den Besatzungsmitgliedern sehr beliebt.

»Wie weit ist Ihre Abteilung mit der Beurteilung der Spezies Homo sapiens von der Erde?«, fragte Cursa.

»Wir maßen uns an, über das Schicksal ganzer Rassen zu entscheiden. Ich frage mich, woher wir uns das Recht dazu nehmen.«

Cursa schwieg. Sie hatte keine Antwort auf diese Frage und so gingen sie schweigend weiter. In der Bar angekommen, erblickten sie mehrere Besatzungsmitglieder. Aliens, die auf der Suche nach etwas Zerstreuung und Gesellschaft ebenfalls das Deck aufgesucht hatten. Außerirdische Lebensformen aus allen vier Quadranten der Galaxis aßen, tranken, unterhielten sich. Humanoide, Arachnoide, vogel-, reptilien- sowie insektenartige extraterrestrische Wesen hatten sich in der geräumigen Lounge versammelt. Ein riesiges Panoramafenster erlaubte ihnen einen Blick in Richtung ihrer weit entfernten Heimatplaneten. Es lief eine zurückhaltende, unaufdringliche Musik im Hintergrund. Ähnlich einer Harfenmelodie, kombiniert mit dem Spiel einer Shakuhachi, der japanischen Bambuslängsflöte. Entspannt, fast schon meditierend. Begleitet wurde der harmonische Melos durch die kaum wahrnehmbare Vibration im Zusammenspiel mit dem Summen der Stabilisatoren, die das Raumschiff schwebend im

Erdorbit hielten. Die musisch ausgewogene Geräuschkulisse verlor ihre Homogenität durch die linguistischen Besonderheiten der gesprochenen Sprachen der zahlreich anwesenden Aliens. Einige sprachen mit wenig Höhen und Tiefen, der Klang war monoton, staccatoartig. Andere wiederum benutzten ausschließlich Konsonanten. Der Atemluftstrom wurde, während der Aussprache im Mundraum gehemmt, was zu einer geringen akustischen Reichweite führte. Diese Aliens sprachen deutlich lauter. Ihre Sprache klang hart. Wieder andere hatten viele Vokale in den Worten, die sie miteinander austauschten. Durch den ungehinderten Luftstrom beim Aussprechen sowie der verschiedenen Betonung der Selbstlaute entstand eine angenehme Sprachmelodie. Es waren aber auch Aliens anwesend, die still für sich allein waren. Sie lasen holografische Texte, schauten sich dreidimensionale Projektionen an, tranken bunte Getränke aus schlanken Gefäßen, ähnlich einem Reagenzglas oder anderen Behältern, die man aus einem herkömmlichen Chemielabor kennt. Einige der Außerirdischen starrten einfach nur aus dem Panoramafenster. Cursa und Tribandum verschafften sich einen kurzen Überblick über das Geschehen. Die Philosophin ergriff die Initiative, indem sie mit ihrem langen dünnen Finger auf zwei freie Plätze an der Bar zeigte. »Lust auf ein gusgollianisches Ale?«

»Ich möchte lieber allein sein.«

»Ja, sicher. Und deswegen kommen Sie auf das meistbesuchte Deck des ganzen Schiffes.«

»Na schön«, murrte Tribandum.

Sie gingen zur Bar, setzten sich an den Tresen. Der halbkreisförmige Bartresen erhellte dezent seine unmittelbare Umgebung mit einem leichten Blauschimmer. Das helle Gesicht von Cursa nahm die Farbe des Lichtes an, ebenso die weiße Mähne von Tribandum. Hinter dem Tresen stand der Humanoid Za'Ul, ein Gusgollianer. Eine friedliche, zugleich äußerst devote, servile Spezies. Verstreut in der ganzen Galaxis, für höher entwickelte Rassen einfache Dienstleistungen erbringend.

»Niemand macht besseres gusgollianisches Ale als Za'Ul«, sagte Cursa.

Tribandums Laune hatte sich nicht gebessert. »Ich bin beeindruckt.«

Cursa gab nicht auf. »Seien Sie kein oxylianischer Lurch. Geben Sie ihm wenigstens eine Chance.«

Tribandum verzog fragend sein Gesicht. »Ein was?«

»Schon gut. Also nehmen Sie jetzt auch einen oder nicht?«

»Von mir aus.«

Za'Ul kam dazu, stütze sich mit seinen Händen an seiner Theke ab. Er beugte sich mit seiner schmächtigen Gestalt nach vorne zu seinen neuen Gästen. Seine violette Haut schimmerte in dem blauen Licht noch etwas mehr als sonst. »Cursa, es ist mir immer wieder eine Freude, dich an meiner Bar begrüßen zu dürfen«, sagte er lächelnd. Dann schaute er zu Tribandum, verneigte sich. »Tribandum, schön, dass Sie auch mal wieder vorbeischauen«, sagte er ebenso lächelnd.

»Woher kennen Sie meinen Namen?«

Za'Uls Lächeln vertiefte sich. »Ein gusgollianischer Barmann vergisst niemals einen seiner Gäste«, erklärte er. »Ich hatte die Ehre, Ihnen einen reichlich gesüßten madorianischen Tee zu servieren, als die Sirius Mador Urilla kartografierte.«

Tribandum musterte den Barmann skeptisch. »Das wissen Sie noch? Mador Urilla haben wir vor über 100 Erdenjahren kartografiert.«

»Darf ich Ihnen heute wieder einen Tee servieren, fein gesüßt mit echtem madorianischen Honig?«, fragte Za'Ul höflich.

»Nein. Wir nehmen das Ale aus Ihrer Heimat.«

Za'Ul sah zu Cursa. »Ist die Wahl des Herren der Dame genehm?«

»Sehr genehm«, antwortete Cursa.

»Sehr gern. Eine exzellente Wahl«, sagte Za'Ul mit einem leichten Nicken.

Er verließ seine Gäste wieder, um sich an die Arbeit zu machen.

Tribandum schaute dem Barmann hinterher. »Erstaunliches Erinnerungsvermögen. Sympathisch obendrein.«

»Warten Sie erst mal sein Ale ab. Dann werden Sie ihn lieben«, sagte Cursa erfreut.

»Wir werden sehen.«

Sie warteten auf ihre Getränke. Tribandum saß teilnahmslos an der Bar. Er starrte vor sich hin. Cursa bemerkte, dass Tribandum mit seinen Gedanken ganz woanders war. Es war kein Geheimnis auf dem Wissenschaftsdeck, dass Tribandum fasziniert von den Menschen war. Auch, dass der dienstälteste Wissenschaftler deswegen einen schweren Stand bei Titawin und seinen Kollegen im Wissenschaftsrat hatte, war allgemein bekannt. Cursa überlegte, ob sie das Thema ansprechen sollte. Neugierig war sie schon sehr, wollte Tribandum aber auch nicht damit belästigen. Plötzlich drehte Tribandum seinen Kopf zu Cursa.

»Was ist?«, fragte sie verunsichert.

»Nun fragen Sie schon«, sagte er.

Tribandum hatte sie überrascht und verunsichert. »Sie wollen wissen, warum ich bei dem Thema Erde und der Spezies Mensch anderer Meinung bin als der gesamte wissenschaftliche Stab. Ja, sogar als jeder andere auf dem Schiff.«

»Woher wissen Sie-?«

»Ihre Frage vorhin im Lift«, unterbrach Tribandum.

»Ich habe doch nur gefragt, wie weit Ihre Abteilung mit der Bewertung ist«, versuchte Cursa sich rauszureden.

»Ich weiß, was Sie gefragt haben«, entgegnete Tribandum. »Gemeint haben Sie aber, warum setzt sich dieser alte Sturkopf so sehr für die Menschen ein?«

Cursa nickte anerkennend. »Alle Achtung. Ja, Sie haben Recht. Alle auf dem Schiff, einschließlich die Mitglieder meiner Ethikkommission, stellen sich diese Frage.«

Za'Ul servierte die Getränke. Er bediente zuerst Cursa, anschließend Tribandum. Die beiden beobachteten die punktuelle, helle Pigmentierung aufs Za'Uls zierlichen Händen. »Die Dame, bitte schön, und der Herr. Ich hoffe doch sehr, dass die Getränke Ihnen munden werden«, sagte der Barmann, der die Körpergröße eines durchschnittlicher Erdenmannes hatte. Er verbeugte sich und ließ seine Gäste allein. Tribandum zögerte nicht lange. Er nahm sogleich einen Schluck von seinem Ale.

»Mmmh«, sagte er.

Er nahm gleich noch einen Schluck, nickte Cursa zu, als er sein Getränk wieder auf der Bar abstellte. Sie freute sich über seine Geste und lächelte ihn an.

»Dieser Barmann versteht etwas von seiner Profession. Ich sollte ihn öfter aufsuchen«, sagte Tribandum.

»Habe ich doch gesagt«, sagte Cursa lächelnd.

»Trotzdem liebe ich ihn nicht«, sagte Tribandum.

Cursa musste lachen. Tribandum lachte nicht mit. Er schaute sie ernst an. »Wissen Sie, dass mein Sohn der Vorsitzende Ihrer Kommission ist?«, fragte Tribandum.

»Ja, das weiß ich.«

»Was wissen Sie noch über mich?«

Cursa nahm noch einen Schluck von ihrem Getränk. »Sie sind der älteste und erfahrenste Wissenschaftsoffizier in der gesamten Kooperation«, sagte sie. »Sie arbeiten auf dem Flaggschiff der Forschungsflotte. Sie haben eine Spitzenposition, obwohl Sie ein Natürlich-Gezeugter sind.«

Tribandum zog seine buschigen Augenbrauen zusammen. Sein Blick wurde noch ernster, als er ohnehin schon war.

»Oh, das tut mir leid! Sie wissen, wie ich das meine. Ich wollte nur meinen Respekt vor Ihrer Leistung zum Ausdruck bringen. Wir wissen ja beide, dass …« Cursa hielt inne, fand nicht die richtigen Worte und schwieg.

»Was wissen wir?«, fragte Tribandum.

»Hören Sie, ich wollte Ihnen nicht zu nahetreten. Vergessen Sie es einfach.« Cursa starrte verunsichert auf ihr Ale, dann wanderte ihr Blick wieder zu ihrem Kollegen.

Tribandum schaute ihr in die Augen. »Außer der Art und Weise meiner Zeugung scheinen Sie nicht allzu viel über mich zu wissen.«

»Reiten Sie doch nicht darauf herum. Ich habe mich doch entschuldigt«, sagte Cursa.

»Ich bin Diskriminierungen wegen meiner Herkunft gewohnt. Machen Sie sich deswegen keine Gedanken.«

»Worum geht es Ihnen dann?«, fragte sie.

»Um die Beantwortung Ihrer Frage«, entgegnete er. »Wenn Sie meine Beweggründe verstehen wollen, sollten Sie etwas über mich wissen.«

»Was meinen Sie, Tribandum?«

Er drehte nun auch seinen Körper zu ihr. »Wissen Sie, dass mein Sohn mich für den Tod seiner Mutter verantwortlich macht?«

»Nein, das wusste ich nicht. Er spricht nur über seine Arbeit.«

»Thalhea wurde vor etwa 4.000 Erdenjahren auf meinem Heimatplaneten bei einem Angriff der Benthak getötet.«

»Wie schrecklich! Mein herzliches Beileid.«

Tribandum senkte den Kopf. Der alte Wissenschaftler wich Cursas Blicken aus. »Ist schon gut.«

Er verweilte einen Moment schweigend in der Position. Dann richtete er sich in seinem Sitz auf und schaute Cursa wieder an. »Meine Regierung hat daraufhin alle Benthak getötet. Verstehen Sie, was ich sage?«, insistierte er. »Nicht nur die aggressiven Angreifer, sondern *alle* Benthak. 70 Milliarden friedliche Lebewesen, die nichts mit dem Angriff zu tun hatten. Die gesamte Rasse, einfach ausgelöscht.«

Tribandum senkte seinen Blick erneut. Er machte eine kurze Pause, fuhr dann fort: »Ich hatte die Benthak zuvor als eine friedliche und harmlose Spezies eingestuft. Mein Sohn ist der Meinung, ich hätte mich geirrt. Deswegen habe seine Mutter sterben müssen. Er hat mir niemals verziehen. Er hasst mich.«

»Wie sehen Sie das jetzt? Jetzt im Nachhinein? War es ein Fehlurteil?«

»Es ist grundfalsch, eine gesamte Rasse auszurotten, weil einige wenige Vertreter dieser Art aggressiv und gefährlich sind«, antwortete Tribandum überzeugt. »Jetzt sind wir hier, im Erdorbit. Es geht um das Leben von acht Milliarden Menschen. Wir dürfen nicht zulassen, dass wieder eine gesamte Spezies wegen der Fehler einiger weniger vernichtet wird.«

»Das verstehe ich. Ich stimme Ihnen grundsätzlich auch ohne Vorbehalt zu. Aber sind nicht alle Menschen brutal und feindselig? Das ist doch eine völlig andere Situation.«

»Haben Sie jemals mit einem Menschen zu tun gehabt? Einen von ihnen kennengelernt, mit ihm kommuniziert?«, fragte Tribandum nach.

»Nein. Niemand hat das bisher. Können die überhaupt kommunizieren?«, fragte sie.

»Wenn Sie nicht mal das wissen, dann wissen Sie gar nichts über die Menschen. Wie können Sie dann ein Pauschalurteil über acht Milliarden Individuen fällen?«

Die Philosophin und Ethikerin presste ihre Lippen zusammen. Eine Antwort fiel ihr nicht ein.

»Es ist nichts weiter als ein gefährliches Vorurteil, Doktor.«

Tribandum trank sein Ale in einem Schluck aus. Er knallte das leere Glas auf die Theke. Das Alien erhob sich bedächtig von seinem Platz, baute sich dicht vor Cursa auf. Es schaute zu ihr runter. Mit zusammengekniffenen Augen sah es in Cursas tiefschwarze Pupillen. »Dort, wo die Liebe herrscht, sind alle Gesetze entbehrlich.«

Seine Aussprache war sanft, fast schon emotional. Sie passte nicht zu der dominanten Körpersprache und den einschüchternden Blicken des großen Aliens, was Cursa noch weiter verunsicherte. Sie hielt sich mit beiden Händen an ihrem Getränk fest, blickte zu Tribandum hinauf.

»Das hat ein Kollege von Ihnen gesagt. Vor etwa 2400 Jahren im alten Griechenland auf der Erde. Er hieß Aristoteles, war ein bedeutender Philosoph und ein Mensch«, erklärte Tribandum.

Cursa nickte.

»Ich sage Ihnen was, Dr. Cursa. Ein gutgemeinter Rat eines Freundes. Sie sollten sich zurückhalten mit Ihren Vorurteilen.

Natürlich-Gezeugte sind nicht weniger wert und nicht alle Menschen sind grausame Bestien. Jetzt entschuldigen Sie mich bitte. Danke für das Getränk.« Er drehte sich weg, verließ mit schnellen Schritten die Bar. Tribandum ließ Cursa nachdenklich zurück.

***

2

Der nächste Morgen. Tribandum trat aus seinem Quartier in den Gang. Er hatte sehr schlecht geschlafen. Die schmerzenden Erinnerungen an seine Frau Thalhea und der Völkermord an den Benthak hatten ihn in seinen Träumen verfolgt. Es half nichts. Deprimiert und übermüdet machte er sich auf den Weg zu dem großen Besprechungssaal des Hauptlabors auf dem Wissenschaftsdeck. Titawin rief für diesen Tag den Wissenschaftsrat ein. Es stand eine wichtige Entscheidung auf der Tagesordnung. Tribandum erreichte den Besprechungsraum. Er trat ein. Der Rat war bereits vollständig versammelt. Die Expertenrunde bestand aus insgesamt fünf Wissenschaftlern. Allesamt hoch qualifizierte Aliens aus entfernten Teilen der Galaxis. Drei von ihnen standen zusammen in einer Ecke des Raumes. Sie unterhielten sich. Tribandum grüßte die Wissenschaftler mit einem Nicken. Dann nahm er gleich seinen Platz am Ende des ellipsenförmigen Tisches ein. Ihm war nicht nach Smalltalk. Der Tisch war zugleich ein hoch entwickelter Quantenrechner, der über dreidimensionale holografische Schirme bedient wurde. Tribandums Sitz führte eine DNA-Analyse durch. Der Scanner identifizierte sekundenschnell Tribandums genetischen Abdruck. Dateien über die Cron erschienen auf Tribandums Schirm. Schlecht gelaunt und unmotiviert begann er sich einen Überblick über die Datenflut zu verschaffen. Im nächsten Augenblick betrat Titawin den Raum. Der Vorsitzende nutzte einen anderen Eingang. Er kam direkt aus seinem Bereitschaftraum, der an das Hauptlabor angeschlossen war. Ohne lange Begrüßungsrituale stellte sich das mit Abstand jüngste Alien unter den Anwesenden an das andere Ende des Tisches. Er startete ein lebensgroßes Hologramm eines männlichen Cron. Die übrigen Wissenschaftler verstanden die Botschaft. Titawin wollte ohne große Umschweife mit der Arbeit beginnen. Sie nahmen ihre Plätze ein, wurden identifiziert. Auch auf ihren Schirmen erschienen die Cron-Dateien. Titawin setzte sich. »Sehr geehrte Kollegen, ich begrüße Sie zu unserer heutigen Sitzung. Der Rat ist vollständig besetzt. Die Sitzung ist eröffnet.«

Die Anwesenden nickten ihrem Vorsitzenden zu.

»Wir werden heute über die Zukunft des Planeten Cronoton sowie das Schicksal seiner Bewohner entscheiden. Saros-Pi, Sie haben das Wort«, sagte er zu einem der Aliens.

Titawin hatte Saros-Pi und dessen wissenschaftliches Team für diese Aufgabe ausgesucht, da Saros-Pi Dagonier war. Dagonier genossen in der Galaxis den Ruf, ausgezeichnete Forscher hervorzubringen. Sie waren eine hoch entwickelte Spezies, verwandt mit Titawins Rasse der Vrigrod, der führenden Rasse in diesem Quadranten der Galaxis.

»Danke, Herr Vorsitzender«, sagte Saros-Pi. Er war ein großes Alien mit hellgrauer Haut und schlankem Körperbau. »Sehr geehrte Kollegen, ich werde mich kurzfassen. Da Ihnen allen mein Bericht bereits vorliegt, dürfte klar sein, wie meine Empfehlung aussehen wird.«

Bis auf Tribandum nickten alle Ratsmitglieder sowie auch der Vorsitzende ihrem berichterstattenden Kollegen zu.

»Die Cron sind eine friedliche Rasse und eine Klasse-I-Zivilisation. Das heißt, sie sind in der Lage, die gesamte Energie ihres Muttersterns zu nutzen«, erklärte Saros-Pi. »Sie stellen keine Bedrohung für sich selbst, ihre Umwelt oder ihre Mitgeschöpfe dar. Sie sind empfindungsfähig und intelligent. Sie sind in der Lage, den Fortbestand ihrer Art mit den ihnen zur Verfügung stehenden Ressourcen zu sichern, ohne ihre Umwelt zu gefährden.« Er bediente einige Schaltflächen auf seinem Display. Die holografische Projektion änderte sich. Es erschienen zahlenähnliche

Symbole neben dem Cron-Hologramm. »Darüber hinaus sind
sie so weit fortgeschritten, dass sie die Schwächen der primitiven biologischen Fortpflanzung erkannt haben«, fügte er hinzu,
machte eine kurze Pause. Dann drehte er seinen langen Hals zu
Tribandum. Saros-Pi suchte mit seinen großen schwarzen Augen Blickkontakt zu ihm, dem offiziell einzigen auf natürliche
Weise gezeugten Lebewesen auf dem Schiff. Tribandum zeigte
äußerlich keine Reaktion. Er erwiderte den Blick nicht. Aber die
Diskriminierung hatte ihn getroffen. Saros-Pi setzte seine Erklä-
rungen fort. »Durch ausschließliche Reproduktion in speziell zu
diesem Zweck errichteten Laboren haben sie, wie alle höheren
Zivilisationen, die mögliche Degeneration ihrer Art durch unkontrollierte Mutationen oder der Vererbung von defekten oder
minderwertigen Genen und Gensequenzen unterbunden. Es ist
dadurch ausgeschlossen, dass sich die Cron jemals in eine aggressive Rasse entwickeln können«, sagte Saros-Pi.

»Eugenik!«, platzte es aus Tribandum heraus.

Die anwesenden Wissenschaftler richteten ihre Blicke auf ihn.

»Das, was Sie hier hoch anpreisen, ist Eugenik in seiner reinsten
Form, Herr Kollege, nichts anderes!«, fuhr Tribandum Saros-Pi
an.

Tecton, der rechts neben Tribandum saß, nickte anerkennend.
Tecton stammte vom Sternsystem Roh Indi. Die Indi waren eine
friedliebende Rasse mit einem fundamentalen Respekt vor jeder
Art von intelligentem Leben.

»Das war kein Angriff gegen Sie oder Ihre Spezies«, sagte Saros-
Pi emotionslos. »Ich trage lediglich die Fakten vor.«

»Das, was Sie Degeneration, unkontrollierte Mutation und Vererbung minderwertiger Gene nennen, sind die Basis für Vielfalt,
Variation, Diversität. Die Wurzeln, der Ursprung der Identität
einer jeden Rasse«, entgegnete Tribandum.

»Das, was Sie Eugenik nennen, Herr Kollege, ist der Grund
dafür, warum die Cron sich seit fast 100 Cronoton-Zyklen nicht
mehr gegenseitig umgebracht haben«, beharrte Saros-Pi.

»Woher wissen Sie das?«, fragte Tribandum. »Verwechseln Sie nicht Korrelationen mit Kausalitäten.«

Titawin ergriff das Wort. »Meine Herren, ich möchte Sie daran erinnern, dass wir eine Empfehlung bezüglich der Zukunft der Cron abgeben sollen. Die Frage, die Sie diskutieren, kann der Ethikrat beantworten, wenn es nötig werden sollte«, sagte er und beendete den Schlagabtausch.

»Danke, Herr Vorsitzender«, sagte Saros-Pi.

»Was hat dazu geführt, dass die Cron seit 100 Zyklen friedlich sind?«, fragte Titawin.

»Mit großer Wahrscheinlichkeit war es die Abkehr von der natürlichen, hin zu der gezielten, genetisch gesteuerten und optimierten Reproduktion«, antwortete Saros-Pi.

»Wie kommen Sie zu diesem Schluss?«, warf Tecton ein.

»Das würde mich auch interessieren«, schloss sich Tribandum an.

»Eine berechtigte Frage«, sagte Chalawan vom Tadmor System, der links neben Tribandum saß.

Saros-Pi schaute in die Runde. »Es ist die chronologische Übereinstimmung«, sagte er. »Etwa 2,9 Millionen Erdenjahre lang waren die Cron nicht besser als der moderne Homo sapiens. Dann schafften sie allmählich die biologische Fortpflanzung ab, begannen mit dem kontrollierten, zweckgerichteten Arterhalt. Nach einigen wenigen Generationen haben sich die Cron zu dem entwickelt, was sie heute sind. Eine friedliche, hoch entwickelte Spezies.«

Tecton war mit den Ausführungen seines Kollegen nicht einverstanden. »Tribandum hat recht. Es ist nichts weiter als eine Korrelation.«

Chalawan meldete sich zu Wort. »Haben Sie die drohende selbstverursachte Vernichtung der Cron nicht als Ursache für die Abkehr von der Gewalt in Betracht gezogen? Immerhin liegt dieses Ereignis auch ziemlich genau 100 Zyklen zurück?«, fragte er.

Die Tadmorianer waren sehr geachtete Historiker. Sie verfügten über ein nahezu unbegrenztes Wissen über die Geschichte aller Rassen, mit denen sie jemals in Kontakt gewesen waren. Chalawan spielte auf die drohende selbstverschuldete Auslöschung der Cron vor etwa 100 Zyklen an. Die Cron hatten ihre Umwelt durch Ausbeutung und Profitgier so sehr verschmutzt und beschädigt, dass ein Überleben auf ihrem Heimatplaneten für die folgenden Generationen nicht mehr möglich erschien. Ähnlich der heutigen Situation der Menschheit auf der Erde. In dieser existenziellen Notlage hatten sich die Cron über alle Differenzen untereinander hinweggesetzt und ihren Heimatplaneten mit geeinten Kräften doch noch gerettet.

»Schließlich haben die Cron während der existenziellen Krise auch andere Maßnahmen, als die Umstellung der Fortpflanzungsmethode ergriffen«, sagte Chalawan.

Tribandum und Tecton nickten bejahend.

»Aufklärung, Umverteilung der Ressourcen, Erschließung alternativer, zugleich nachhaltiger Energiequellen, Abrüstung, Frieden, bessere Bildung, Eliminierung der Armut und des Hungers, um nur einige zu nennen. Warum glauben Sie, dass die Anpassung der Fortpflanzungsmethode der alleinige Grund für die Entwicklung der Cron in eine friedliche Spezies war?«, fragte Chalawan.

Saros-Pi faltete seine Hände vor seinem Gesicht und stützte sich mit seinem Ellenbogen am Rand des Tisches ab. Er lehnte sich etwas nach vorn Richtung Chalawan. »Ich sagte mit großer Wahrscheinlichkeit, Herr Kollege. Ich sagte nicht, es sei der alleinige Grund.« Er lehnte sich wieder zurück in seinem Sitz, schaute zu seinen Kollegen. »Wie Sie alle schon richtig festgestellt haben, es ist eine Korrelation. Mit letzter Gewissheit wissen wir nicht, welche Gründe am Ende tatsächlich den Ausschlag gegeben haben. Was wir aber mit Sicherheit wissen, ist, dass die Cron seit etwa 100 Zyklen all unsere Kriterien erfüllen, um als ausreichend zivilisiert, friedlich gegenüber ihrer Umwelt und ihren Mitgeschöpfen, empfindungsfähig und intelligent eingestuft zu werden. Das allein war die Frage, die mein Stab und ich zu beantworten hatten. Ich danke Ihnen und übergebe das Wort dem Vorsitzenden«, sagte Saros-Pi.

»Was ist das Ergebnis Ihrer Studien?«, fragte Titawin.

»Dieser Rat sollte der Regierung empfehlen, Cronoton nicht zu kolonialisieren. Vielmehr sollten die Cron weiter beobachtet werden. Es sollte die Aufnahme der Cron in die Kooperation erwogen werden, sobald sie die Schwelle zu Interstellar-Flügen übertreten haben. Weit sind sie davon nicht mehr entfernt«, antwortete Saros-Pi.

»Gibt es Einwände gegen den Vorschlag des Kollegen?«, fragte der Vorsitzende.

Es gab keine.

»Dann ist es beschlossen. Wir werden verfahren, wie der Kollege Saros-Pi es vorgeschlagen hat. Die Sitzung ist geschlossen.«

Titawin schaltete die Projektion ab. Er verließ den Raum durch den Eingang, durch den er gekommen war. Die Ratsmitglieder erhoben sich. Sie verließen nacheinander ebenfalls den Raum. Tribandum und Saros-Pi gingen auf dem Gang nebeneinanderher in Richtung ihrer eigenen Labore. Saros-Pi begann die Unterhaltung: »Wie weit sind Sie mit der Beurteilung der Homo sapiens Frage?«

»Ich habe mich noch nicht festgelegt.«

»Dann sind Sie wohl der einzige.«

»Mag sein.«

»Ich halte es für falsch, dass Sie als Biologisch-Gezeugter eine primitive Rasse beurteilen sollen, die sich ebenfalls noch immer durch Paarung fortpflanzt.«

»Ach tatsächlich?«

»Ja. Sie fühlen sich mit den Menschen verbunden. Dadurch sind Sie befangen, Ihre Urteilsfähigkeit ist beeinträchtigt.«

»Sind Sie neuerdings der Schiffspsychologe?«

»Dafür bedarf es keines Psychologen, Herr Kollege.«

Sie blieben stehen, sahen sich an.

»Denken Sie darüber nach, Tribandum. Sie tragen eine große Verantwortung. Es geht um die Fortexistenz eines ganzen Planeten. Milliarden von Lebewesen, Zehntausenden von verschiedensten Arten sowie einem hoch entwickelten und einzigartigen ökologischen System droht die Vernichtung durch eine primitive und gleichzeitig im höchsten Maße feindselige und aggressive Spezies. Daran ändern auch Ihre persönlichen Gefühle nichts.«

Tribandum schwieg.

»Wenn Sie mich jetzt entschuldigen wollen«, sagte Saros-Pi und ging weiter.

Tribandum schaute ihm hinterher. Saros-Pi bog in einen Gang und verschwand aus Tribandums Blickfeld. Tribandum blieb noch stehen. Er war an Diskriminierungen wegen seines biologischen Ursprungs gewohnt. Durch natürliche Paarung Gezeugte wurden in weiten Teilen der Galaxis als weniger zivilisiert und entwickelt angesehen. Sie galten als Aliens zweiter Klasse. Das hatte ihn schon sein ganzes Leben begleitet. Aber in diesem Fall musste er sich eingestehen, dass Saros-Pi mit seiner Einschätzung recht haben könnte. Der Gedanke gefiel ihm ganz und gar nicht. Tribandum schob seine Bedenken zur Seite. Er machte sich auf den Weg in sein Labor. Dort angekommen ging der Forscher direkt zu der zentralen Kotrolleinheit für die zahlreichen wissenschaftlichen Instrumente. Er startete ein 3D Hologramm. Es erschien eine lebensgroße Projektion eines männlichen Homo sapiens in der Mitte des Raumes. Tribandum sah sich die Abbildung, die sich langsam und gleichmäßig um die eigene Achse drehte, an. Sie war anatomisch perfekt bis ins kleinste Detail. Als sich das Gesicht des Homo sapiens wieder dem Alien zuwandte, stoppte es die Drehung und schaute ihm in die Augen. So gut die Simulation auch war, es war kein Leben in den Augen des Menschen. Sein Blick war leer und kalt, wie die eines Toten. Kein Spiegel der Seele, wenn es denn so etwas wie eine Seele gab. Tribandum schaltete eine Textdatei hinzu. Konzentriert studierte er die aufgerufenen Informationen. Er verschränkte die Arme vor seinem Körper, schärfte seinen Blick, indem er leicht die Augen zusammenkniff. Was er sah, gefiel ihm nicht. Krieg, Völkermord, Sklaverei, Ausbeutung, Hinrichtungen, Unterdrückung, Folter, Vergewaltigungen, Mord, Hunderte Millionen tote Menschen, getötet von anderen Menschen. Seit Jahrtausenden immer wieder dasselbe Bild. Keine nennenswerte Entwicklung. Zudem die systematische Zerstörung der Natur und Umwelt seit der Industrialisierung in einem erschreckenden Tempo. Woher kamen die Brutalität und die Grausamkeit der Menschen? Warum waren sie so? Wie sollte er den Wissenschaftsrat davon überzeugen die Menschen zu verschonen? Und noch wichtiger war die Frage, konnte er es denn überhaupt mit seinem Gewissen vereinbaren? Nichts sprach dafür. Tribandum beendete die Projektion, hielt kurz inne. Er knetete an seiner Unterlippe rum, dachte nach. Schließlich seufzte er, schüttelte den Kopf. Er verließ sein Labor wieder, ging zum nächsten Lift und trat ein. »Zu den Mannschaftsquartieren.«

Der Lift fuhr einige Decks aufwärts und hielt wieder an. Tribandum trat hinaus. An seinem Quartier angekommen, blieb er am Eingang stehen. Ein Sensor identifizierte ihn. Das Kraftfeld wurde deaktiviert. Tribandum trat in sein spartanisch eingerichtetes Zuhause. Das Kraftfeld baute sich wieder auf. Das Alien ging direkt zu dem Nahrungsverteiler. Der Verteiler war in einer Ecke des Standartquartiers in die Wand eingebettet. Es war eine Vorrichtung zur Replikation von Speisen und Getränken. Sie bildete die Moleküle von allen lebenswichtigen Nährstoffen nach und setze daraus eine breiartige Masse zusammen. Die Hauptnahrung für die Besatzungsmitglieder. Auch Getränke, heiß und kalt, konnte die Einheit reproduzieren. Tribandum ließ sich ein Heißgetränk, ähnlich einem Tee zubereiten. Damit ging er zu einem Sessel, der vor einem großen Bullauge stand. Er setzte sich hin, nahm einen Schluck. Der erschöpfte Forscher schaute hinaus. Er dachte immer noch über die Menschen nach. Der Tag der Entscheidung stand kurz bevor und Tribandum hatte nichts in der Hand, um die Menschheit vor der Auslöschung zu bewahren. Er stellte das

Getränk auf einem Beistelltisch ab, lehnte sich zurück und verschränkte seine Hände hinterm Kopf. Nach einer Weile sagte er: »Musik. Beethoven von der Erde. 9. Symphonie. Für Elise. Zimmerlautstärke.«

Das Quartier des Aliens vom Planeten Suna74 wurde erfüllt mit den Klängen der Komposition des berühmten Komponisten von der Erde. Tribandum liebte diese Symphonie. Sie brachte ihn aber auch immer zum Grübeln. *Sehr widersprüchlich, diese Menschen. Wie kann ein und dieselbe Spezies solch wunderbare Symphonien voller Liebe und Harmonie erschaffen und zugleich so blutrünstig sein?*, fragte er sich jedes Mal, wenn er die klassische Musik der Menschen genoss. Die Frage blieb stets unbeantwortet. Bisher. Doch diesmal war es anders. Der Forscher fasste einen Entschluss. Um ein für alle Mal eine Antwort zu bekommen, musste er einen von ihnen fragen.

***

3

Das Hauptlabor des Wissenschaftsdecks. Ein geräumiger Saal, vollgestellt mit wissenschaftlichen Instrumenten. Holografische Bildschirme projizierten detailgetreu zwei Vertreter der Spezies Homo sapiens in den Raum. Dreidimensionale Darstellungen von einer Erdenfrau und einem Erdenmann. Ein etwas kleinerer Schirm zeigte die Nervenbahnen und die Vitalzeichen des Menschen im angrenzenden Beobachtungsraum an. Tribandum schaute von einem Hologramm zum anderen, studierte konzentriert die Daten. Es war an der Zeit, mehr über das menschliche Exemplar an Bord zu erfahren. Der Wissenschaftler ging zu dem großen Tisch in der Raummitte. Eine Abbildung des Menschen aus dem Nebenraum erschien auf einem Schirm. Es schwebte etwa auf Augenhöhe und drehte sich wie in Zeitlupe um die eigene Achse. Informationen wurden angezeigt. Männlich, 35 Jahre, 1,78 m, 85 kg, normaler Körperbau. Tribandum rief weitere Daten auf. Normale Vitalfunktionen, keine Vorerkrankungen, insgesamt bei guter Gesundheit. Er beendete die Hologramme wieder, blieb längere Zeit stehen, dachte nach. Sollte er es wirklich tun? Sollte er den Menschen aufwecken und mit ihm kommunizieren. Das wäre mit allergroßer Wahrscheinlichkeit das Ende seiner Laufbahn. Tribandum wusste nur zu gut, dass es den Forschern der Kooperation strikt verboten war, persönliche Beziehungen zu Lebensformen aufzubauen, die sie untersuchen und anschließend bewerten sollten. Seine Arbeit war das Einzige, was ihm geblieben war, nachdem er seine Familie verloren hatte. Wenn ihm das auch genommen werden würde, was für einen Sinn hätte dann seine Existenz? Aber ein Gedanke setzte sich schließlich durch:

Wie kann ich über ihn und seine Rasse richten, ihrer Vernichtung zustimmen, wenn ich nie mit einem von ihnen gesprochen habe? Tribandum ging in den Nebenraum und stellte sich vor das Kraftfeld, das den Raum absperrte. »Kraftfeld deaktivieren, Autorisation: Omicron – Epsilon – Alpha - roter Tagesmond – Tribandum – Abla01«.

Das Kraftfeld verschwand und Tribandum trat ein. Da lag er, der nackte, ahnungslose Mensch, der nie zuvor ein Alien gesehen hatte. Der nicht wusste, dass sein Ende und das seiner ganzen Art kurz bevorstanden. Die Liege des Cron war leer. Das Exemplar war bereits nach Cronoton zurückgebracht worden, ohne jemals etwas von seinem Aufenthalt auf dem Raumschiff bemerkt zu haben. Tribandum betrachtete den Menschen eingehend. Noch nie hatte er ihn aus solcher Nähe gesehen. Es trennte sie auch kein Kraftfeld voneinander wie sonst. Er konnte die Gesichtszüge des Mannes erkennen, sehen, wie sich sein Brustkorb hob und wieder senkte. Der Mensch schlief friedlich. Tribandum war sich nicht sicher, aber er glaubte sogar ein kaum sichtbares Lächeln auf den Lippen des Erdenmannes zu erkennen. Es fiel ihm schwer zu begreifen, dass dieser scheinbar hilflose Primat einer grausamen und extrem aggressiven Art angehörte. Es gab nur eine Möglichkeit, es herauszufinden. »Den Probanden aufwecken«.

Der Untersuchungstisch wurde für wenige Sekunden mit einem blauen Licht geflutet. Die Augenlider des Mannes bewegten sich. Zuerst nur ein unregelmäßiges Zucken. Dann öffneten sie sich einige Male leicht und schlossen sich wieder. Schließlich gewöhnten sich die braunen Menschenaugen an die Lichtverhältnisse und blieben geöffnet. Die Pupillen bewegten sich hin und her. Der Mann sondierte seine Umgebung. Er sah Tribandum, zuckte zusammen. Instinktiv versuchte er den Abstand zu dem Alien zu vergrößern. Er schob sich mit den Beinen auf dem Rücken liegend an das Kopfende der Liege. Es wollte ihm nicht recht gelingen. Der Mensch bemerkte, dass er kaum Kraft mit seinen Beinen entwickeln konnte. Der Erdenmann starrte das Alien mit weit aufgerissenen Augen an. Tribandum erkannte die Panik in den Blicken des Mannes. Das Alien hob seine Arme. Es stand in der typischen »Hände hoch!« Geste vor dem Untersuchungstisch. Der Erdling krallte sich an der Liege fest. »Geh weg, du Mistvieh!« In einem verzweifelten Fluchtversuch rollte der Mann zur Seite und ließ sich fallen. Den Aufprall versuchte er abzufangen, aber seine geschwächten Arme gaben nach. Die Muskeln hatten sich während der langen Ruhephase zurückgebildet. Er stürzte zu Boden. »Verdammt!«, hörte Tribandum den Mann fluchen.

»Habe keine Angst«, sagte er, während er einen vorsichtigen Schritt in Richtung des Menschen machte. »Es wird dir nichts geschehen.«

Seine sanfte Stimmlage beruhigte den Mann etwas. Der Mensch hielt sich mit beiden Händen an der Liege fest. Er zog seinen Oberkörper hoch. Es viel ihm merklich schwer. Sein Kopf ragte bis zum Kinn knapp über der Liegefläche des Untersuchungstisches. Mit großen Augen starrte er auf das für ihn völlig fremdartige Wesen. »Bleib weg von mir!«

»Bitte habe keine Angst«, sagte das Alien, trat dabei langsam näher. »Niemand wird dir etwas tun.«

Seine offenen Handflächen zeigten weiter in Richtung des Menschen. Tribandums Gesten und Worte entspannten die Situation etwas mehr.

»Komm nicht näher!«

Tribandum blieb stehen.

»Was ist hier los?!«, rief der Mann.

»Ich werde es dir–«

»Nein, geh weg! Lass mich in Ruhe!«

Tribandum nickte. »Habe keine Angst. Du bist nicht in Gefahr.«

Der Mann blickte nervös um sich, dann sah er zu dem Alien. »Bist du echt? Oder ist das ein scheiß Albtraum?«.

Seine Stimme zitterte.

»Nein, du träumst nicht«, sagte Tribandum.

»Komm nicht näher!«

»Schon gut. Wie du möchtest«, erwiderte Tribandum, ging einige Schritte zurück.

Der Mensch zog sich etwas weiter hoch. Er kniete jetzt. Sein Kopf ragte etwas mehr über den Untersuchungstisch. Dabei ließ er das Alien nicht aus den Augen.

»Ich bin Tribandum«, stellte sich das fremde Wesen vor. »Wie ist dein Name?«

Der Mann sagte nichts, schaute sich um. »Wo bin ich? Wieso kannst du sprechen? Was zum Teufel bist du überhaupt? Was willst du von mir?«

»Du bist auf einem Raumschiff. Ich spreche viele Sprachen. Ich werde dir alles erklären«, sagte Tribandum. »Darf ich meine Hände wieder senken?«

»Nein!«

»Aber ich möchte dir deine Kleidung bringen.«

Der Mann schaute an seinem Körper herunter. Erst jetzt bemerkte er, dass er nackt war. »Was zum Henker?!«

»Ich werde alle deine Fragen beantworten«, antwortete Tribandum. »Aber ich gebe dir zuerst deine Kleidung. Ist diese Vorgehensweise akzeptabel?«

Der Erdenmann schaute zum ersten Mal nicht mehr panisch, sondern eher skeptisch. »Gib mir meine Hose.«

Tribandum nickte, senkte seine Arme ging zu einer Aufbewahrungseinheit. Der Mensch ließ das Alien nicht aus den Augen. Tribandum öffnete mit einer Berührung den Behälter, nahm die Kleidungsstücke des Mannes heraus. Langsam ging er auf ihn zu. Den freien Arm wieder gehoben, in der einen Hand ein paar einfache Jeans, ein T-Shirt und Turnschuhe. Tribandum blieb auf der gegenüberliegenden Seite der Liege stehen. »Es ist alles gut. Es gibt keinen Grund, dich zu fürchten«, sagte Tribandum. »Es sind nur deine Kleidung und deine Schuhe, siehst du?«

Das Alien präsentierte dem Mann die Sachen, die er in seiner großen Hand hielt. Der Mann zögerte. Schließlich streckte er seinen rechten Arm aus, ergriff blitzschnell seine Hose. »Gib her! Leg den Rest dahin und hau ab!«

Er deutete mit einer Kopfbewegung auf die Liegefläche. Das Alien gehorchte. Tribandum legte die Schuhe sowie das T-Shirt ab. Mit erhobenen Händen ging er einige Schritte zurück. Der Mann starrte Tribandum unschlüssig an.

»Zieh dich bitte an«, bat ihn Tribandum. »Oder ziehst du es vor, unbekleidet zu bleiben?«

»Solange du mich anstarrst, du Vogel? Dreh dich gefälligst um«, forderte der Mann ihn auf.

»Ich bitte um Verzeihung«, sagte Tribandum. »Ihr seid zwar primitiv, aber ihr besitzt ein ausgeprägtes Schamgefühl. Vermutlich anerzogen. Ein stark fehlregulierter Zustand bei dem Sympathikus und Parasympathikus gleichzeitig aktiv sind.«

»Was?!«

»Aufgrund der Stresssituation, die du gerade durchlebst, verstärkt der Sympathikus deine Körperfunktionen, die dich in erhöhte Handlungsbereitschaft bringen. Dein Puls und Blutdruck sind erhöht, der Glukosespiegel in deinem Blut steigt. Gleichzeitig aber ist auch dein Parasympathikus aktiviert, was dazu führt, dass-«

»Halts Maul und dreh dich um!«

Tribandum hörte auf zu reden. Er drehte sich mit dem Rücken zu dem Erdenmann. Dieser zögerte kurz, starrte Tribandum an. *Was auch immer dieses Mistvieh ist, nett ist er,* dachte der Mensch, als er die Jeans auf die Liege legte. Als nächstes stemmte der Erdling sich mit seinen Armen hoch, setzte sich auf die Liegefläche. Im Sitzen zog er seine Hose an. Dann streifte er sein T-Shirt über, stieg anschließend in seine Turnschuhe. Das Alien behielt er stets im Blick. Fertig angezogen, stieg der Mann von der Erde vorsichtig auf der anderen Seite von der Liege. Bei dem Versuch sich hinzustellen, gaben seine Knie wieder nach, so, dass er sich an der Liege abstützen musste. »Verdammt!«

»Alles in Ordnung?«, fragte Tribandum.

»Kannst dich wieder umdrehen.«

Tribandum drehte sich zu dem Menschen. Er bemerkte, dessen Schwierigkeiten beim Stehen. »Das ist normal, mach dir keine Sorgen. Du hast deine Beine lange nicht benutzt. Deine Muskeln sind geschwächt«, erklärte Tribandum.

Der Mann richtete sich langsam auf. Er war noch etwas wacklig auf den Beinen. Er stand jetzt mit einigen Metern Abstand zu dem Alien hinter der Liege. »Geht schon wieder«, sagte er. »Wie war noch mal dein Name? Tim-Bandwurm?«, fragte er.

»Tribandum«, sagte das Alien.

Der Erdenbewohner guckte das Alien skeptisch an. »Ich nenne dich lieber Tim.«

Tribandum zog die Augenbrauen zusammen. »Einverstanden. Wie ist dein Name?«

»Bob.«

Tribandum nickte. »Bob«, wiederholte Tribandum. »Sehr erfreut, dich kennenzulernen.«

»Ich bin mir bei dir noch nicht so sicher. Was ist hier los? Wo bin ich?«

»Du bist an Bord eines Raumschiffes. Ich bin das, was ihr Menschen einen Außerirdischen nennt.«

Bob hörte aufmerksam zu, machte große Augen. »Das gibt's doch nicht! Verarschst du mich?«, fragte er.

»Ihr seid nicht die Einzigen im All. Es gibt noch viele andere«, sagte das Alien.

Bob musterte ihn. Dann schaute er sich wieder um. Anschließend richtete er seinen Blick zurück auf Tribandum. »Viele andere sagst du?«

»Ja, sehr viele.«

»Was willst du dann ausgerechnet von mir?«

»Du hast nichts zu befürchten. Ich bin dein Freund. Verstehst du das?«, fragte Tribandum.

»Nein, ich verstehe gar nichts.«

»Das wirst du noch. Ich werde dir alles erklären.«

Bob schüttelte den Kopf. »Ein Außerirdischer, ich glaube diese Scheiße nicht!«

»Darf ich meine Arme wieder senken?«, fragte Tribandum.

Bob sah das Alien skeptisch an. Nach einer Weile nickte er leicht. »Na ja, nett scheinst du ja zu sein. Verdammt hässlich, aber nett«, sagte Bob.

Tribandum hob eine Augenbraue. Der Blick des Aliens beunruhigte Bob. Er hob seine Hände schützend vor seinen Körper. »Hey Mann, das war nur Spaß! Jetzt werde bloß nicht sauer!«

Tribandum versuchte die Worte des Menschen zu deuten. Er hatte bei seinen Beobachtungen des Homo sapiens herausgefunden, dass nicht ernst gemeinte Sticheleien unter Menschen zumeist gegenseitige Sympathie bekundeten. Sollte dieser Mensch seine Beleidigung auch so gemeint haben, wäre das schon mal ein guter Anfang.

»Sauer?«, fragte er.

»Ja, also böse«, erklärte Bob.

»Ich verstehe. Ein umgangssprachliches Synonym. Die Bezeichnung für eine Geschmacksrichtung beziehungsweise für eine erhöhte Konzentration von Wasserstoffionen in einer Körperzelle oder einer Lösung im Vergleich zu reinem Wasser wird auch verwendet, um einen Gemütszustand zu beschreiben«, antwortete Tribandum. »Liege ich richtig?«, fragte er.

Bob schaute das Alien verdutzt an. *Was redet der Typ?* »Ähh, ja genau«, sagte er etwas irritiert.

»Nein, ich bin nicht ›*sauer*‹«, erklärte Tribandum. »Nur etwas verwirrt. Ich spreche das erste Mal mit einem Menschen und kenne weder alle Redewendungen noch sämtliche umgangssprachliche Ausdrucksformen.«

Bob nickte. Er wusste nicht so recht, was er von dieser eigenartigen Kreatur halten sollte. Er verspürte aber keine Angst mehr. Es war eher eine Mischung aus Skepsis, Neugier und zu seinem eigenen Erstaunen, auch ein Hauch von Belustigung. »Du bist echt ein komischer Vogel.«

»Ich bin kein Vogel. Ich bin ein Humanoid auf Kohlenstoff-Basis«, sagte Tribandum.

Bob lachte laut auf. Tribandum kniff die Augen zusammen und starrte den Menschen an. Dieser beruhigte sich langsam wieder. Bob hörte auf zu lachen und sah Tribandum an. »Warum bin ich hier? Wo ist meine Familie?«

»Wir werden etwas Zeit miteinander verbringen«, sagte Tribandum. »Dabei werden wir viel übereinander lernen.«

»Wo ist meine Familie? Ist sie auch hier?«, fragte Bob nach.

»Nein, sie ist zu Hause«, sagte Tribandum.

Bob nickte. Tribandum bemerkte, dass der menschliche Proband sich beruhigte und sich der neuen Situation schnell anpasste. Diese bemerkenswerte Anpassungsfähigkeit, hatte er bei dem Studium der menschlichen Spezies immer wieder beobachtet. Die Menschen hatten sich seit ihrem ersten Auftreten auf der Erde immer wieder auch den widrigsten Umständen schnell angepasst. So hatten sie Dürren, Eiszeiten, Seuchen und unzählige Naturkatastrophen überlebt. Auch dieser einzelne Vertreter dieser für Tribandum faszinierenden Spezies bewies eine erstaunliche Anpassungsfähigkeit an seine neue Umgebung. Im Grunde völlig hilflos und allein, schien Bob nach kurzer Zeit begriffen zu haben, dass er seine Situation akzeptieren und das Beste daraus machen musste, um zu überleben. Das hieß in seinem Fall, Kooperation mit dem fremden Wesen, das ihm gegenüberstand. Das Alien bemerkte mit staunenden Blicken, wie rasch der Erdenmann sicherer wurde und schließlich sogar auf ihn zukam. Bob ging um die Liege herum, stellte sich direkt vor Tribandum. Er schaute zu ihm hinauf, dann streckte er ihm seine Hand entgegen. »Wir Menschen reichen unseren Freunden die Hand. Ich könnte hier einen Freund gut gebrauchen, Tim-Bandwurm.«

Tribandum schaute auf den kleinen Menschen hinab. Er sah auf Bobs ausgestreckte Hand. Nach kurzem Zögern ergriff er sie. Sie verschwand in den riesigen Klauen des Aliens. Es war das erste Mal in der Geschichte des Universums, dass ein Mensch und ein Alien sich die Hand gaben. Tribandum spürte wieder diese Verbundenheit zu den Menschen, die er sich bisher nicht hatte erklären können. Diesmal deutlicher als je zuvor. Er lächelte und löste seinen Griff wieder. »Die meisten von uns meiden körperlichen Kontakt«, sagte er.

»Wieso?«, fragte Bob.

»Weil es keinen Grund dafür gibt.«

»Aha, und wie macht ihr …? Du weißt schon. Ich meine, wo kommen eure Kinder her?«, fragte Bob.

»Aus dem Reagenzglas.«

Bob schüttelte den Kopf. »Und wann feiert ihr Geburtstag?«

»Wir feiern nicht.«

»Warum überrascht mich das nicht?«, fragte Bob sich selbst. »Wie geht's jetzt weiter?«

»Wir werden dieses Labor verlassen. Du wirst viele Dinge sehen, die dir fremd sein werden.«

»Sind hier alle so wie du?«

»Nein, die Besatzung stammt aus allen Teilen der Galaxis«, sagte Tribandum. »Außerdem bin ich der Einzige an Bord, der natürlich gezeugt wurde.«

Bob nickte erfreut.

»Jetzt nicht mehr.«

Tribandum nickte.

»Bist du bereit?«

»Ja los, zeig mir dein Schiff.«

»Gut. Folge mir«, sagte Tribandum und ging Richtung Ausgang.

Bob folgte ihm, immer noch wackelig auf den Beinen, im kurzen Abstand. Er schaute sich um, musterte alles sehr genau. Am Ausgang angekommen, blieben sie stehen.

»Wenn wir auf jemanden treffen, verhalte dich ruhig. Niemand wird dir etwas tun. Hast du verstanden?«.

Bob nickte.

»Gut«, sagte Tribandum, »geh einfach neben mir her.«

Die Tür öffnete sich, Tribandum trat hinaus. Bob folgte ihm.

Sie gingen zusammen den Gang hinunter. Bob starrte mit großen Augen und offenem Mund in den Weltraum.

»Ich werde dich in mein Quartier bringen. Das wird bis auf Weiteres dein neues Zuhause sein«, sagte Tribandum.

Bob nickte erneut. »Okay.«

»Dort zeige ich dir, wie du Nahrung bekommst. Ich muss dann einige Dinge mit meinen Vorgesetzten klären. Vielleicht wirst du bald das Quartier verlassen können«, sagte Tribandum.

»Bin ich ein Gefangener?«, fragte Bob.

Tribandum zögerte. »Nein, Bob. Du bist eher das, was ihr ein Versuchstier nennen würdet«, sagte er schließlich.

»Was geschieht jetzt mit mir?«

»Das ist noch nicht entschieden.«

Ein Besatzungsmitglied kam ihnen entgegen. Ein altes Alien, das sich langsam bewegte. Er ignorierte Bob und Tribandum und ging einfach an ihnen vorbei.

»Wer war das?«, fragte Bob.

»Seinen Namen kenne ich nicht. Es ist ein großes Schiff mit einer beträchtlichen Besatzung. Nach seiner Uniform zu urteilen, ist er Ingenieur. Vermutlich tut er seinen Dienst auf dem Maschinendeck.«

»Ist das ein Kriegsschiff?«

Tribandum blieb stehen. »Wie kommst du darauf? Warum sollte dies ein Kriegsschiff sein?«

»Bei uns auf der Erde sind große Schiffe meistens Kriegsschiffe«, antwortete Bob.

»Wir haben keine Verwendung für Kriegsschiffe. Wir sind auf einem Forschungsschiff.«

»Verstehe. Wieso hat uns der Typ vom Maschinendeck ignoriert?«

»Warum fragst du? Wolltest du mit ihm reden?«

»Naja, ich bin doch der einzige Mensch hier oder nicht? Ist er nicht neugierig?«

»Es gibt mehr als 50 verschiedene Spezies auf diesem Schiff. Viele davon sind humanoid. Du wirst nicht besonders auffallen.«

»Dich hat er auch nicht gegrüßt.«

»Er war wohl mit den Gedanken woanders.«

»Aha«, sagte Bob skeptisch.

Das Alien und der Mensch setzten ihren Weg fort. Am Quartier angekommen, öffnete sich die Tür automatisch und Tribandum deutete Bob, hineinzugehen. Bob trat hinein, gefolgt von Tribandum. Die Tür schloss sich wieder. Bob sah sich um. Dann ging er zu dem großen Bullauge und starrte hinaus. Der Anblick des Universums aus nächster Nähe überwältigte ihn.

Tribandum stellte sich zu ihm. »Das ist, was wir erforschen, Bob.«

»Heftig! Was für ein Anblick. Ich bin echt im Weltraum, Mann«, sagte Bob.

»Ich mache das schon seit Tausenden von Jahren. Aber ich wünschte, wir hätten deinen Planeten niemals entdeckt.«

Bob drehte sich um. »Wieso. Was ist mit der Erde? Gefällt sie euch nicht?«

Tribandum hielt kurz inne. »Ich habe nie einen schöneren Planeten gesehen«, sagte er. »Ihr seid es.«

Bob schaute Tribandum fragend an. »Wir?«

»Ja, ihr, die Menschen.«

»Die Menschen? Was ist mit uns?«

»Wenn ich das nur wüsste«, sagte Tribandum. »Komm jetzt, ich zeige dir die Bedienung der Nahrungseinheit.«

Er drehte sich um und ging in einen Raum, der an eine Küche erinnerte. Bob folgte ihm. Tribandum zeigte auf eine Vorrichtung, die an der Wand des Raumes eingearbeitet war. »Diese Einheit kann dir Nahrung zubereiten.«

Sie verfügte über eine Düse, unter der ein Behälter in der Größe eines großen Wasserglases abgestellt werden konnte. Tribandum nahm ein Gefäß aus dem Küchenschrank und positionierte ihn an der dafür vorgesehenen Stelle. Anschießend bediente er den Touchscreen, über den die Einheit gesteuert wurde. Der Becher füllte sich mit einem zähflüssigen Getränk. »Es gibt täglich drei verschiedene Nahrungspräparate zur Auswahl. Du kannst dir so viel davon nehmen, wie du möchtest«, erklärte Tribandum, als er Bob die Nahrung überreichte.

Bob schaute sich das breiartige Gemisch in der Hand des Aliens an. Er nahm es zögernd und führte den Becher an seine Nase. Dann schaute er sich den Inhalt genauer an. »Sieht aus wie ein Smoothie.«

»Was ist das?«, fragte Tribandum.

»Eigentlich nur püriertes Obst oder Gemüse und Wasser. Und etwas Zucker, wenn man mag.«

Tribandum nickte. »Das ist unsere Standardversorgung mit allen Nährstoffen, die wir brauchen.«

»Ihr ernährt euch nur von dem Zeug?«, fragte Bob verwundert. Er starrte erneut in das Gefäß.

»Nein, das ist nur in den Mannschaftsquartieren die Hauptnahrung. Es gibt aber auf dem Freizeitdeck die Möglichkeit, andere Nahrungsmittel zu bekommen«, antwortete Tribandum.

Bob nahm einen Schluck. Tribandum beobachtete ihn dabei. Die Nahrung schien dem Menschen zu schmecken. Bob trank den Inhalt in einem Zug aus und stellte den Behälter ab. »Mhhh, joa. Fast wie ein Smoothie. Könnte etwas süßer sein.«

»Wir haben festgestellt, dass alle Humanoiden eine ähnliche biologische Struktur haben. Die Nahrungspräparate werden dich mit allen Makro- und Mikronährstoffen versorgen«, sagte Tribandum.

»Seit wann bin ich hier?«

»Seit 217 Erdentagen.«

»217 Tage? Mehr als ein halbes Jahr«, sagte Bob.

Er wirkte plötzlich ernst und niedergeschlagen. Tribandum bemerkte den Gemütswechsel seines neuen Freundes. »Lass uns wieder reingehen, Bob.«

Sie gingen zurück in den Wohnbereich des Quartiers. Bob stellte sich wieder ans Bullauge, starrte in den Weltraum. »Wir haben die Erde vor etwa einem Erdenjahr entdeckt«, sagte Tribandum.

Bob drehte sich um, schaute Tribandum an.

»Wir haben euch beobachtet und studiert. Nachdem wir alles über eure Lebensweise und euren Planeten gelernt hatten, haben wir ein Exemplar an Bord gebracht, um eure Anatomie zu erforschen«, fuhr Tribandum fort.

»Mich«, sagte Bob.

»Wir brauchten ein gesundes durchschnittliches Exemplar«, sagte Tribandum. »Es ist reiner Zufall, dass du es bist. Es hätte auch jeder andere sein können, der die genannten Kriterien erfüllt.«

Bob hörte zu und nickte. Tribandum schloss daraus, dass der Mensch ihm folgen konnte.

»Ich habe eine Familie. Eine Frau und zwei kleine Kinder. Sie werden sich Sorgen machen«, sagte Bob. »Ich muss ihnen sagen, dass es mir gut geht.«

Tribandum war klar, dass das nicht möglich war. Er wusste auch, dass Bob seine Familie wahrscheinlich niemals wiedersehen würde. Er brachte es aber nicht übers Herz, es auszusprechen. »In Kürze fällt eine Entscheidung. Dabei wird auch dein Fall besprochen werden. Vielleicht kann ich dann etwas für dich tun.«

»Eine Entscheidung? Was denn für eine Entscheidung?«, fragte Bob.

***

4

Der Wissenschaftsrat traf sich am nächsten Morgen im Besprechungsraum des Hauptlabors. Auf der Tagesordnung stand die Entscheidung über den Planeten Erde. Es ging um nichts Geringeres, als das Schicksal der Spezies des Homo sapiens. Die Ratsmitglieder hatten ihre Plätze schon eingenommen. Sie warteten auf den Vorsitzenden. Chalawan, Tecton und Saros-Pi unterhielten sich über belanglose Themen. Sie waren sichtlich gut aufgelegt. Chalawan erzählte eine Anekdote aus seiner Studentenzeit. Die Aliens lachten auf. Dann begann Tecton ein lustiges Ereignis aus seiner Zeit als Student zum Besten zu geben. Tribandum hörte nicht zu. Er hielt sich raus. Ihm war nicht zum Lachen zumute. Titawin betrat den Raum. Die Aliens unterbrachen ihren Schnack unter Kollegen, richteten ihre Aufmerksamkeit auf den Vorsitzenden.

»Guten Morgen, meine Herren«, sagte Titawin. »Wir wollen gleich zur Tagesordnung übergehen. Bei der heutigen Sitzung geht es um die Frage nach der Extrahierung der dominanten Spezies von dem Planeten Erde im Hinblick auf die anschließende Errichtung der Kolonie Blau03. Der Rat ist vollständig besetzt. Die Sitzung ist eröffnet. Herr Kollege Tribandum, Sie haben das Wort.«

Tribandum atmete tief ein und richtete sich in seinem Sitz auf. »Bevor ich etwas zur Sache sagen werde, lege ich hiermit eine förmliche Beschwerde ein«, sagte er.

Die anwesenden Aliens richteten ihre Blicke auf Tribandum.

Titawin: »Eine Beschwerde? Wogegen? Mit welcher Begründung?«

»Mir wurde bei der Beurteilung der menschlichen Rasse entgegen den Forschungsrichtlinien kein wissenschaftliches Team zur Verfügung gestellt«, erklärte Tribandum.

Tecton, Chalawan und Saros-Pi warteten gespannt auf Titawins Reaktion. Mit diesem Zug von Tribandum hatte keiner der Anwesenden gerechnet. Titawin entgegnete Tribandum: »Bei einfach gelagerten Fällen kann eine Beurteilung auch an ein einzelnes qualifiziertes Ratsmitglied delegiert werden. Sie sind doch qualifiziert, oder etwa nicht?«

»Das ist mir durchaus bewusst, Herr Vorsitzender. Aber Sie messen mit zweierlei Maß«, antwortete Tribandum.

»Bitte erklären Sie das«, forderte der Vorsitzende ihn auf.

»Als ich Sie vor einigen Tagen im großen Labor aufgesucht habe, waren Sie fasziniert von den Cron«, sagte Tribandum. »Sie waren es von Anfang an. Für Sie stellen die Cron eine perfekte Zivilisation dar. Das Ergebnis der Beurteilung des Kollegen Saros-Pi war für Sie und alle hier Anwesenden von vornherein klar. Ein einfach gelagerter Fall, reine Formsache. Dennoch wurde dem Kollegen Saros-Pi ein Team und deutlich mehr Zeit zur Verfügung gestellt. Mir bei meiner Arbeit aber nicht.«

Saros-Pi hatte einen Einwand: »Es geht hier und heute nicht um die Cron, Herr Kollege. Wie Sie sich erinnern werden, ist die Forschungsarbeit über die Cron mit einer entsprechenden Empfehlung durch mich und meinen wissenschaftlichen Stab bereits zum Abschluss gebracht worden.«

Tribandum drehte sich zu Saros-Pi. »Der Tatsache bin ich mir bewusst, Herr Kollege. Und ich erinnere mich gut daran«, sagte er. »Ich kann mich aber nicht daran erinnern, dass Ihnen das Wort erteilt wurde.«

Saros-Pi suchte den Blickkontakt mit Titawin. Der Vorsitzende nickte ihm zu. »Bitte, Herr Kollege, bringen Sie Ihren Einwand zu Ende.«

»Danke, Herr Vorsitzender«, sagte Saros-Pi. Er wandte sich wieder zu Tribandum. »Herr Kollege, hätten Ihre Untersuchungen zu einem anderen Ergebnis geführt, wenn Sie ein Team zur Unterstützung Ihrer Forschung und mehr Zeit gehabt hätten?«

Tribandum sah sich nun zwei Gegnern ausgesetzt. Er spürte, dass er in eine Verteidigungsposition gedrängt wurde und wie seine Alien-Amygdala vermehrt Stresshormone freisetzte. Sein Verstand behielt jedoch die Oberhand über die Hormonreaktionen, die bei natürlich gezeugten Aliens, ähnlich wie bei den Menschen, sehr deutlich ausfallen konnten. Tribandum blieb ruhig, zumindest dem äußeren Anschein nach. »Ja, vielleicht. Vielleicht auch nicht«, sagte er. »Das ist aber für das Vorliegen des vorgetragenen Beschwerdegrundes irrelevant.«

Titawin ergriff wieder das Wort. »Ich sehe das wie der Kollege Saros-Pi«, sagte er. Er sah zunächst Tecton, anschließend Chalawan an. »Irgendwelche Kommentare?«

Chalawan nickte. Titawin erteilte ihm das Wort: »Bitte, Herr Kollege.«

Chalawan trug seine Bedenken vor: »Es liegt im Ermessen des Vorsitzenden, ob er bei offensichtlich einfach zu beurteilenden Fragen ein Wissenschaftsteam beiordnet oder nicht, das ist unbestritten. Allerdings bin ich der Ansicht, dass, wenn es um die Extrahierung einer Rasse von Primaten geht, prinzipiell nicht von einem einfachen Entscheidungsprozess ausgegangen werden kann.«

Tecton stimmte seinem Kollegen mit einem Nicken zu und blickte zu Titawin.

Der Vorsitzende erwiderte den Blick. »Bitte sehr, Herr Kollege.«

»Ich denke da wie der Kollege Chalawan«, sagte Tecton. »Insbesondere, wenn nicht zweifelsfrei ausgeschlossen werden kann, dass es sich um eine intelligente Primaten-Rasse handeln könnte.«

Saros-Pi war nicht eiverstanden. Mit den Händen gestikulierend versuchte er seiner gegenteiligen Meinung mehr Ausdruck zu verleihen. »Meine Herren, die Fakten sind eindeutig. Sind die Menschen friedlich? Nein.«, beantwortete er die Frage selbst. Dabei schlug er mit seinem Zeigefinger fest auf den Tisch, als wolle er einen Punkt setzen und die Diskussion damit beenden. »Schaden sie sich, ihrer Umwelt und ihren Mitgeschöpfen? Ja.«, sagte er und wiederholte die Gestik. »Sind sie in der Lage, ihre Art mit den ihnen zur Verfügung stehenden Ressourcen dauerhaft zu erhalten? Nein, ganz im Gegenteil! Sie leben weit über ihre Verhältnisse«, rief er mit aufgeregter Stimme. »Zerstören sie dabei sehenden Auges ihre Umwelt, wohlwissend, dass ihr eigenes Überleben dann ausgeschlossen ist? Ein klares Ja. Diese Beobachtungen zugrunde legend ist es vermessen, den Homo sapiens eine in irgendeiner Weise bedeutsame Intelligenz zuzuschreiben. Meine Herren, ich bitte Sie.«

Titawin ermahnte Saros-Pi sich wieder zu beruhigen. Der Vorsitzende deutete auf Tecton. Er erteilte ihm erneut das Wort. Tecton stützte sein Kinn mit einer Hand, er saß in der typischen Denkerpose. »Ob die Menschen nach unseren Maßstäben intelligent genug sind, um ihnen eine Weiterexistenz zu gewähren, oder zumindest das Potenzial haben, sich in diese Richtung weiterzuentwickeln, wird die Beurteilung des Kollegen Tribandum zeigen. Zu diesem Zweck hat er die Untersuchungen schließlich durchgeführt. Da nicht ausgeschlossen werden kann, dass seine Ergebnisse anders ausgefallen wären, wenn er mehr Zeit sowie ein Team gehabt hätte, ist seine Beschwerde durchaus berechtigt«, entgegnete Tecton.

Saros-Pi schüttelte den Kopf. Er wirkte fast so, als würde ihn der Einwand seines Kollegen empören. »Der vorläufige Bericht des Kollegen Tribandum hat eines unstreitig gezeigt. Die Menschheit ist eine Typ-0-Zivilisation, sehr weit davon entfernt, den Entwicklungsstand einer Typ-I-Zivilisation zu erreichen. Mit an Sicherheit grenzender Wahrscheinlichkeit werden sie die nächste Zivilisationsstufe nicht mehr erreichen, weil sie sich selbst und ihren Planeten vorher vernichten werden. Darauf kommt es aber auch nicht an. Entscheidend ist, welche Stufe die Rasse zum Zeitpunkt ihrer Beurteilung erreicht hat«, bekräftigte Saros-Pi.

»Die Frage, ob auch das Potenzial zur Erreichung der nächsten

Zivilisationsstufe ein Extrahierungshindernis darstellt, wurde noch nicht abschließend geklärt, Herr Kollege. Genauso wenig, wie wahrscheinlich die Erreichung der nächsten Stufe sein muss oder nicht, um einen Hinderungsgrund darzustellen. Das entscheidet zumindest in diesem Gremium üblicherweise der Vorsitzende in jedem Einzelfall und unter Anhörung der Ethikkommission«, wandte Chalawan ein.

Die Aliens hatten ihre Argumente ausgetauscht. Sie schauten in Erwartung einer Entscheidung auf den Vorsitzenden.

»Ich danke Ihnen für Ihre Kommentare, meine Herren. Herr Kollege Tribandum, Ihre Beschwerde ist zulässig. Stellen Sie Ihren Antrag«, sagte Titawin.

»Ich beantrage die Beiordnung eines wissenschaftlichen Teams in üblicher Stärke sowie weitere sechs Monate nach Zeitrechnung des Planeten Erde für tiefergehende Studien.«

Ohne zu überlegen, sagte Titawin: »Ihre Anträge werden abgelehnt.«

Saros-Pi nickte zufrieden. Chalawan und Tecton zeigten keine Reaktion. Tribandum blieb reglos. Er hatte mit dieser Antwort gerechnet und wartete schweigend auf die Begründung des Vorsitzenden.

»Ihre Anträge sind zulässig, aber in der Sache unbegründet«, erklärte Titawin. »Ich stufe den Fall als einfach gelagert ein. Es gibt keinen Hinweis darauf, dass sich die Menschen jemals zu einer intelligenten und friedlichen Rasse weiterentwickeln werden. Es spricht vielmehr alles dafür, dass sie sich selbst und den Planeten vorher zerstören werden. Da die Beiordnung eines Teams und auch die Expansion der Studienzeit auf weitere sechs Monate nicht erwarten lassen, dass das Ergebnis der Beurteilung sich ändern wird, kann ich Ihrer Beschwerde nicht abhelfen«, erklärte Titawin abschließend.

Saros-Pi nickte erneut. Die anderen Wissenschaftler lehnten sich mit skeptischen Blicken zurück.

»Nachdem das nun geklärt ist, Ihren Bericht bitte«, sagte Titawin zu Tribandum.

Tribandum sah jeden Einzelnen der Anwesenden der Reihe nach an. Dann richtete er seinen Blick auf den Vorsitzenden. »Ich beantrage die Hinzuziehung des Ethikrats«, sagte Tribandum.

Tecton und Chalawan nickten Tribandum anerkennend zu.

»Was soll das, Tribandum?«, fragte Titawin.

»Ich habe gute Gründe anzunehmen, dass die Menschen nicht nur primitiv, aggressiv und gefährlich sind. Wenn ich recht habe, dann reden wir hier nicht mehr von der Extrahierung einer niederen Lebensform, sondern von einem Völkermord an empfindungsfähigen, intelligenten Lebewesen«, sagte Tribandum.

»Herr Kollege«, sagte Saros-Pi, »diesem Rat liegen alle Erkenntnisse über die Menschen vor, die Sie zusammengetragen haben. Nichts, aber auch rein gar nichts rechtfertigt Ihre Zweifel.«

»Wie ich schon sagte, ich habe gute Gründe«, sagte Tribandum.

Saros-Pi schaute Tribandum eine Zeit lang an. Schließlich schüttelte er den Kopf, drehte sich zu Titawin.

»Herr Vorsitzender, ich bedaure das sagen zu müssen, aber ich bin der Meinung, dass der verehrte Kollege Tribandum bei der Menschenfrage in seinem Urteilsvermögen beeinträchtigt ist.«

Chalawan und Tecton drehten sich zeitgleich zu ihrem Kollegen. Die für die anderen Anwesenden überraschenden Worte von Saros-Pi hatten die Situation sichtlich angespannt. Tribandums Blick verfinsterte sich. Er spürte, wie er unbewusst seine rechte Hand zu einer Faust geballt hatte.

»Wie kommen Sie darauf?«, fragte Titawin.

Saros-Pi realisierte die Veränderung der Atmosphäre im Rat, die er durch sein Vorbringen ausgelöst hatte. Er sah es aber als seine Pflicht an, seine Bedenken ungeschönt und sachlich vorzutragen. »Wie wir alle wissen, ist der verehrte Kollege Tribandum auf natürlichem Wege gezeugt worden, ebenso wie die Menschen. Er fühlt eine Verbundenheit zu ihnen, was offensichtlich seine Fähigkeit, in dieser Sachfrage objektive Entscheidungen zu treffen, negativ beeinflusst oder gar gänzlich ausschließt.«

»Ach hören Sie doch auf«, sagte Tecton. »Die fachliche Qualifikation des Kollegen Tribandum aufgrund seiner Herkunft infrage zu stellen ist offener Rassismus und nicht akzeptabel.«

»Es ist schlicht die Wahrheit, Herr Kollege«, erwiderte Saros-Pi.

»Nein, nur ein auf das Schärfste zurückzuweisendes Vorurteil, Herr Kollege«, sagte Chalawan.

Titawin unterbrach die Diskussion. »Meine Herren, ich rufe alle Anwesenden zur Vernunft auf.«

Die Aliens richteten ihre Blicke auf den Vorsitzenden.

»Tribandum, erwarten Sie eine Entschuldigung des Kollegen Saros-Pi?«, fragte Titawin.

»Nein, ich verzichte. Vielleicht hat er recht und ich bin voreingenommen.«

Die Wissenschaftler schauten überrascht über diese Aussage zu ihrem Kollegen.

»Ich danke den Kollegen Chalawan und Tecton dafür, dass sie Rassismus und Diskriminierung nicht tolerieren. Dem Kollegen Saros-Pi danke ich für dafür, dass er offen seine Meinung über mich ausspricht«, sagte Tribandum.

»Danke für Ihre Nachsicht«, sagte Saros-Pi.

»Es geht hier um weitaus mehr als um meine Herkunft oder darum, ob ich mich diskriminiert fühle. Es geht um die Fortexistenz einer ganzen Rasse. Um das Recht auf Leben von acht Milliarden Menschen«, sagte Tribandum.

Die Wissenschaftler schwiegen. Sie warteten auf die Reaktion des Vorsitzenden. Titawin überlegte kurz. »Also gut«, sagte er nach einer Weile. »Tragen Sie Ihre Gründe vor.«

Tribandum holte tief Luft. Er wusste nur zu gut, dass das, was er als Nächstes sagte, sein Leben als Wissenschaftler, das er seit Tausenden von Jahren mit großer Passion geführt hatte, auf der Stelle beenden könnte. Aber es ging nun mal um seine Überzeugung. Er konnte, er durfte nicht anders: »Ich habe mit dem Menschen aus dem Versuchslabor kommuniziert.«

Es wurde still. Die Aliens starrten Tribandum an.

»Sie haben was?«, fragte Titawin ungläubig. »Wiederholen Sie das bitte!«

Chalawan und Tecton senkten ihre Blicke. Sie wussten, was das für Konsequenzen für ihren hochgeachteten Kollegen haben würde. Saros-Pi neigte sich vor zu Tribandum, starrte ihn an. Chalawan und Tecton hoben nach einer Weile ihre Blicke wieder und sahen ebenfalls zu Tribandum.

»Ich habe das Exemplar aufgeweckt. Ich habe mit dem Menschen gesprochen.«

Die Aliens schwiegen. Sie konnten nicht glauben, was ihr Kollege ihnen gerade offenbart hatte. Saros-Pi ergriff das Wort. »Herr Vorsitzender, ich beantrage, dass der Kollege Tribandum unverzüglich von seinen Pflichten entbunden wird.«

»Abgelehnt!«, antwortete Titawin, ohne seine Blicke von Tribandum abzuwenden.

»Herr Vorsitzender, ich muss darauf bestehen. Tribandums Verhalten-«

»Seien Sie still!«, unterbrach Titawin Saros-Pi scharf.

Es war eine völlig neue Situation eingetreten, die es zu bewerten galt. »Ist Ihnen die Tragweite Ihres Handelns bewusst, Tribandum? Man wird Sie von der Kooperation entfernen. Sie werden an keinem Ort der Galaxis mehr als Wissenschaftler arbeiten können.«

Tribandum lehnte sich in seinem Sitz zurück. Nach einer kurzen Bedenkzeit antwortete er: »Herr Vorsitzender, diese Arbeit ist mein einziger Lebensinhalt. Aber ich bin zuallererst meinem Gewissen verpflichtet. Ich werde nicht blind irgendwelchen Vorschriften von engstirnigen Bürokraten folgen und einem Todesurteil für eine ganze Rasse zustimmen. Nicht ohne vorher zumindest mit einem von ihnen gesprochen zu haben. Nicht ohne seine Art kennengelernt zu haben.«

Er wirkte bei seinen Ausführungen sehr gefasst in Anbetracht der Tatsache, dass er wahrscheinlich gerade seine Zukunft zerstört hatte. Titawin schaute Tribandum, der gerade sein gesamtes Forscherdasein für einen Menschen auf Spiel setze, weiterhin fassungslos an. »Wo ist der Mensch jetzt?«

»In meinem Quartier.«

»In Ihrem Quartier? Ist das Ihr Ernst?!«, fragte Titawin.

»Ja«, sagte Tribandum. »Er ist äußerst friedlich und ungefährlich.«

»Ein friedlicher Mensch! Ach, hören Sie doch auf! Sie gefährden das Schiff und die Besatzung, ist Ihnen das nicht klar?«, fragte Saros-Pi.

»Ich sagte, er ist friedlich«, entgegnete ihm Tribandum.

Der Vorsitzende ergriff wieder das Wort. »Wenn Sie ihn in Ihr Quartier gebracht haben, gehe ich davon aus, dass er keine Bedrohung darstellt.«

»Wie gesagt, Herr Vorsitzender. Ich wiederhole mich noch einmal. Um das klarzustellen: Entgegen allen Vorurteilen ist der Mensch friedlich, höflich und zurückhaltend. Er vertraut mir. Er sieht mich als seinen Freund«, sagte Tribandum.

»Ich möchte auch mit ihm sprechen«, sagte Chalawan.

»Ich auch!«, rief Tecton.

Titawin sah in die Runde, schließlich zu Saros-Pi. Saros-Pi nickte bejahend. Titawin schaute wieder zu Tribandum, überlegte kurz und sagte: »Sie haben nicht nur gegen die obersten Prinzipien unserer Forschungsrichtlinien verstoßen, sondern auch vorsätzlich gegen das Protokoll zum Erstkontakt mit einer fremden Rasse. Dafür werden Sie die Konsequenzen tragen müssen. Aber wir können nicht verleugnen, was wir sind. Wir alle sind Wissenschaftler. Die Fakten, die Sie geschaffen haben, werden wir nicht ignorieren. Das wäre falsch. Wir werden die Erkenntnisse, die Sie durch die Kommunikation mit dem Menschen erlangen, bei der Beurteilung seiner Spezies würdigen.«

Die Aliens nickten. Der erste Schock, den Tribandum mit seinem Vorbringen bei seinen Kollegen ausgelöst hatte, war der wissenschaftlichen Neugier gewichen, der sich auch Saros-Pi nicht entziehen konnte. Titawin fuhr fort: »Trotzdem kann er nicht in

Ihrem Quartier bleiben. Der Mensch soll ein Terrarium im Labor bekommen. Simulieren Sie so gut es geht sein natürliches Habitat. Nachdem Ihre Arbeit mit dem Exemplar abgeschlossen ist, werden Sie es umgehend einschläfern.«

Ein Ruck ging durch die Wissenschaftler. Sie richteten ihre Blicke an den Vorsitzenden.

»Ihn einschläfern? Wieso?«, fragte Tribandum.

»Was wollen Sie denn sonst mit ihm machen? Soll er etwa hierbleiben?«, fragte Titawin.

»Ihn zurückschicken zu seiner Familie«, erwiderte Tribandum.

»Er hat eine Familie?«, fragte Chalawan.

»Ja, eine Frau und zwei Kinder.«

Titawin schüttelte den Kopf. »Das wird ja immer besser!«, rief er. »Hören Sie, Tribandum. Wenn Sie ihn zurückschicken, wird er mit den anderen Menschen extrahiert. Sie können ihm das ersparen.«

»Das Ergebnis meiner Untersuchung spielt für Sie keine Rolle, nicht wahr? Ihre Entscheidung steht schon lange fest«, sagte Tribandum.

»Machen Sie sich nicht allzu große Hoffnungen. Wann kann dieser Rat mit Ihrem Bericht rechnen?«, fragte Titawin.

Tribandum sah Titawin an. Er spürte in diesem Moment nur Verachtung ihm gegenüber. »Ich werde Asyl für den Menschen beantragen.«

»Asyl?«, fragte Titawin überrascht.

»Ja, Asyl, hier auf diesem Schiff«, sagte Tribandum.

Die Aliens drehten ihre Köpfe zu Titawin. Titawin baute sich in seinem Sitz auf. Sein Brustkorb wölbte sich nach vorn. Er schien Tribandum mit einem scharfen Blick durchbohren zu wollen. Die unübersehbar aggressiver werdende Köpersprache des Vorsitzenden verriet, dass er langsam die Geduld mit Tribandum verlor. »Treiben Sie es nicht zu weit, Tribandum!«

Tribandum zeigte keine Regung.

»Ich treibe es so weit wie nötig, Herr Vorsitzender«, sagte er.

»Ich werde eine auf wissenschaftlichen Fakten basierende Entscheidung treffen. Eine Untersuchung, deren Ergebnis bereits von vornherein feststeht, entspricht nicht dem Anspruch dieses Rates. Sie wäre zudem rechtswidrig.«

Titawin stand auf, blickte auf Tribandum hinab. Er stützte sich mit seinen Fäusten auf der Kante des Konferenztisches ab. Seine Augen funkelten. Er wirkte bedrohlich mit seiner wuchtigen Gestalt. »Ihr Antrag ist abgelehnt. Bringen Sie den Menschen unverzüglich zurück ins Labor!«, rief er.

Saros-Pi griff an dieser Stelle ein. Er erhob sich von seinem Platz, richtete seine Blicke auf Titawin. »Herr Vorsitzender«, sagte er sehr ruhig und unaufgeregt. »Ich möchte darauf hinweisen, dass, bis die Angelegenheit auf einer Sternenbasis entschieden werden kann, die Jurisdiktion auf diesem Schiff dem Captain unterliegt.«

Titawin schaute auf den deutlich kleineren Saros-Pi hinunter. Der Einwand zeigte Wirkung. Titawin beruhigte sich etwas.

»Wollen wir uns nicht wieder setzen, Herr Vorsitzender?«, fragte Saros-Pi.

Titawin schaute Saros-Pi an, nickte. Er setzte sich hin. Saros-Pi tat es seinem Vorsitzenden gleich und nahm Platz. Er sah zu Tribandum. »Verehrter Herr Kollege, ich würde vorschlagen, Sie tragen Ihr Anliegen dem Captain vor. Er wird eine vorübergehende Regelung treffen, bis wir eine Sternenbasis ansteuern. Bis dahin halte ich den Vorschlag des Vorsitzenden, den Menschen im Labor unterzubringen, für eine kluge Maßnahme.«

Die anwesenden Aliens inklusive Tribandum nickten.

Titawin traf eine Entscheidung: »Stellen Sie Ihren Asyl-Antrag beim Captain und hoffen Sie, dass er Sie nicht in die Arrestzelle wirft. Die Sitzung wird bis auf Weiteres vertagt. Ich danke Ihnen, meine Herren.« Er stand auf und verließ den Raum.

✶✶✶

5

Tribandum betrat sein Quartier. Er fand Bob vor, wie dieser vor dem großen Bullauge stand. Der Mensch schaute sehnsüchtig auf die Erde. »Meine Familie ist dort. Werde ich sie jemals wiedersehen?«

»Es ist noch nicht entschieden«, sagte Tribandum. Das Alien stellte sich neben den Erdenmann. Sie schauten auf den blauen Planeten.

»Wer genau seid ihr eigentlich? Was macht ihr hier?«, fragte Bob.

Tribandum überlegte, was er Bob sagen sollte. Die schonungslose Wahrheit? Oder sollte er sie lieber für sich behalten? Zumindest vorerst? »Was ist los, Tim?«, fragte Bob. »Hast du deine Zunge verschluckt?«

In dem Moment wurde Tribandum eines klar. Wenn er Bob als intelligentes und empfindungsfähiges Wesen betrachten wollte, das sich seiner selbst bewusst war, dann müsste er ihm auch das Recht zugestehen, alles zu erfahren, was seine eigene Person betraf. »Wir sind eine Kooperation aus einer Vielzahl von verschiedenen Alienrassen. Wir halten uns selbst für hoch entwickelt. Wir erforschen das gesamte Universum. Wir kolonialisieren Planeten, die wir als wertvoll erachten.«

Bob sah zu dem Alien hinauf. »Ihr seid Eroberer?«, fragte er mit großen Augen. »Sagtest du nicht, du wärst ein Wissenschaftler und das wäre ein Forschungsschiff?«

Tribandum erwiderte Bobs Blicke nicht. Er sah einfach weiter aus dem Bullauge ins All. »Das ist das, was wir uns einreden«, sagte er. »Aber im Grunde sind wir nicht besser als die Seefahrer-Nationen und Sklaventreiber aus eurer Kolonialzeit.«

Bob drehte sich zum Bullauge. Er starrte auf die Erde und schwieg. »Was habt ihr mit der Erde vor?«, fragte er nach einer Weile.

Tribandum zögerte. Schließlich sagte er: »Kolonie Blau03.«

Bob schaute zu ihm hinauf. »Was?«

Tribandum schaute weiter aus dem Bullauge. »Es gibt einige auf diesem Schiff, die auch deinen Planeten kolonialisieren möchten«, sagte er. »Ich gehöre nicht dazu.«

»Was passiert dann mit uns? Werden wir eure Sklaven?«

Tribandum zögerte erneut.

»Nun sag schon!«, insistierte Bob.

Tribandum drehte sich zu Bob und schaute auf ihn hinab. »Die Menschen werden extrahiert.«

»Extrawas?«

»Extrahiert«, wiederholte Tribandum.

»Das hört sich nicht gut an.«

»Ihr werdet ausgerottet, Bob. Wie Ungeziefer.«

Bob nahm Tribandums Worte gefasst auf. Äußerlich zumindest. Er wandte sich wieder dem Bullauge zu, starrte noch einige Zeit hinaus. Dann drehte er sich weg und ging. Tribandum blieb stehen. Er starrte einfach weiter ins All. Er fühlte sich hundeelend.

***

6

Captain Kaan saß an seinem Schreibtisch im Bereitschaftsraum. Er wartete auf Tribandum. Der Raum befand sich in einer Glaskuppel im obersten Deck der Sirius. Ein freier, ungetrübter Blick in das schier unendliche Universum für den Capitain des Flaggschiffes. Kaan war gerade dabei, den Fall des Menschen an Bord zu studieren. Er prüfte den dazugehörigen Asylantrag von Tribandum. Ein dreidimensionales Porträt des Erdenmannes wurde vor ihm holografisch projiziert. Daneben wurden die biometrischen und persönlichen Daten des Menschen angezeigt. *Bob nennt er sich also. Ob der Name eine Bedeutung hat?* Tribandum kam herein. Er blieb an der Tür stehen. »Captain«, sagte er. »Sie wollten mich sprechen.«

Der Captain blickte zum Eingang seines Raumes.

»Ja, allerdings. Treten Sie ein.«

Tribandum gehorchte. Der Captain war noch jung. Tribandum hatte einige Tausend Jahre mehr an Lebenserfahrung auf dem Buckel. Das junge Alter des Captains änderte aber nichts an dem großen Respekt, den ihm jeder, einschließlich Tribandum auf der Sirius, entgegenbrachte. »Nehmen Sie Platz«, sagte Kaan. Er deutete auf den Sitz vor seinem Schreibtisch.

Kaum saß Tribandum, beendete der Captain die Projektion. Er sah den Wissenschaftler eindringlich an, begutachtete ihn geradezu. Kaan hatte Tribandum immer respektiert, ihn als exzellenten Forscher hochgeschätzt. Er war gespannt zu erfahren, was dieses tadellose Besatzungsmitglied dazu gebracht haben könnte, in solch gravierender Weise gegen die obersten Prinzipien des Wissenschaftsrates sowie denen der Kooperation zu verstoßen.

»Er nennt sich also Bob«, sagte der Captain schließlich.

»Seine Eltern haben ihm den Namen gegeben«, erwiderte Tribandum.

»Hat der Name eine Bedeutung?«

»Es ist die Abkürzung von Robert. Ein altgermanischer Name. Bedeutet in etwa von glänzendem Ruhme.«

Captain Kaan beugte sich vor. »Wieso haben Sie ihn aufgeweckt?«

»Es steht alles in dem Bericht.«

»Das weiß ich selbst. Ich will es aber von Ihnen hören.«

Seine Blicke waren sanft, aber flößten Tribandum tiefsten Respekt ein. Der Captain strahlte durch seine Körpersprache und seine Art zu sprechen eine natürliche Autorität aus, der sich niemand entziehen konnte.

»Man verlangt von mir, dass ich das Todesurteil für eine ganze Rasse fälle. Ich bin Wissenschaftler, Captain. Kein Richter«, versuchte Tribandum seine Beweggründe zu erklären.

»Hat sich denn irgendetwas an Ihrer Aufgabe geändert, jetzt wo Sie den Menschen aufgeweckt haben?«, fragte der Captain nach.

Tribandum überlegte kurz. »Ich werde jedenfalls besser verstehen, wer die Menschen waren, wenn wir ihrer Existenz ein Ende gesetzt haben.«

Captain Kaan stand auf. Er ging zu einem kleinen Tisch, auf dem ein Gefäß mit einem Heißgetränk stand. Er goss sich etwas von der Flüssigkeit in einen Behälter.

»Möchten Sie etwas echten edirianischen Tee? Ich habe ihn aus meinem letzten Landurlaub mitgebracht.«

»Ich habe keinen Durst.«

»Dieser Tee ist was ganz Besonderes. Kein einfacher Durstlöscher. Man genießt ihn, um sich daran zu erfreuen. Sie sollten ihn probieren.«

»Mir ist gerade nicht danach, mich an irgendetwas zu erfreuen.«

Der Captain drehte sich zu Tribandum. »Tatsächlich nicht?«,

fragte er. »Ihnen ist mehr danach gegen mehr als ein Dutzend Vorschriften zu verstoßen? Auf meinem Schiff!«

Tribandum schwieg. Er starrte vor sich hin. »Ich werde mich dafür verantworten«, erklärte er.

»Ja, das werden Sie. Aber jetzt erklären Sie mir erst mal, warum Sie diesen Asylantrag gestellt haben.«

Tribandum richtete den Blick auf seinen Captain. »Bob ist intelligent. Ein empfindungsfähiges Wesen. Er ist sich seiner Situation und sich selbst bewusst. Es ist falsch, ihn wie ein Versuchstier im Labor einzusperren und Experimente an ihm durchzuführen, um ihn danach zu entsorgen.«

»Habe ich das richtig verstanden? Sie wollen, dass dieser Mensch verschont wird, auch wenn die Regierung beschließen sollte, den Homo sapiens von der Erde zu extrahieren?«

»Ja, das haben Sie.«

Der Captain kam zurück zum Schreibtisch. Er nahm einen Schluck von seinem Tee, schaute auf Tribandum hinab.

»Wieso?«, fragte er. »Ihrem eigenen vorläufigen Bericht zufolge sind die Menschen die aggressivste und feindseligste Lebensform, mit der wir es bisher zu tun hatten. Zu allem Überfluss haben sie nicht viel von der intakten Natur des Planeten übriggelassen. Durch ihre ignorante und selbstzerstörerische Lebensweise haben sie das Erdklima aus dem Gleichgewicht gebracht und werden früher oder später sich selbst zugrunde richten. Ich frage Sie, wo Sie da noch Anzeichen für irgendeine Art Intelligenz erkennen können?«

»Sie reden wie Saros-Pi.«

»Ich rede wie ein vernünftiger Mann! Also Tribandum. Ich warte.«

»Wenn ich Bob ansehe, sehe ich kein aggressives oder feindseliges Wesen«, sagte Tribandum. »Ich sehe nur einen hilflosen jungen Mann, der Heimweh hat. Einen verängstigten Außenseiter, den die Sehnsucht und Sorge nach seiner Familie regelrecht zerfrisst.«

Er stand auf und trat an die durchgehende Glasfront der Kuppel. Er stellte sich davor, blickte zu den Sternen. »Sehen Sie sich das an, Captain.«

Der Captain zögerte kurz. Dann stellte er sich zu Tribandum. Der große Humanoid überragte Tribandum um etwa einen ganzen Meter. Die Aliens blickten gemeinsam in die unendlichen Weiten des Kosmos.

»Ich bin Wissenschaftler geworden, um zu den Sternen zu reisen«, sagte Tribandum. »Um unbekannte Welten zu erforschen, um neue Spezies kennenzulernen. Aber ganz sicher nicht, um ihnen ihre Heimat wegzunehmen, an ihrer Ermordung mitzuwirken und an einem Genozid teilzunehmen, um sie letztendlich auszurotten.«

»Jetzt übertreiben Sie, Tribandum. Sie sollen eine objektive wissenschaftliche Bewertung abgeben, nicht mehr und nicht weniger.«

»Wir haben im Cargolis-Cluster eine rote Linie überschritten«, sagte Tribandum. »Seitdem sind wir keine Wissenschaftler mehr, die in Frieden kommen. Seitdem sind wir Eroberer und Kolonisatoren.«

Der Captain nahm einen Schluck von seinem Tee, ohne seine Blicke von den Sternen abzuwenden. Er dachte kurz nach über den Vorwurf seines Besatzungsmitgliedes. »Sie gehen zu weit«, sagte er. »Das Vorgehen im Cargolis-Cluster war umstritten, zugegeben, aber es gab nie einen Beweis dafür, dass die Cargolianer tatsächlich intelligent waren.«

Tribandum schüttelte den Kopf. »Sie verstehen nicht.«

»Dann seien Sie so freundlich und klären mich auf.«

»Zunächst haben wir schädliche Pilzkulturen extrahiert, danach Insekten. Mit den Cargolianern schließlich zum ersten Mal Primaten«, sagte Tribandum. »Jetzt sollen es die Menschen sein. Die Grenzen werden immer weiter verschoben. Wo soll das enden, Captain?«, fragte er. »Wen extrahieren wir als Nächstes? Wer ist noch intelligent genug, um weiterleben zu dürfen?«

Der Captain dachte über Tribandums Worte nach. Er schwieg eine Weile, schaute weiter hinaus in den Weltraum. Darauf hatte er keine Antwort.

»Bevor Sie meinen Antrag ablehnen, bevor Sie das Leben von Bob und damit auch das Schicksal seiner gesamten Rasse in die Hände von ignoranten Bürokraten und Beamten legen, die noch nie ihre muffigen Amtsstuben verlassen haben, sollten Sie ihm zumindest einmal in die Augen schauen«, sagte Tribandum.

Captain Kaan zeigte keine Regung. »Sie können gehen, Tribandum«, sagte er schließlich.

Tribandum zögerte kurz, ging dann zum Ausgang.

»Tribandum«, sagte der Captain, ohne sich umzudrehen.

Tribandum blieb stehen, drehte sich um.

»Ich möchte alle Dateien betreffend die Kolonialisierung des Cargolis-Clusters bis morgen früh auf meinem Tisch haben.«

Tribandum nickte und verließ den Raum. Gab es vielleicht doch noch Hoffnung für Bob?

***

7

Tribandum war zurück in seinem Quartier. Er sah Bob beim Zubereiten einer Standardration an der Nahrungseinheit.

»Hallo, Bob.«

»Hallo, mein außerirdischer Freund. Nimm es mir nicht übel, aber von gutem Essen versteht ihr nicht wirklich viel, oder?«

Bob wollte gerade ansetzen, um sich einen Schluck von dem fertig gemischten, breiartigen Zeug zu genehmigen.

»Warte!«, rief Tribandum.

Bob hielt inne, schaute zu Tribandum. »Was ist? Bin ich zu fett?«

»Ja, etwas. Aber es geht mir nicht um deine Körperzusammensetzung«, sagte Tribandum. »Folge mir.«

Bob stellte den Behälter wieder hin, folgte seinem außerirdischen Freund. »Du bist auch nicht gerade ein Adonis. Was hast du vor?«, fragte er.

»Wir werden etwas Richtiges essen«, sagte Tribandum.

»Darf ich denn raus?«, fragte Bob.

»Wenn jemand etwas dagegen hat, stehe ich dafür gerade.«

Sie verließen das Quartier, begaben sich auf den Gang. Der Erdenmann und das Alien gingen nebeneinanderher. Bob schaute sich neugierig um. Zwei Besatzungsmitglieder kamen ihnen entgegen. Es waren Aliens aus dem Argon-Korridor. Kleinwüchsige Humanoide, etwa so groß wie Grundschüler, mit Overalls. Sie hatten eigenartige Werkzeuge in der Hand. Solche, die der Mensch noch nie zuvor gesehen hatte. Bob beobachtete alles mit großem Interesse. Als die Aliens Bob und Tribandum passierten, grüßte Bob sie mit einem freundlichen »Hallo«.

Die Aliens kicherten und gingen einfach weiter. Bob lächelte zurück. Tribandum deutete mit seiner Hand auf eine Tür. »Dort ist ein Lift, den müssen wir nehmen«, erklärte er. Das ungleiche Paar stellte sich vor den Eingang des Lifts. Die Doppelschiebetür bewegte sich automatisch zu den Seiten. Der Mensch und das Alien traten ein. »Zum Freizeitdeck«, sagte Tribandum. Die Türen schlossen sich. Der Lift bewegte sich mit hoher Geschwindigkeit aufwärts. Nach kurzer Zeit blieb er stehen. Die Türen öffneten sich. Tribandum und Bob traten hinaus.

»Hier entlang«, sagte Tribandum.

Am Ende des Ganges öffnete sich eine weitere Tür, die sie durchschritten. Tribandum hatte Bob in die Bar gebracht, wo er vor einigen Tagen ein Ale mit Cursa getrunken hatte. Za'Ul, der Barmann, bemerkte seine neuen Gäste zuerst. Er winkte ihnen von seinem Tresen mit einem Lächeln zu. Bob machte große Augen. Er sah etwa drei Dutzend verschiedenartigste Aliens verteilt im Raum. Sie aßen, tranken, unterhielten sich. Bob schaute sich mit offenem Mund um.

»Verdammt«, mummelte er.

»Was ist?« fragte Tribandum.

»Das ist die Muppetsshow mit lebenden Figuren, Mann«, sagte Bob. »Was ist das da für einer?« fragte er.

Er deutete mit dem Zeigefinger auf ein Lichtwesen. Es war eine Erscheinung mit diffuser Gestalt, ähnlich einer Wolke. Sie strahlte in einem hellen warmen Licht. Die konturenlose Lebensform schwebte vor einem Tisch. Auf dem Tisch stand eine Art Minireaktor, der in unregelmäßigen Abständen kleine bunte Blitze absonderte. Das Wesen absorbierte die Entladungen.

»Das ist ein Nazgoid. Er stammt von einem Gasriesen im Katzenaugennebel«, sagte Tribandum.

»Aha. Und was macht er da?«

»Er speist. Die Strahlung, die er aufnimmt, versorgt ihn mit Energie. Hier verbringen die meisten Besatzungsmitglieder ihre Freizeit.«

»Oookay, wir essen aber keine Blitze, oder?«

»Nein. Ich stelle dir jetzt jemanden vor.«

Bob folgte seinem Alien-Freund an den Tresen. Sie setzten sich an die Bar. Za'Ul kam gleich rüber zu seinen Gästen. Der außerirdische Barmann begrüßte sie freundlich in einer Alien-Sprache. Tribandum antwortete in derselben Sprache.

»Bob, das ist Za'Ul«, sagte Tribandum. Anschließend sagte er zu Za'Ul: »Za'Ul, das ist Bob. Er ist ein Mensch.«

Za'Ul nickte lächelnd. Tribandum sagte noch etwas zu Za'Ul. Daraufhin drehte sich Za'Ul zu Bob und sagte: »Hallo und herzlich willkommen.«

Seine Aussprache war nahezu perfekt. Dann lächelte er erneut. Bob strahlte über das ganze Gesicht. Er musste lachen. »Danke, Za'Ul.«

Tribandum bestellte zwei Ale. Der Barmann nickte. Dann machte er sich an die Arbeit.

»Wieso spricht er meine Sprache?« fragte Bob.

»Viele hier sprechen mehrere Hundert Sprachen, einige sogar mehrere Tausend«, sagte Tribandum. »Es bereitet uns keine Schwierigkeiten, eine neue Sprache zu erlernen.«

»Aha«, sagte Bob. »Ihr seid alle superschlau was?«

»Wenn du noch einige Male herkommst und mit ihm kommunizierst, wird er sich in deiner Sprache mit dir unterhalten können.«

»Ich sag doch, superschlau«, sagte Bob. Er sah sich weiter um.

»Die meisten Sprachen verfügen über einen nur sehr geringen Wortschatz. Die Sprachen, die auf der Erde gesprochen werden, sind sehr primitiv. Im Grunde sind sie nur einfache Codierungssysteme bestehend aus relativ begrenzten Lauten und Zeichen.«

Za'Ul kam mit den Getränken zurück. »Erdensprache leicht, geringer Wortschatz, Bob«, sagte er zu Bob und lachte.

Bob musste laut auflachen. Er nahm sein Ale, schaute zu Za'Ul. »Auf dich, Za'Ul. Du bist ab jetzt mein Lieblings-Barmann.« Er nahm einen Schluck, nickte von dem Geschmack des Getränks begeistert Richtung Za'Ul.

»Du bist Lieblings-Bob von Za'Ul«, sagte der Barmann, wieder mit einem Lächeln.

Bob erwiderte es, schaute zu Tribandum. »Danke Tim-Bandwurm. Ich glaube, ich habe einen weiteren Freund gefunden.«

»Das freut mich.«

Bob hob sein Ale, hielt es in Richtung Tribandum. Dieser beobachtete die Geste des Menschen. Er griff nach dem Ale, wollte es an sich nehmen.

»Finger weg!«, sagte Bob, sichtlich amüsiert von der Unbeholfenheit des megaschlauen Aliens. »Trink gefälligst dein eigenes.«

Tribandum zog seine Hand zurück, schaute den Erdenmann fragend an.

»Hebe dein Getränk, sowie ich es tue«, sagte Bob.

Tribandum tat wie ihm geheißen. Bob stieß sein Ale gegen das seines außerirdischen Freundes. »Auf die Freundschaft zwischen einem Alien und einem Menschen«, sagte er. »Jetzt trink einen Schluck.«

Bob nahm einen Schluck. Tribandum beobachtete den Erdenmann genau und tat es ihm gleich. Sie stellten ihre Getränke wieder am Tresen ab.

»Was war das?«, fragte Tribandum.

»Wie haben auf unsere Freundschaft angestoßen. Ein menschlicher Brauch, den es überall auf der Erde gibt. Es spielt keine Rolle, wer du bist oder wo du herkommst. Egal ob schwarz, weiß, gelb, rot. Ob Nord, Süd, Ost, West. Egal. Überall auf der Welt stoßen die Menschen auf ihre Freundschaft an«, erklärte Bob.

Tribandum schaute Bob schweigend an.

»In deiner Welt nicht? Habt ihr etwa keine Bräuche?«, fragte Bob.

»Diesen jedenfalls nicht«, antwortete Tribandum.

»Das ist sehr schade, denn Freundschaft ist sehr wichtig. Fast so wichtig wie Familie. Für einige von uns sogar noch wichtiger als die eigene Familie«, sagte Bob.

Tribandum dachte einen Moment nach. Er beugte sich nach

vorne zu Bob. »Wenn Freundschaft so wichtig für euch ist, warum tut ihr euch gegenseitig all diese schrecklichen Dinge an?«, fragte er. »Warum bringt ihr euch gegenseitig um?«

Bob lehnte sich zurück in seinem Sitz. »Mann Tim-Bandwurm«, sagte er. »Du magst noch so schlau sein, aber Taktgefühl ist wirklich nicht deine Stärke.«

»Ich will nur lernen. Ich möchte dich und deine Rasse besser verstehen.«

»Schon gut. Also nur, dass du es weißt, ich habe noch nie jemanden umgebracht, klar? Und ich habe es auch nicht vor. Wenn meine Frau rumkreischt, ich solle die Spinne im Badezimmer töten, fange ich sie vorsichtig ein und befördere sie aus dem Fenster ins Freie. Die Spinne, nicht meine Frau«, sagte er.

Tribandum speicherte diese Informationen. Er wollte nichts, was zu Gunsten der Menschen sprechen könnte, außer Acht lassen bei seiner Bewertung. Bob war für ihn eine wichtige Primärquelle, die er bestmöglich für seine Arbeit nutzen konnte und wollte. »Aber deine Frau will lieber, dass der Arachnoid stirbt?«, fragte er. »Das ist untypisch. Nach unseren Feststellungen sind männliche Homo sapiens weitaus gewalttätiger und aggressiver als die Weibchen.«

»Ach, eigentlich will sie doch gar nicht, dass der Spinne wirklich etwas passiert. Sie hat eben Angst vor dem ungebetenen Gast und möchte nur, dass er wieder verschwindet«, sagte Bob.

»Ich verstehe.«

»Ich glaube nicht«, sagte Bob und lachte erneut. Dieses symphytische Alien war in seinen Augen etwas schwer von Begriff. Tribandum schaute sich den amüsierten Bob an. *Versteht dieser Mensch nicht, was* für ihn auf dem Spiel *steht?*

Bob schaute auf den für seinen Geschmack zu angespannt wirkenden Alien. »Warum immer so ernst, mein Freund? Ich bin es doch, der eigentlich Trübsal blasen müsste, nicht du. Schließlich bin ich weit weg von zu Hause. Ich werde vielleicht auch nie wieder dorthin zurückkehren.«

Er weiß also doch, worum es geht, dachte Tribandum. Er schaute Bob weiter schweigend an.

»Jetzt hör mal zu, du Alien. Hattest du mir nicht versprochen, dass wir heute mal was Richtiges essen? Also was ist mit euch Außerirdischen? Steht ihr zu eurem Wort oder nicht?«, fragte Bob.

Tribandum schaute weiterhin ernst und konzentriert. Nach einer Weile sagte er: »Du hast recht, du Mensch.«

Bob lachte auf. »War das etwa ein Hauch von Humor, den ich da herausgehört habe? So eine Art Alien Humor?«

Tribandums Mundwinkel verzogen sich ganz leicht, kaum bemerkbar nach oben. Der Mensch hatte tatsächlich etwas in ihm ausgelöst, was er lange nicht mehr gespürt hatte. Es fühlte sich an wie Erheiterung. Er schaute zu Za'Ul und rief ihn in einer Alien Sprache herbei. Sie unterhielten sich. Bob beobachtete die beiden Außerirdischen. Tribandum sagte etwas zu dem Barmann, deutete mit einer leichten Kopfbewegung auf Bob. Za'Ul nickte, lächelte rüber zu dem Erdling. Der nickte lächelnd zurück, ohne auch nur ein Wort zu verstehen. Schließlich verneigte Za'Ul sich vor Tribandum. Er entfernte sich einige Schritte zu einem Display an der Rückwand seiner Bar. Er drückte auf ein paar Schaltflächen. Dann schaute Za'Ul zu Bob mit einem breiten Grinsen.

»Bob wird heute richtig essen.«

***

8

Tribandum und Bob fuhren mit dem Lift zum obersten Deck. Ihr Ziel war der Bereitschaftsraum des Captains. Seit dem gemeinsamen Essen in der Bar waren einige Tage vergangen. Bob schien sich immer besser akklimatisiert zu haben. Tribandum war noch immer erstaunt über die Fähigkeit des Erdlings, innerhalb kürzester Zeit in seiner neuen Lebenssituation zurechtzukommen.

»Wo wollen wir hin?«, fragte Bob.

Captain Kaan hatte Tribandum und Titawin zu einer Besprechung vorgeladen. Tribandum war klar, dass es um Bob gehen würde. Er hatte daher beschlossen, den Menschen, um dessen Leben es schließlich ging, mitzunehmen. Ob er nun gegen eine Dienstvorschrift mehr oder weniger verstieß, interessierte Tribandum nicht. »Der Captain möchte mich sprechen. Und dich vielleicht auch.«

»Was ist das für ein Mann, der Captain?«

Tribandum dachte kurz nach, sagte: »Das wird sich gleich zeigen.«

Der Lift hielt auf halber Strecke an. Die Türen öffneten sich für einen weiteren Passagier. Es war Titawin. Die Blicke trafen sich. Bob trat instinktiv einen Schritt zurück und suchte die Nähe von Tribandum. Der Mensch war durch die einehmende Erscheinung des riesigen Aliens eingeschüchtert und verängstigt.

»Habe keine Angst, Bob«, sagte Tribandum. »Das ist Titawin, auch ein Wissenschaftler.«

Titawin musterte den Menschen, den er fast um einen halben Meter überragte. Das war er also, der Vertreter dieser primitiven und kriegerischen Rasse. *Besonders aggressiv scheint dieses Exemplar nicht zu sein,* dachte Titawin.

»Ich bitte um Verzeihung, Herr Titawin, ich wollte nicht unhöflich sein«, sagte Bob. »Aber Sie haben mir einen ganz schönen Schrecken eingejagt.«

Titawin verzog keine Miene. Er verstand, was Bob sagte. Er hatte die Sprache, die der Mensch sprach, seinem umfassenden Sprachenschatz bereits hinzugefügt. Er schaute Bob schweigend an. Schließlich betrat er den Lift und stellte sich neben Bob. Dieser stand jetzt zwischen Tribandum und Titawin. Er kam sich ziemlich winzig vor neben den beiden großen Aliens. Die Türen schlossen sich, der Lift setzte sich wieder in Bewegung.

»Ein wirklich freundlicher Zeitgenosse«, murmelte Bob vor sich hin.

Tribandum konnte sich ein Grinsen nicht verkneifen. Dieser kleine Mensch hatte ihn schon wieder amüsiert. Dann auch noch auf Kosten des Vorsitzenden, herrlich. Das gefiel Tribandum. Er versuchte es zu verbergen, so gut er konnte. Er war aber nicht sehr erfolgreich. Sein Gesichtsausdruck und seine zu einem Lächeln geformten Lippen verrieten ihn. Titawin entging die Schadenfreude seines Kollegen nicht. Er warf Tribandum einen kurzen Blick zu, dann sah er zu Bob. Bob grinste nur vor sich hin. Titawin richtete seinen Blick wieder nach vorn. Das ungleiche Trio setzte seinen Weg im Lift fort. Nach einigen Sekunden hielt der Lift an. Die Türen öffneten sich. Bob deutete Titawin mit einer Handbewegung den Ausgang des Lifts.

»Alter vor Schönheit.«

Der Erdenmann konnte sich ein verschmitztes Lächeln nicht verkneifen. Tribandum kniff die Augen zusammen und presste seine Lippen aufeinander. Fast hätte er laut losgelacht. Der Vorsitzende hatte genug. Titawin drehte sich langsam zu Bob. Er beugte sich tief zu dem Primaten runter. Sein riesiges Gesicht war jetzt unmittelbar vor Bobs. Ihre Nasen berührten sich beinahe. »Übertreib es nicht, Mensch.«

Bob hatte noch nie in seinem Leben eine tiefere Stimme gehört. Er spürte den kalten Atem des Aliens in seinem Gesicht. Tribandum konnte sehen, wie sich Bobs Nackenhaare aufrichteten. Er legte seine Hand auf die Schulter des Menschen und zog ihn langsam zu sich. Titawin richtete sich wieder in seiner vollen Größe auf. Er sah Tribandum von oben herab direkt in die Augen. Tribandum schob Bob sanft hinter sich, so dass er sich vor ihn stellen konnte. Die Message an Titawin war klar und eindeutig. Rühr ihn nicht an! Nach einem kurzen Moment angespannter Stille sagte Tribandum:

»Nach Ihnen, Herr Vorsitzender.«

Titawin schaute Tribandum noch einige Sekunden an. Dann verließ er den Lift. Bob trat wieder hervor. Immer noch merklich eingeschüchtert. Er stellte sich neben seinen Freund und Beschützer. »Was für ein Arschloch!«, sagte er.

Tribandum zeigte auf den Ausgang. »Los Bob, wir wollen den Captain nicht warten lassen.«

Sie verließen den Lift.

»Hier entlang«, sagte Tribandum.

Sie erreichten nach einigen Schritte ihr Ziel. Der Vorraum zum Bereitschaftsraum des Captains. Sie traten ein.

»Setz dich und warte hier«, sagte Tribandum.

Bob setzte sich auf einen der gepolsterten Sitzmöbel. Tribandum zeigte auf eine Tür. »Das ist das Arbeitszimmer von Captain Kaan. Ich gehe jetzt da rein. Du wartest hier auf mich.«

»Was mache ich denn, wenn dieser Typ aus dem Lift hier auftaucht?«, fragte Bob.

»Sag nichts. Wenn er etwas sagt, sei einfach freundlich.«

»Er macht mir Angst, Tim.«

»Du brauchst keine Angst zu haben. Ich bin gleich nebenan.«
Bob schwieg.

»Ist alles in Ordnung?«, fragte Tribandum.

»Ich will weg hier, nach Hause!«

Tribandum nickte, sagte nichts. Er verschwand im Bereitschaftsraum. Titawin war bereits anwesend. Er saß dem Captain gegenüber. Der Captain musterte Tribandum, als dieser seinen Raum betrat.

»Captain«, sagte Tribandum.

»Treten Sie näher«, sagte der Captain. »Nehmen Sie Platz.«

Tribandum kam näher und setzte sich neben Titawin. Kaan schaute die beiden Wissenschaftler abwechselnd an. Dann richtete er seinen Blick wieder auf die Dateien, die er auf seinem Tischholografen aufgerufen hatte. Er studierte die dreidimensional dargestellten Zeichen und Abbildungen. Die vorgeladenen Aliens hatten längst erkannt, dass der Captain sich mit dem Abschlussbericht des Wissenschaftsrates über die Kolonialisierung im Cargolis-Cluster beschäftigte. Der Captain stoppte das Hologramm. »Also, meine Herren. Sie können sich sicher denken, warum Sie hier sind.«

Die Aliens nickten.

»Bevor ich über den vorläufigen Status des Menschen entscheide, möchte ich Ihre Meinungen hören«, erklärte er. »Titawin, was soll mit dem Menschen an Bord geschehen?«

Titawin antwortete, ohne zu zögern: »Nach den vorliegenden Forschungsergebnissen wird der Wissenschaftsrat der Regierung empfehlen, die Erde zu kolonialisieren. Der Homo sapiens wird im Zuge dessen extrahiert. Es spricht aber nichts dagegen, den Menschen, der sich an Bord befindet, bis zur endgültigen Entscheidung der Regierungskommission in einem seiner natürlichen Umwelt nachempfundenem Terrarium zu Studienzwecken am Leben zu lassen. Nach Abschluss der Experimente sollte er eingeschläfert werden.«

»Sie sehen in ihm also nichts weiter als ein Versuchstier? Ein rechtloses Laborexperiment.«

»Er gehört der bösartigsten Spezies an, mit der wir es jemals zu tun hatten. Allein deswegen sollte er nicht frei rumlaufen.«

»Tribandum hat mir versichert, dass der Mensch friedlich und ungefährlich ist.«

»Er ist, was er ist. Ein Mensch«, sagte Titawin. »Tribandum ist auch noch immer der Ansicht, dass die Benthak friedlich und ungefährlich waren. Die verheerenden Konsequenzen dieser Fehleinschätzung dürften auch Ihnen bekannt sein, Captain.«

»Was hat das Benthak-Massaker mit dem Erdling zu tun?«, fragte der Captain.

»Sie wissen, was ich meine. Oder soll ich noch deutlicher werden?«

»Ja, ich bitte darum.«

»Wie Sie wollen.« Titawin drehte seinen Kopf zu Tribandum und sah ihm direkt in die Augen.

Tribandum erwiderte den Blick nicht. Er starrte, äußerlich unbeeindruckt, weiter nach vorne. Titawin drehte sich wieder zu Captain Kaan. »Tribandum liegt offensichtlich falsch. Mal wieder. Es wäre fahrlässig, seinem Urteil zu folgen«, sagte er. »Die Menschen sind grundsätzlich aggressiv, feindselig und gefährlich. Tribandum selbst hat das in seinem vorläufigen Bericht ohne jeden Zweifel festgestellt. Es ist nicht nachvollziehbar, warum er diesen einen Mensch als friedlich einstuft. Um meinen Standpunkt zu unterstreichen: es ist nicht etwa eine Frage des Ob, sondern nur eine Frage der Zeit, bis es zu einem Zwischenfall mit diesem von Natur aus gewalttätigen Primaten kommen wird.«

Der Captain schaute Titawin eine Weile an. Er hatte in Tribandums Bericht tatsächlich keine Anhaltspunkte für die Friedfertigkeit der menschlichen Rasse gefunden. Ganz im Gegenteil.

»Danke, Herr Vorsitzender.«

Titawin nickte. Captain Kaan schaute zu Tribandum. »Sie haben als einziges Ratsmitglied gegen die Extrahierung der Cargol gestimmt. Wieso?«

Bevor Tribandum antworten konnte, mischte Titawin sich ein: »Captain, darf ich erfahren, was-«

»Nein«, unterbrach ihn der Captain mit einem strengen Blick. Dann wandte er sich wieder Tribandum zu. »Also Tribandum. Wieso?«

»Es war nicht notwendig, die Cargol zu extrahieren. Ihre Weiterexistenz hätte kein Hindernis für die Kolonisation des Planeten dargestellt.«

»Ihre Kollegen sahen das anders«, sagte der Captain.

»Nein Captain, das taten sie nicht. In dem Punkt war sich der Wissenschaftsrat einig. Eine Extrahierung war nicht erforderlich«, entgegnete Tribandum.

»Wo lag dann das Problem?«

»Sachfremde Erwägungen sowie wirtschaftliche Interessen von gewissen Personen in hohen Positionen«, sagte Tribandum.

Titawin konnte sich nicht länger zurückhalten. »Sie reden sich gerade um Kopf und Kragen, Sie sturer-«

»Sie sind jetzt still!«, unterbrach ihn der Captain. Er schaute abwartend zu Tribandum. »Und Sie reden gefälligst Klartext! Mit Andeutungen kann ich nichts anfangen.«

»Sicher, Captain«, sagte Tribandum. »Es war formell legal, die Cargol zu extrahieren, da bestehen keine Zweifel. Sie waren schließlich nur eine Typ-0-Zivilisation, aber notwendig war es nicht.«

»Warum wurden sie dann ausgerottet?«

»Extrahiert, Captain!«, warf Titawin ein. »Bitte bleiben Sie beim korrekten Terminus.«

Der Captain warf Titawin einen scharfen, nahezu bedrohlichen Blick zu. »Sie sollen still sein, habe ich gesagt!« Titawin hatte verstanden. Der Captain meinte es ernst. Kaan schaute wieder zu Tribandum. »Also warum?«

Tribandum räusperte sich.

»Ich warte!« rief der Captain.

»Letztendlich wurden die Cargol als Nahrung für einen Kolonieaußenposten im Cequl-System verwertet«, sagte Tribandum schließlich. »Diese Entscheidung konnte und wollte ich nicht mittragen.«

Titawin richtet seine Blicke auf Tribandum. Er musste sich sichtlich zurückhalten, um nicht laut zu werden. Der Captain hob seine Augenbrauen. Er öffnete wieder das Hologramm. Er hatte dem Bericht diese Information nicht entnehmen können.

»Bemühen Sie sich nicht«, sagte Tribandum. »Sie werden dazu nichts in dem Bericht finden.«

»Was sagen Sie da?«, fragte der Captain.

»Fragen Sie den Vorsitzenden. Er hat den Bericht verfasst.«

»Herr Kollege, das ist doch streng geheim!«, fuhr Titawin Tribandum an.

Der Captain nahm erneut Titawin ins Visier.

»Titawin, ist das wahr? Warum steht davon nichts in Ihrem Bericht?«, fragte der Captain.

Titawin schaute zum Captain. »Der Bericht erfüllt alle formellen Vorgaben.«

Der Captain änderte seinen Ton. »Formelle Vorgaben? Ich will keine Floskeln hören. Also weichen Sie nicht aus und beantworten Sie meine Frage!«, rief er aufgebracht.

»Bei allem Respekt, Captain. Der Vorsitzende des Wissenschaftsrats ist nur der Regierungskommission als seinen direkten Auftraggeber zur vollständigen Berichterstattung verpflichtet. Sie als kommandierender Offizier eines Raumschiffes haben nur eingeschränkten Zugriff. Sie erhalten der formhalber eine grobe Zusammenfassung unserer Ergebnisse. Geben Sie sich damit zufrieden und stellen Sie keine Fragen«, sagte Titawin. Dann drehte er sich zu Tribandum und drohte: »Und Ihnen würde ich dringend empfehlen, keine Regierungsgeheimnisse zu verraten. Sonst müssen Sie mit weitaus gravierenderen Konsequenzen rechnen als mit der Entfernung aus der Kooperation.«

Der Captain schaute Titawin an. Er senkte seine angehobenen Augenbrauen wieder, lehnte sich in seinem Sitz zurück und lächelte kaum bemerkbar. Durch die Aussagen von Titawin hatte der Captain mehr über den Vorsitzenden des Wissenschaftsrates auf seinem Schiff erfahren, als er erhofft hatte. »Danke, Titawin. Sie haben mir soeben alle meine Fragen beantwortet«, sagte er.

»Jetzt verlassen Sie meinen Raum. Sie haben sicher noch einige Regierungsgeheimnisse zu vertuschen.«

Titawin erhob sich langsam und baute sich vor dem Tisch des Captains auf. Wie ein Tsunami, der sich am Ende zu einer gewaltigen Wand aufbäumt. Dann blickte der Vorsitzende mit finsteren Blicken auf den Captain herunter und presste wieder seine Lippen zusammen. Er stand einfach da und starrte den Captain an. Dieser würdigte ihn sekundenlang keines Blickes. Schließlich stand Captain Kaan auf. Mit seinen knapp drei Metern überragte er Titawin deutlich. Er sah auf Titawin herunter, beugte sich nach vorne und durchbohrte Titawin mit seinen Blicken. »Wollten Sie noch irgendetwas sagen?«

Titawin zögerte kurz, aber er bemerkte die Autorität, die der Captain ausstrahlen konnte, wenn er es darauf ankommen ließ. Titawin verspürte den unwiderstehlichen Drang, dem Blick des Captains auszuweichen. Der Tsunami brandete nicht, sondern löste sich in nichts auf. Titawin drehte sich schließlich wortlos um und verließ den Raum.

»Offensichtlich nicht«, murmelte der Captain. Er setzte sich wieder hin. »Tribandum, was ist wirklich im Cargolis-Cluster geschehen?«

»Die Cargol waren friedliche, humanoide Primaten. Sie standen kurz vor Erreichen der nächsten Evolutionsstufe. In wenigen Generationen hätten sie die Fähigkeit entwickelt, sich durch Sprache zu verständigen«, sagte Tribandum. Er hielt inne und erinnerte sich an die Diskussionen im Rat. Daran, wie er vergeblich versucht hatte, Titawin umzustimmen, um die Cargol zu retten. Eine ähnliche Situation wie jetzt mit den Homo sapiens von der Erde.

»Fahren Sie fort«, hörte er den Captain sagen.

»Eine Hungersnot breitete sich auf einer Kolonie im Cequl Vigrod Sektor aus. Sämtliche Technologie inklusive der Nahrungsverteiler waren aufgrund gravimetrischer Störungen, verursacht durch ein plötzlich auftretendes Schwarzes Loch, ausgefallen. Ein Kolonieaußenposten war akut vom Hungertod bedroht. Der Rat berechnete, dass die Cargol genug nährstoffreiche Biomasse lieferten, um die Kolonisten zu versorgen. Zumindest bis die Auswirkungen des Schwarzen Lochs unter Kontrolle gebracht werden konnten.«

Der Captain hatte Tribandums Worte aufmerksam verfolgt. Es ergriff ihn ein erschreckender Verdacht. »Die Kolonisten im Cequl Sektor sind Vrigrod«, sagte er mehr zu sich selbst, als würde er laut nachdenken.

»Ja, Vrigrod, so wie Titawin, falls Sie darauf hinauswollen«, sagte Tribandum.

Der Captain stand auf und ging ans Ende des Raumes. Er blickte hinaus ins Universum und fragte sich, ob es wirklich sein konnte, dass der Vorsitzende des Wissenschaftsrates aus persönlichen Gründen eine ganze Spezies geopfert hatte. Er drehte sich wieder zu Tribandum. »Wie sehen Sie das, Tribandum?«

Tribandum dachte kurz nach. Er wusste, dass Titawin im Labor als ein objektiver Wissenschaftler generiert wurde. Emotionen durften ihn bei seinen Entscheidungsprozessen nicht beeinflussen. Die Erfahrung zeigte jedoch, dass Theorie und Praxis immer zu einem Teil, manchmal sogar gravierend voneinander abweichen konnten. Es war also zumindest denkbar, dass auch Titawin zu Entscheidungen fähig war, die durch Emotionen beeinflusst wurden. Schließlich war er soeben Zeuge eines sehr emotionalen, von Zorn und Aggression geprägten Verhaltens des Vorsitzenden gegenüber dem Captain geworden.

»Captain, es gibt jedenfalls keinen offiziellen Beweis für ein formelles Fehlverhalten von Titawin in der Cargol-Frage«, stellte Tribandum fest.

»Dennoch haben Sie gegen die Extrahierung gestimmt«, beharrte der Captain.

»Die Cargol waren eine friedliche Spezies. Davon geht der Rat aus, wenn eine Rasse ihren Artgenossen sowie ihren Mitgeschöpfen keinen Schaden zufügt. Sie waren in der Lage, ihre eigene Art mit den ihnen zur Verfügung stehenden natürlichen Ressourcen zu erhalten. Sie waren somit auch als intelligent einzustufen und erfüllten alle Kriterien für eine Weiterexistenz. Bis auf ihre Zivilisationsstufe«, erwiderte Tribandum.

»Was hat es mit dieser Klassifizierung auf sich?«

»Eine Zivilisation des Typs 0 kann unter bestimmten Umständen ohne eingehende Prüfung des Einzelfalles extrahiert werden. In Ausnahmefällen auch ohne Anhörung des Ethikrats, wenn z.B. die betreffende Spezies gar keine oder nur eine kaum messbare Intelligenz besitzt. Vom Typ 0 sprechen wir, wenn eine Rasse noch nicht weit genug entwickelt ist, um die Energie, die der Mutterstern ihrem Heimatplaneten liefert, in vollem Umfang für ihre Zivilisation zu nutzen«, erklärte Tribandum.

»Und wenn sie so weit entwickelt ist?«, fragte der Captain.

»Dann haben wir eine Zivilisation des Typs 1. In diesem Fall muss geprüft werden, ob die Rasse sich selbst, ihren Mitgeschöpfen und ihrer Umwelt schadet. Zudem wird überprüft, ob die Spezies in der Lage ist, ihre Art mit den ihr zur Verfügung stehenden Ressourcen dauerhaft zu erhalten. Als letztes Korrektiv wird immer der Ethikrat angehört, bevor die Empfehlung ausgesprochen wird, eine Klasse-I-Zivilisation zu extrahieren.«

»Ich verstehe. Das Vorgehen im Cargol-Cluster war zwar nicht rechtswidrig, aber die Cargol hätten auch ohne Weiteres verschont werden können, trotz einer Kolonialisierung. Wieso wurden Sie überstimmt?«

»Wie ich Ihnen schon vor einigen Tagen sagte, die moralischen Grenzen werden bei der Kolonialisierung immer weiter verschoben. Die Kriterien werden nicht mehr restriktiv ausgelegt. Sachfremde Erwägungen spielen zunehmend eine Rolle. In Fall der Cargol war es die Hungersnot im Cequl Sektor. Hinzu kommt, dass der Ethikrat als korrektives Instrument an Bedeutung verloren hat. Titawin hat das Regel-Ausnahme-Verhältnis umgekehrt. Er hört die Ethikkommission bei der Beurteilung von Typ-0-Zivilisationen grundsätzlich nicht mehr an, weil er diese Zivilisationsstufe als zu niedrig erachtet«, sagte Tribandum.

»Zu niedrig wofür?«

»Um von einer Extrahierung verschont zu bleiben. Wenn Sie Klartext wollen, Captain: zu wertlos, um weiterleben zu dürfen.«

»Unwertes Leben! Wenn ich das schon höre!«, rief der Captain. Er ging an den Schreibtisch zurück, setzte sich hin und öffnete die Dateien über den Planeten Erde und die Menschen. Er studierte sie eine Zeit lang. Dann schaute er zu Tribandum. »Ich gebe zu, dass ich bei der Kolonisation im Cargolis-Cluster meine Bedenken habe«, sagte er und zeigte auf die Daten vor ihm. »Aber bei den Menschen ist die Sachlage anders. Sie ist eindeutig.« Er schaute wieder auf die Dateien, die von Tribandum zusammengestellt worden waren. »Allein in den letzten hundert Jahren hat der Mensch mehrere Hundert Millionen seiner Artgenossen getötet. Mehr als hundert Millionen Artgenossen hat er verhungern lassen, obwohl Nahrung im Überfluss vorhanden ist. Mehr als 50 Prozent der Artenvielfalt des Planeten hat er ausgerottet. Seine lebensnotwendigen Ozeane verschmutzt, die Regenwälder zu einem Großteil dezimiert. Das Klima nachhaltig verändert. Die Erderwärmung verursacht. Von einem sauberen und effizienten Energieumsatz sind die Menschen weit entfernt. Sie verbrauchen immer noch fossile Energiequellen, anstatt beispielsweise simple Solarenergie zu nutzen. Durch ihre Umweltpolitik werden sie die Natur in wenigen Generationen soweit zerstört haben, dass die Erde für sie selbst und viele andere Arten lebensfeindlich und unbewohnbar sein wird«, las der Captain vor. Er schaute wieder zu Tribandum. »Es ist Ihr Bericht!«

Tribandum hatte diesen Fakten nichts entgegenzusetzen. Schließlich hatte er sie selbst unter Beachtung aller wissenschaftlichen Methoden zusammengetragen und verifiziert. Er sagte nichts, vermied den Blickkontakt mit Captain Kaan.

»Tribandum!«, rief der Captain ungeduldig auf eine Antwort wartend.

Tribandum versuchte es, aber es fiel ihm nicht leicht, die richtigen Worte und Argumente zu finden. Schließlich sagte er: »Die

Menschen sind sehr widersprüchliche Wesen. Als Individuen verfügen sie über einen stark ausgeprägten Selbsterhaltungstrieb. Es ist wahrscheinlich sogar ihr stärkster Trieb. In einem Schwarm verkehrt sich dieser Trieb aber in einen Zerstörungs- und Selbstzerstörungsdrang, den wir uns bisher nicht erklären können. Diese Dualität des Menschen ist ihnen selbst auch bewusst. Sie haben aber noch nicht die Fähigkeit entwickelt, diesem kollektiven Zerstörungswahn, der sie antreibt, ein Ende zu bereiten.«

Der Captain sah zu Tribandum, dann wieder auf die Dateien. Er las weiter vor: »Kriegerische Auseinandersetzungen mit zig Millionen Toten, ausgelöst durch den Glauben an verschiedene Gottesbilder. Nicht gewillt oder nicht fähig, Ressourcen effizient zu verteilen und zu nutzen, um seine eigene Art mit dem Notwendigsten wie Nahrung und Wasser zu versorgen. Stattdessen nicht nachvollziehbare Verteilungskämpfe mit weiteren zig Millionen Toten, obwohl genug Ressourcen für alle Homo sapiens im Überfluss vorhanden sind.«

Tribandum hörte zu und schwieg.

»Und Sie wollen allen Ernstes gegen die Extrahierung dieser Spezies stimmen, obwohl Ihnen klar sein dürfte, dass die Menschheit sich und ihren Planeten schon sehr bald zugrunde richten wird«, fragte er?«

»Ich will nur meine Forschung zu Ende bringen können, bevor ich eine Empfehlung abgebe. Zurzeit deutet nichts darauf hin, dass ich valide Argumente gegen eine Extrahierung finden werde. Aber ich möchte nichts unbeachtet lassen, wenn ich die Auslöschung von Milliarden Lebewesen befürworten soll. Bob ermöglicht uns, die Menschen besser zu verstehen. Durch ihn kommunizieren wir zum ersten Mal direkt mit einem Vertreter seiner Spezies und erlangen neue Erkenntnisse. Ich verlange nur, dass er ein würdiges Leben an Bord führen kann, bis eine endgültige Entscheidung getroffen wird.«

»Er gehört einer feindseligen und barbarischen Rasse an. Warum setzen Sie sich so vehement für ihn ein?«, erkundigte sich der Captain interessiert.

»Weil er als Individuum weder feindselig noch barbarisch ist«, erwiderte Tribandum.

Der Captain lehnte sich zurück und schaute ihn an. »Das ist schwer zu glauben, wenn ich Ihren Bericht zugrunde lege. Wo ist er jetzt?«

»Er ist draußen im Vorraum«, sagte Tribandum.

»Sie haben ihn mitgebracht?«

»Ich dachte, Sie würden ihn vielleicht sprechen wollen«, antwortete Tribandum.

Der Captain schaute wieder raus in den Weltraum. *Da draußen gibt es noch so viel, was wir nicht verstehen. Wie es aussieht, gehören diese verdammtem Menschen wohl auch dazu.* »Bringen Sie ihn rein. Lassen Sie mich mit ihm allein.«

Tribandum erhob sich von seinem Platz. Er begab sich zum Ausgang. Kurz blieb er stehen und drehte sich um. Der Captain stand reglos mit am Rücken verschränkten Armen da, starrte weiter auf die Sterne. Tribandum setze seinen Weg in den Vorraum fort. Bob stand sofort auf, als Tribandum den Raum betrat. »Dieser Titawin macht mir Angst. Alter, als er eben an mir vorbeigegangen ist, dachte ich, der Typ will mich mit seinen Blicken töten.«

Mein armer Freund, dachte Tribandum, *er will nicht nur dich, sondern euch alle töten.*

»Bob, hör zu. Der Captain will dich sehen. Er spricht deine Sprache. Gehe bitte hinein und beantworte seine Fragen«, sagte Tribandum.

Bob wurde noch nervöser, als er es ohnehin schon war.

»Okay, mach ich«, stammelte er.

Tribandum zeigte auf die Tür. Er nickte seinem Freund ermutigend zu. Bob versuchte zu lächeln. Es gelang ihm nicht. Sein Gesicht verkam eher zu einer Grimasse. Tribandum bemerkte die zunehmende Verunsicherung des Menschen. Er nahm Bob bei der Hand, wie ein Vater seinen Sohn, ging vor Bob her und zog diesen hinter sich her. Vor der Tür zum Captain blieben sie stehen. Tribandum schaute auf Bob hinunter. »Du hast nichts zu befürchten. Der Captain ist kein – wie hast du Titawin vorhin genannt - Arschloch?«, fragte Tribandum.

»Ich hoffe du hast Recht.«

»Jetzt gehe da rein. Habe keine Angst. Ich werde hier auf dich warten.«

Bob atmete einmal tief ein, richtete seinen Blick fest auf die Tür und trat an. Captain Kaan hatte seine Position nicht verändert. Bob blieb eine Zeit lang stehen, wartete, bis das Alien sich umdrehte. Es geschah aber nichts. »Sir?«, sagte Bob schließlich verunsichert.

Das Alien drehte sich langsam um und kam auf Bob zu. Es starrte ihm direkt ins Gesicht. Als Bob, das auf ihn zukommende Alien erblickte, musste er schlucken. *Mein Gott, ist der riesig.* Captain Kaan blieb in der Mitte des Raumes stehen. Er winkte Bob zu sich. Der Mensch kam mit seinen kleinen Schritten auf das Alien zu. Er blieb einen Meter vor ihm stehen. Bob schaute mit großen Augen und offenem Mund zu dem Alien hinauf, das ihn um eine halbe Körperlänge überragte. Der Captain hatte seine Arme hinten verschränkt. Er schaute mit gerunzelter Stirn auf den Menschen hinab, der wie ein Kleinkind neben dem Alien wirkte. Bob konnte spüren, wie der Captain ihn musterte, ihn einer Art Begutachtung unterzog. Nach einer Weile drehte sich Captain Kaan um, ging zu seinem Schreibtisch. Er setzte sich und deutete auf einen Sitz auf der anderen Seite Tisches. Bob kam näher. Er kletterte auf den Sitz, auf dem zuvor Tribandum gesessen hatte. Er legte seine Hände in den Schoß. Mit seinen weit geöffneten Augen schaute er zu dem Alien, das den Menschen immer noch still beobachtete.

Erstaunlich, dachte der Captain, *er wirkt eher hilflos, geradezu bemitleidenswert als aggressiv und feindselig.* »Willst du mich töten, Bob?«, fragte der Captain schließlich.

»Wie bitte?«, fragte Bob verblüfft.

»Du hast mich schon verstanden.«

Bob verschränkte die Arme vor seinem Körper, lehnte sich trotzig nach hinten. »Bei allem gebührenden Respekt, Captain. Aber da, wo ich herkomme, ist es äußerst unhöflich sich nicht erstmal einander vorzustellen. Und nein, ich will Sie nicht töten!«

Der Captain konnte eine leichte Verärgerung aus der Stimmlage des Menschen heraushören. »Da, wo du herkommst, hasst man Fremde. Man stellt sich ihnen nicht vor, sondern bringt sie um. Ist das nicht so?«, fragte er.

Bob beugte sich nach vorn. Er schaute dem Captain direkt in die Augen. »Hören Sie! Ich habe noch nie jemanden getötet. Ich war noch nicht mal in der Armee, weil ich es falsch finde zu töten«, erwiderte Bob. »Sie wissen doch, was die Armee ist, oder? Oder gibt es das bei euch nicht?«

Der Captain lehnte sich zurück. Er musste sich eingestehen, dass der Mensch anders war, als er ihn sich vorgestellt hatte. Er spürte weder eine feindliche Einstellung noch irgendeinen Hang zur Gewalt, die von Bob ausging. Und ja, er wusste, was eine Armee war. Er hatte diese Uniformierten, die ihre Gehirne ausschalteten, grölend im Gleichschritt marschierten, um sich gegenseitig abzuschlachten, blind Befehle befolgten und ganze Planeten niederbrannten, immer verabscheut. Kaan war froh, dass diese Institution schon vor Tausenden von Jahren als Überbleibsel aus einer finsteren, archaischen Zeit bereits abgeschafft worden war. Er war erstaunt darüber, dass dieser Mensch als Angehöriger einer äußerst primitiven Rasse ebenfalls eine ablehnende Haltung gegenüber militärischen Strukturen zu haben schien. *Ich habe tatsächlich was gemeinsam mit diesem Menschen,* dachte der Captain überrascht. »Ich weiß, was Armeen sind, was sie anrichten«, antwortete er. »Ich bin erfreut zu erfahren, dass du es auch weißt.«

Der Mensch faltete devot seine Hände vor sich auf dem Tisch zusammen und beugte sich nach vorn. »Captain, Sie wollten mich sehen. Hier bin ich. Was geschieht jetzt mit mir? Wann kann ich meine Familie wiedersehen. Ich mache mir Sorgen um sie, verstehen Sie das? Sie ist ganz allein da unten und in großer Gefahr, wie Tribandum sagte. Ich muss zu ihnen. Bitte Captain, ich flehe Sie an. Bitte, bitte, bitte helfen Sie mir«, sagte Bob.

»Ich kann dich nicht zurückschicken. Das entscheiden andere.«

Bob schüttelte den Kopf. Er wandte seinen Blick vom Captain ab. »Sie hören sich genauso an wie die Beamten bei uns auf der Erde. Tut mir leid, dafür bin ich nicht zuständig, bla bla. Meine Frau und meine Kinder werden von Ihren Leuten umgebracht. Ich frage Sie Captain, wer ist hier derjenige, der Fremde umbringt?«

Der Captain hob seine linke Augenbraue nach oben und schaute den Menschen an. Er hatte eine weitere Gemeinsamkeit mit dem Menschen entdeckt. Tatsächlich schien dieser ebenfalls nicht viel von Beamten zu halten. »Bob, darf ich mich vorstellen? Ich bin Captain Kaan.« Er reichte Bob die Hand. »So macht ihr Menschen das doch.«

Bob blickte wieder zum Captain. Er schüttelte seine Hand. »Na, geht doch«, sagte er.

Captain Kaan nickte. Bob sah, dass die Mundwinkel des Captains sich nach oben bewegten. Kaum sichtbar, aber doch genug, um ein Lächeln erahnen zu können. »War das etwa ein Versuch zu lächeln, Captain?«, fragte Bob. »Mir ist leider nicht danach zumute.«

Der Captain wurde ernst, was Bob sofort an der Mimik des Aliens erkannte. »Ich muss darüber entscheiden, ob du wie ein Versuchstier in einem Terrarium eingesperrt wirst, oder, ob du zumindest vorübergehend einen Asylstatus bekommst, der dir erlaubt, dich frei auf dem Schiff zu bewegen.«

Bob rutschte auf seinem Sitz hin und her. Er senkte dabei seinen Blick. »Wie werden Sie entscheiden, Captain?«

»Titawin ist der Meinung, du seist eine niedere Lebensform. Aggressiv, feindselig und gewalttätig. Er hat vorgeschlagen, dich zu studieren, an dir herumzuexperimentieren und dich nach Gebrauch zu beseitigen«, sagte der Captain.

»Feindselig? Er redet wohl eher von sich selbst, dieser verfluchte Titawin«, murmelte Bob.

»Tribandum hingegen denkt, du seist intelligent, empfindungsfähig, friedlich. Ein soziales Wesen mit Heimweh, das sich seiner selbst bewusst ist und Angst hat.«

Bob richtete seinen Blick wieder zum Captain. »Was glauben Sie?«

»Ich denke, Titawin hat recht. Du gehörst zweifellos einer extrem aggressiven Rasse an. Ich glaube nicht, dass ihr eine Zukunft habt. Aber es steht mir nicht zu, über deine Spezies zu richten. Es ist auch nicht meine Aufgabe.«

Er stand auf und wechselte zur anderen Seite des Schreibtisches. Bob erhob sich ebenfalls. Sie standen sich gegenüber. »Ich habe denselben Eindruck von dir als Individuum wie Tribandum. Bob, du hast ab sofort das Recht, dich frei auf dem Schiff zu bewegen, bis dein Status auf einer Sternenbasis geklärt wird. Du bekommst ein Standardquartier zugewiesen.«

»Danke, Sir«, sagte Bob sichtlich erleichtert.

»Bedanke dich bei Tribandum«, sagte der Captain. »Jetzt gehe zu ihm und schicke ihn zu mir rein.«

Bob nickte erneut. Er ging rasch zur Tür. Dort drehte er sich noch einmal um und schaute zum Captain. Kaan hob seine rechte Hand und deutete ein Winken an. Bob lächelte und verließ den Raum.

✳✳✳

9

Am nächsten Morgen ging Tribandum bereits sehr früh in sein Labor. Er machte sich gleich an die Arbeit. Die Entscheidung des Captains hatte ihn erfreut. Die Gesamtsituation war aber unverändert. Da Titawin einen Aufschub sowie die Beiordnung eines Teams abgelehnt hatte, musste Tribandum dem Wissenschaftsrat schon sehr bald seinen Abschlussbericht vorlegen. So forschte er weiter, immer wieder sich selbst ermahnend, objektiv zu bleiben. Sich durch seine Beziehung zu Bob nicht beeinflussen zu lassen. Nun stand der Alien-Wissenschaftler, wie schon unzählige Male zuvor, vor den dreidimensionalen Hologrammen und studierte die aufgerufenen Daten. Sie zeigten den Einfluss der Verbreitung des Menschen auf den natürlichen Lebenskreislauf und das Ökosystem auf der Erde. An einer Stelle hielt Tribandum die Simulation an. Er vergrößerte mit einer Handbewegung einen Abschnitt. Seine Lippen schienen lautlos Worte zu formen, so, als würde er sich den Inhalt der angezeigten Dateien selbst vortragen. Wie jemand, der sich bei der Lektüre eines Buches an einer Stelle besonders konzentriert und sich die betreffenden Passagen leise selbst vorliest. Durch die systematische Vernichtung der Regenwälder rottet der Homo sapiens täglich etwa 100 Lebensarten aus. Die Menschen treiben durch ihr rücksichtsloses Handeln den Klimawandel mit verheerenden Folgen an. Hitzewellen, Dürren und Überschwemmungen sind einige der direkten Folgen. Der Wasserkreislauf des Planeten wird nachhaltig gestört, was die Verbreitung von Wüsten zur Folge hat. Warum tun die Menschen das? Sie wissen doch, dass sie die Lebensgrundlage für sämtliches Leben inklusiver ihrer eigenen Existenz zerstören. *Warum ändern sie ihr Verhalten nicht?* Tribandum hatte darauf keine Antwort. Ein weiteres Beispiel für den Zerstörungsdrang des Homo sapiens, den er sich nicht erklären konnte. Er spürte Frust in sich aufkommen. Je weiter er forschte, desto mehr Argumente fand er für Titawins Standpunkt. Er hatte bisher nichts entdecken können, was die Extrahierung der Menschen von der Erde zumindest als nicht alternativlos erscheinen ließ. Das Alien suchte weiter. Die Stunden verstrichen. Inzwischen war es schon früh am Abend. Tribandum hatte ohne Pause durchgearbeitet. Langsam machte sich Resignation bei ihm breit. *Da muss doch auch irgendwas Gutes an dieser Spezies sein.* Er wollte nicht aufgeben, schaute weiter auf die Projektion. Nach einer Weile bemerkte Tribandum, dass er immer öfter und in kürzeren Zeitabständen blinzeln musste. Seine Augen brannten. Er vergrub sein Gesicht in den Händen, schloss die Augen und massierte sie mit seinen Fingerkuppen. Anschließend versuchte er noch einmal auf die Projektion zu schauen, aber es hatte für heute keinen Sinn mehr. Er beendete das Hologramm. *Der Homo sapiens hat die Fähigkeit entwickelt, seine Umwelt völlig zu zerstören. Er besitzt aber nicht die Weisheit, es nicht zu tun,* fasste Tribandum gedanklich seine bisherigen Forschungsergebnisse zusammen. Er musste daraus den Schluss ziehen, dass die Artenvielfalt auf der Erde ohne den Menschen überleben, mit ihm aber zu einem Großteil aussterben würde. Das allein war eigentlich gemäß Titawins vorgegebenen Richtlinien Grund genug für ein endgültiges Todesurteil für den Homo sapiens. Tribandum sträubte sich dagegen, er wollte es um jeden Preis verhindern. Aber warum? Konnte er verantworten, dass zig Milliarden Lebewesen in Todesgefahr gebracht werden, damit die Menschen weiterleben können? Obwohl sie sich höchstwahrscheinlich nach zwei oder drei Generationen selbst und auch den gesamten Planeten zerstören würden? Nein, er konnte und wollte es nicht verantworten. Aber gab es nicht eine Möglichkeit, dass die Menschen doch noch die erforderliche Weisheit erlangen und sich bessern könnten? Dieser Annahme maß der erfahrene Forscher jedoch keine große Wahrscheinlichkeit zu. Er merkte, dass seine Gedanken nur noch hin und her sprangen. Zielführende Erwägungen würde er heute keine mehr anstellen können. Tribandum beschloss daher, die Forschung für diesen Tag einzustellen. Er war gerade dabei, das Labor zu verlassen, als Bob den Raum betrat.

»Hallo, mein Freund«, sagte der Mensch. Dann drehte er sich einmal um die eigene Achse, währenddessen er sein neues Outfit präsentierte. Er lachte dabei über sich selbst.

»Der erste Mensch in außerirdischer Kleidung «, stellte Tribandum fest.

»Auf der Erde wäre ich damit sicher ein Trendsetter«, sagte Bob.

»Ein Trendsetter?«

»Ja, also einer der zuerst was cool findet und alle anderen machen es ihm nach. So ungefähr. Kapiert?«, fragte Bob.

»Ja. Woher hast du diese Kleidung?«

Bob schüttelte den Kopf. »Mann, Tim-Bandwurm. Du platzt ja gleich vor Begeisterung.«

Das Alien hob die Augenbrauen, starrte Bob an. Nach einigen Sekunden senkte er sie wieder. »Ironie, habe ich recht? Ein Stilmittel des menschlichen Humors.«

»Blitzmerker«, sagte Bob. Er lächelte dabei amüsiert.

Tribandum nickte zufrieden.

»Za'Ul hat sie mir geschenkt«, berichtete Bob. »Das sind alte Arbeitsklamotten, die er nicht mehr braucht.«

»Sie stehen dir gut.«

»Danke«, antwortete Bob.

»Ich wollte gerade das Labor verlassen. Wollen wir zusammen speisen?«, fragte Tribandum.

Bob nickte. »Klar. Es gibt doch nichts Besseres als eine gute Portion Alien-Fraß am Abend.«

»Immer noch Ironie?«, fragte Tribandum.

Bob grinste. »Du wirst immer besser, Alter.«

Sie verließen gemeinsam das Labor mit dem Ziel Freizeitdeck. Bob ging vor. Tribandum musterte Bobs neue Kleidung. Er schmunzelte dabei auf seine ganz eigene, etwas verkrampft anmutende Art. Es gefiel ihm, dass Bob in Za'Ul einen weiteren Freund gefunden zu haben schien. Im nächsten Augenblick musste er daran denken, welches Schicksal Bob drohte. Das Schmunzeln verschwand aus dem Gesicht des Aliens wieder. Sie gingen schweigend nebeneinanderher zum nächsten Lift am Ende des Ganges.

»Za'Ul hat mir angeboten, in seinem Schuppen zu arbeiten«, sagte Bob.

Tribandum schaute zu Bob herunter. »In seinem Schuppen?«

»Also, in seiner Bar. Habe ich deine Erlaubnis?«

»Die richtige Kleidung hast du ja schon mal«

»Du redest ja fast schon wie ein Mensch, Alter!«

»Ich lerne schnell.«

Bob lachte. Er zeigte mit dem Finger auf seinen Freund.

»Du bist mir vielleicht einer«, sagte er. »Wo ist denn plötzlich das verkrampfte Alien mit seiner hölzernen Sprache hin?«

Tribandum sagte nichts. Er grinste und war stolz auf seine Antwort, die er als humorvoll einstufte.

»Heißt das, ja?«, fragte Bob nach.

»Der Captain hat dir einen rechtlichen Status verliehen, der dir erlaubt, dich frei auf dem Schiff zu bewegen. Meine Erlaubnis ist nicht erforderlich.«

Bob schüttelte amüsiert den Kopf. »Ah, da ist er ja wieder.« Tribandum runzelte die Stirn. Bob gab nicht auf. »Okay, neuer Versuch. Wie würdest du es finden, wenn ich in Za'Uls Bar arbeite?«

Tribandum. »Wenn du mir ab und zu einen ausgibst.«

Bob blieb stehen und hob seine rechte Hand. »Schlag ein, Alter! Jetzt verstehen wir uns«, erwiderte er lachend.

Tribandum schlug ein. In der Sekunde, in dem sich die Handflächen des Menschen und des Aliens trafen, spürte Tribandum eine intensive Gefühlsregung, die ihren Ursprung in seinem Bauch hatte. Das Gefühl breitete sich von dort in seinen ganzen Körper aus. Ausgelöst durch diese kleine Geste des Menschen. Die Mimik des Aliens änderte sich schlagartig. Die Gesichtszüge des fremdartigen Außerirdischen waren plötzlich weich und sanft. Sein Antlitz und seine Blicke verrieten eine enge, mit einer tiefen Vertrautheit gepaarte Verbundenheit zu Bob. Tribandum konnte die Empfindung in diesem, für ihn sehr besonderen Augenblick nicht eindeutig zuordnen. In all den Jahrhunderten, die er unter seines Gleichen und auch mit anderen verschiedensten Aliens verbracht hatte, hatte er eine derartige Emotion noch nie zuvor erlebt. Dieser Mensch aber, dessen Rasse zu unfassbaren Gräueltaten fähig war, ließ ihm innerhalb einiger Tage Sentiments erfahren, die ihn für einige Momente mit etwas Ähnlichem wie Glück und Zufriedenheit erfüllten. Sinneswahrnehmungen, die Tribandum seit dem Verlust seiner geliebten Frau, bewusst oder unbewusst, aus seinem Seelenleben verbannt hatte. Bob hatte den glücklichen Blick des Aliens längst erkannt. Er hatte ein breites Lächeln im Gesicht. Die ungleichen Freunde lösten ihren Handschlag wieder.

»Komm, Alter. Lass weitergehen, wer rastet der rostet.«

Sie erreichten einen Lift.

»Weißt du, was ein Fernseher ist?« fragte Bob.

»Ein primitives, aber sehr beliebtes audiovisuelles Unterhaltungsmedium auf der Erde.«

»Die meisten von uns sind richtige Fernsehjunkies.«

Tribandum ahnte, was sein Freund als Nächstes fragen würde. »Du willst einen Fernseher haben.«

Bob schaute mit einem Hundeblick zu seinem Freund hinauf. »Das wäre großartig. Dann könnte ich wenigstens sehen, was auf der Erde los ist. Und Sport gucken«, sagte Bob.

»Sport?«, fragte Tribandum.

»Sag bloß, du weißt nicht, was Sport ist.«

Der Lift erreichte das Freizeitdeck. Die Türen öffneten sich. Bob und Tribandum traten in den Gang und setzten ihren Weg zu Za'Uls Bar fort.

»Wir wissen, dass die Menschen sich in vielen verschiedenen

Arten miteinander messen und besser sein wollen als andere. Sport ist eine Ausdrucksweise dieses Triebes«, sagte Tribandum.

Bob schüttelte den Kopf. »Die kalte Antwort eines Aliens. Tut ihr denn gar nichts, was Spaß macht?«

»Wir streben danach, uns stetig weiterzuentwickeln, zu verbessern.«

»Aber wozu das Ganze, wenn ihr dabei keine Freude empfindet, oder Spaß habt?«

Tribandum blieb stehen. Er schaute auf Bob hinab. »Seht ihr darin den Sinn eurer Existenzen? Spaß und Freude zu erleben?«

»Ich hab' keine Ahnung, was der Sinn des Lebens sein soll. Wir werden geboren und versuchen einfach das Beste daraus zu machen.«

Sie gingen weiter.

»Wir haben keine Fernseher. Aber ich werde für dich eine audiovisuelle Einheit konstruieren, mit der du fernsehen kannst.«

Bob schaute mit großen Augen zu Tribandum hinauf. »Das würdest du für mich tun?«

»Ja. Ich werde auch Sport mit dir gucken.«

Bob lachte erfreut.

»Ich glaub, du hast absolut keine Ahnung von Sport.«

Tribandum reagierte nicht auf Bobs Äußerung. Er ging einfach weiter.

»Hey, das war nicht böse gemeint. Ich freue mich darauf, Alter«, sagte Bob.

Tribandum nickte. Sie erreichten Za'Uls Bar. Ohne Umschweife gingen sie an den Tresen.

»Hey, mein Freund«, sagte Bob zu Za'Ul, der gerade einige Drinks zubereitete.

»Hallo Bob, schicke Klamotten«, antwortete Za'Ul mit einem Zwinkern.

»Haha, sehr witzig«, sagte Bob. Er wollte den Spruch nicht auf sich sitzen lassen. »Es sind deine Klamotten, du Spaßvogel.«

Beide mussten lachen. Tribandum beobachtete die beiden. Menschen konnten also schnell Freundschaften schließen, auch mit ihnen zuvor völlig unbekannten und Andersartigen. Offensichtlich auch bereits nach einer kurzen Phase des Kennenlernens. Das widerlegte zwar nicht die Hypothese, dass der Mensch Fremden gegenüber grundsätzlich erst mal feindselig begegnete. Es bewies Tribandum aber, dass ein Mensch einem Fremden gegenüber sehr aufgeschlossen sein konnte. Zumindest konnte es dieser eine Mensch namens Bob, der mit Za′Ul am Tresen stand und mit diesen zusammen lachte.

»Hallo, Tribandum. Wie geht es Ihnen heute? Haben Sie schon gehört? Bob wird hier bei mir arbeiten«, sagte Za'Ul.

Tribandum schaute zu dem Barmann. »Ja, ich hörte davon.«

»Und was halten Sie davon?«

»Das kann ich Ihnen erst sagen, nachdem ich eines seiner Getränke probiert habe.«

»Hey, ich bin der erste Menschenbarmann auf einem Alien Raumschiff. Ich werde euch Vögeln schon zeigen, dass wir Erdlinge auch was draufhaben«, warf Bob grinsend ein.

Tribandum schaute Bob schweigend an. *Wenn doch nur alle Menschen so friedlich wären wie du*, dachte er. Er drehte seinen Kopf zu Za'Ul. »Wir wollen speisen. Was können Sie uns heute empfehlen?«

»Nehmen Sie einfach Platz und lassen Sie sich überraschen. Ich werde Ihnen etwas ganz Besonderes servieren.«

Tribandum setzte sich, ohne was zu erwidern.

Bob nickte Za'Ul mit einem Lächeln zu. Dann blickte er zu Tribandum. Er zeigte auf einen Tisch nahe am Panoramafenster des Gastraumes. »Komm, lass uns lieber da vorne hinsetzen. Da hat man den besten Blick auf die Erde.«

***

10

Am nächsten Abend saß Tribandum an seinem Arbeitstisch im Labor. Er hatte früh am Morgen angefangen, die neuesten Daten der Beobachtungssonden und der Bordsensoren der Sirius auszuwerten. Die Aliens überwachten mit dem kombinierten Einsatz dieser Technologien flächendeckend und ununterbrochen sämtliche Geschehnisse auf dem blauen Planeten. Somit hatte Tribandum Zugriff auf alle Überwachungssysteme und konnte sich jederzeit von jedem Ort auf der Erde Liveschaltungen in brillanter Bild- und Tonqualität auf seinen Schirm übertragen lassen. Er hatte einige Filter programmiert, um die Datenflut auf das Wesentliche zu reduzieren. In seinem derzeitigen Studienabschnitt interessierten ihn die aktuellen Krisenherde und bewaffneten Konflikte. Er sah sich die Daten in Form von Alien-Symbolen und Zeichen auf einer holografischen Darstellung an. Unmittelbar daneben befindliche Instrumente erzeugten weitere dreidimensionale Projektionen. Livebilder aus verschiedenen Krisenregionen. Sie zeigten Luftangriffe, brennende Städte, Terroranschläge, Enthauptungen von Gefangenen durch Milizen, ertrinkende Flüchtlinge neben kenternden Booten, abgemagerte und hungernde Kinder. Wenn man so will, die täglichen Nachrichten, nur unzensiert und ungeschönt. Die Bilder wechselten sich ab. Tribandum hatte die Schaltungen so programmiert, dass von den zahlreichen Krisengebieten in zeitlichen Abständen Echtzeitübertragungen auf den verschiedenen Schirmen gezeigt wurden. So wollte er sich über mehrere Konfliktherde gleichzeitig einen Überblick verschaffen. Es waren erschreckend viele Konfliktzonen für nur einen Planeten. Tribandum schaltete den Ton auf volle Lautstärke für alle Projektionen. Er verschränkte die Arme, lehnte sich zurück und ließ die Übertragung auf sich wirken. Die Explosionsgeräusche der Bomben verbreiteten sich nahezu unvermindert im Arbeitsraum des Forschers in all ihrer Wucht. Sie brachten die Laborinstrumente jedes Mal zum Vibrieren. Die Todesschreie und das anschließende Röcheln der Enthaupteten, wenn ihre Kehlen aufgeschnitten wurden, brannten sich in die Gehörgänge des sanftmütigen Aliens ein. Das verzweifelte Ringen nach Luft der ertrinkenden Flüchtlinge ließ seine Nackenhaare aufrichten. Er bekam eine Gänsehaut. Das Zusammenspiel dieser akustischen Folter und der grausamen Bilder ertrug er nicht lange. Nach wenigen Minuten beugte er sich hastig nach vorn und schaltete alle Projektionen mit einer Handbewegung aus. Er schloss die Augen, lehnte sich wieder zurück. Stille. Einfach nur Stille. Nach einiger Zeit öffnete er die Augen. Er wusste, dass das, was er soeben gesehen hatte, genau in diesem Moment stattfand. Ihm war klar, dass sein Wegschauen nichts daran änderte. Er hatte die Übertragung beendet, weil er die Grausamkeiten nicht ertrug. Er hatte auf seinem Heimatplaneten genug Krieg, Tod und leid gesehen. Was Tribandum aber an den Rand der Resignation brachte, war die Tatsache, dass sich das, was er sich gerade angeschaut hatte, wiederholte, seitdem es die Menschen gab. Sie hörten nicht auf, die Methoden, mit denen sie sich gegenseitig umbrachten, immer effizienter zu machen. Sie arbeiteten wie besessen daran, jede Technologie, die sie entwickelten, als möglichst effektive Waffen gegen ihresgleichen einzusetzen, um noch schneller, noch mehr ihrer Artgenossen töten zu können. Tribandum beschloss, die Übertragungen erstmal nicht weiter anzuggucken, sondern sich stattdessen noch einmal die wichtigsten Daten anzuschauen. Er startete die Projektion mit den Zeichen und Symbolen. Regungslos starrte er auf das Hologramm. Die Zeichen bewegten sich von oben nach unten. Tribandums Pupillen folgten ihnen. Wieder formten seine Lippen lautlos Worte, als würde er leise mit sich selbst sprechen. *Sie führen derzeit etwa 32 Kriege auf ihrem Planeten, zig Millionen Tote, Verletzte und Vertriebene. Ursachen: fast ausschließlich Profitgier, Verehrung von verschiedenen Gottesbildern, Rassismus. Titawin scheint mit allem recht zu haben.* Es war niederschmetternd. Tribandum hatte sich eigentlich vorgenommen, nach der Arbeit im Labor Bob zu besuchen. Der hatte heute seine erste Schicht bei Za'Ul. Das von den grausamen Bildern ziemlich mitgenommene Alien, verspürte an diesem Abend aber keine große Lust mehr, einen Menschen zu sehen.

***

11

Bob hingegen freute sich sehr auf den Besuch seines Freundes. Za'Ul hatte ihm auf seinen Wunsch hin als erstes beigebracht, wie er gusgollianisches Ale zubereiten konnte. Das neue Lieblingsgetränk von Tribandum. Der erste Mensch hinter einer außerirdischen Bar wartete ungeduldig darauf, seinem Alien-Freund damit zu überraschen. Zudem hatte Za'Ul Bob einen Übersetzer von einem befreundeten Ingenieur anfertigen lassen. »Hier, Bob. Wärst du so freundlich, dieses Modul an dich zu nehmen?«

Bob nahm das Metallstück an sich. Es sah aus wie eine Münze und war federleicht. »Was ist das? Mein Monatslohn?«

»Es ist ein Übersetzer«, erklärte Za'Ul mit einem Lächeln.

»Ein Übersetzer?«

»Ja, er scannt die DNA deines Gesprächspartners, identifiziert seine Art, ordnet ihm seine Muttersprache zu und übersetzt euer Gespräch simultan. Ganz einfach«, sagte Za'Ul.

»Und das funktioniert?«, fragte Bob.

»Probiere es aus.« Za'Ul zeigte ans andere Ende des Tresens und zwinkerte Bob zu. »Ich glaube, die Dame dort möchte was trinken.«

Bob steckte den Übersetzer in die Hosentasche. »Okay, Chef.«

Er ging rüber zu dem weiblichen Alien am Tresen. »Guten Abend, die Dame. Was darf ich Ihnen bringen?«, fragte er freundlich.

Die Außerirdische starrte ihn an, ohne etwas zu sagen. *Ist er das etwa?*

Das Ding taugt wohl nichts, dachte Bob. Er holte den Übersetzer wieder aus seiner Hosentasche, begutachtete ihn. *Muss ich das Ding vielleicht einschalten?* Bob suchte nach einem Knopf, einem Schalter. Vergebens. Das Ding sah einfach nur aus wie eine Geldmünze. Die Alien Frau beobachtete den Menschenmann. Er machte auf sie einen etwas hilflosen Eindruck. Bob blickte zu ihr auf. Er hielt der bleichen, extraterrestrischen Frau, die er irgendwie anziehend fand, die vermeintliche Münze vor. Er zog seine Schultern hoch, zeigte mit seinen offenen Handflächen nach oben und formte seine Mundwinkel nach unten. »Ich hab' keine Ahnung, wie das Teil funktioniert und Sie haben wahrscheinlich keinen blassen Schimmer, wovon ich rede«, sagte er und lächelte.

Die Alien-Frau schaute ihn einfach weiter an. Schließlich sagte sie: »Sie sind der Mensch aus dem Versuchslabor.«

Bob machte große Augen. Dann lächelte er. Er schaute zu Za'Ul, grinste und machte ein Daumen-Nach-Oben Zeichen. Er steckte den Übersetzer wieder ein und sah die Alien Frau erfreut an. »Ich bin Bob, von der Erde«, sagte er. »Mit wem habe ich das Vergnügen?«

»Ich bin Cursa vom Zeta Leonis. Ich bin eine gute Bekannte von Tribandum«, sagte sie mit einem Lächeln auf ihren schmalen Lippen.

»Sehr erfreut, Cursa. Sie sind mein erster Gast überhaupt, und wir haben gleich einen gemeinsamen Freund entdeckt. Davon habe ich wahrlich nicht viele auf diesem Schiff«, sagte er.

Sie nickte. Starrte Bob weiter neugierig an. »Ich weiß nicht, wie es bei Ihnen auf der Erde ist, Bob, aber hier duzen sich der Barmann und seine Gäste üblicherweise.«

»Das ist auf der Erde nicht anders, Cursa.« Er grinste über beide Ohren. »Und was machst du hier auf dem Schiff?«, fragte er.

»Ich bin Xenophilosophin. Ich gehöre der Ethikkommission der Kooperation an. Im Moment frage ich mich aber, ob ich hier auch was zu trinken bekomme«, sagte sie mit einem freundlichen, aber provozierenden Unterton.

»Also den ersten Teil habe ich sowieso nicht verstanden. Aber wenn du was trinken möchtest, bist du bei mir genau richtig«, sagte er. Es klang so, als würde er einen Flirt beginnen wollen.

»Das reicht mir fürs erste«, sagte Cursa, ihm direkt in seine braunen Augen schauend. *Seine Blicke sind sanft, sehr erstaunlich,* ging ihr durch den Kopf. Bob wendete seine Blicke sekundenlang nicht von Cursa ab. Sie tat es ihm gleich. Von außen betrachtet, sahen die beiden fast schon so aus, als würden sie sich gegenseitig anschmachten. Ein merkwürdiger Anblick. Plötzlich mussten beide lachen, ob der skurrilen Situation.

»Hab' Nachsicht, wenn ich unaufmerksam war. Ist meine erste Schicht auf einem Alien-Raumschiff. Naja, eigentlich meine erste Schicht überhaupt an der Bar. Zu Hause arbeite ich auf dem Bau. Und mein erster Gast ist gleich eine äußerst bezaubernde junge Frau«, sagte er mit seinem breitesten Grinsen.

»Es sei dir verziehen«, sagte sie mit einem frechen Augenzwinkern. Der Mensch war ganz anders, als das, was über ihn erzählt wurde. Keine Spur von Bösartigkeit oder Aggressivität. Ganz im Gegenteil, seine Gesellschaft war angenehm. Tribandum hatte wirklich recht.

»Also, was trinken denn junge charmante Alien-Frauen so, wenn sie allein in einer Bar auf einem Raumschiff im Weltraum rumhängen?«

»Ihr Menschen könnt also auch halbwegs subtile Komplimente machen? Das gefällt mir. Ich nehme ein Ale aus Gusgoll. Weißt du, wie man den macht?«

»Für dich werde ich mir besonders viel Mühe geben«, sagte er, ebenfalls zwinkert. Er begann sogleich mit der Zubereitung. *Alter, du flirtest mit einer Alien-Frau,* dachte er, während er die Zutaten für das Getränk in ein Glas füllte. Die Bar füllte sich langsam. Die Aliens, die nach getanem Dienst nicht direkt in ihre Quartiere wollten, trafen einer nach dem anderen, zu zweit, aber auch in Gruppen ein. Bob hatte inzwischen das Ale zubereitet. Er nahm das Getränk, hob den Blick und sah zu Cursa. Da erblickte er Tribandum, der sich unbemerkt zu ihr gestellt hatte. Sie unterhielten sich. Ein strahlendes Lächeln erfüllte Bobs Gesicht. Er ging sofort zu Tribandum. Er stellte das Ale vor Cursa mit einem zufriedenen Nicken auf den Tresen. Sie nickte zurück. Dann blickte er hinauf zu Tribandum. »Da ist ja unser gemeinsamer Freund. Wie schön, dass du vorbeischaust.«

»Ich habe es dir versprochen«, sagte Tribandum.

Das alte Alien hatte innerlich mit sich gerungen. Die grausamen Bilder und Schreie in seinem Labor hatten ihm ziemlich zugesetzt. Menschen waren das letzte, was er jetzt sehen wollte. Bob war zwar einer, aber er war nicht derjenige, der diese Gräueltaten begangen hatte. Tribandum führte sich diese wichtige Differenzierung immer wieder vor Augen. Zwischen dem Handeln des einzelnen Menschen als Individuum und der Menschheit als Spezies konnten große Unterschiede bestehen. Der Forscher wollte und musste zugleich den Rat von dieser Diskrepanz der Handlungsmuster überzeugen. Sonst hätte die Menschheit keine Chance, ihrer Auslöschung durch die Alien- Kooperation zu entkommen. Das konnte er aber nur, wenn er selbst davon überzeugt war. Tribandum war sich, ob der Eindrücke, die er vorhin noch einmal erlebt hatte, jedoch keineswegs sicher, ob er es den Menschen zutraute, sich doch noch zu einer friedlichen Spezies zu entwickeln. Die Situation war aber noch komplizierter als es sich Tribandum selbst eingestehen wollte. Er mochte Bob sehr. Er betrachtete den Erdenmann inzwischen als seinen Freund. Eine objektive Beurteilung des Homo sapiens und die Erfüllung seines Forschungsauftrages zur Kolonie Blau03 wurde dadurch nicht gerade einfacher.

»Ein Alien, ein Wort«, sagte Bob und lächelte.

»Ein Ale bitte«, sagte Tribandum. *Dieser Mensch ist aufrichtig erfreut über meinen Besuch. Bei diesen Primaten scheint das Erfahren von Glückszuständen in ihren verschiedenen Facetten eine zentrale Rolle in ihrem Dasein zu spielen,* dachte er.

Bob verneigte sich leicht, so wie er es zuvor bei Za'Ul beobachtete hatte, wenn dieser Bestellungen entgegennahm. »Kommt sofort.« Er verließ seine beiden Gäste und machte sich erneut an die Arbeit.

Tribandum setzte sich neben Cursa auf den Barhocker, ohne etwas zu sagen. Nach einer Weile sah sie ihn nachdenklich an und sagte: »Dass Sie so weit gehen würden, hätte ich nicht gedacht. Aber Sie haben meinen größten Respekt.«

Tribandum schaute sie nicht an. Er starrte vor sich hin.

»Hat Titawin Sie aus dem Rat ausgeschlossen?«, fragte sie.

»Noch nicht.«

Bob kam mit dem Ale zurück und stellte ihn vor Tribandum hin. »Zum Wohl«, sagte er.

Tribandum trank sein Getränk in einem Zug aus, stellte den leeren Behälter auf dem Tresen ab. »Du musst noch üben.«

»Also meiner war ausgezeichnet«, warf Cursa ein. »Aber bei mir hat er sich auch besonders viel Mühe gegeben, stimmt's Bob?«

»In der Tat«, sagte Bob und lächelte verschmitzt. »Darf es noch etwas sein?«

Cursa und Tribandum verneinten freundlich. Bob entschuldigte sich und kümmerte sich um neue Gäste, die zwischenzeitlich an der Bar Platz genommen hatten.

»Wieso haben Sie ihn aufgeweckt?«, fragte Cursa.

»Diese Frage höre ich in letzter Zeit oft.«

»Wundert Sie das etwa?«

»Ja und nein.«

»Das müssen Sie mir erklären.«

»Sie haben doch mit ihm geredet«, sagte Tribandum.

Cursa schaute ihn an. »Ja?«, sagte sie halb fragend.

»Was halten Sie von ihm?«

»Er ist freundlich, hat Humor, ist sich seiner selbst bewusst. Besitzt sogar einen geringen Grad an Intelligenz. Insgesamt ein angenehmes Exemplar.«

»Glauben Sie, dass er Sie oder andere Besatzungsmitglieder töten möchte?«

Cursa schüttelte den Kopf. »Nein, wie kommen Sie darauf?«

Tribandum schaute sie an. Direkt in die Augen. »Wenn er noch betäubt im Labor liegen würde, würden Sie genau das denken. So wie meine Kollegen im Rat. Ohne ihn zu kennen. Sie würden ihn vorverurteilen, für das, was er ist«, sagte er. »Beantwortet das Ihre Frage?«

Cursa nickte. Das war tatsächlich die allgemein verbreitete Meinung auf dem Schiff über die Menschen. Eine mysteriöse Rasse, über die viel gesprochen wurde. Auf den Decks, in den Laboren, im Maschinenraum, in den Mannschaftsquartieren. Primitiv, brutal und feindselig sollten sie sein. Keiner hatte je mit einem von ihnen zu tun gehabt, aber jeder schien zu wissen, auf was für eine wilde und gefährliche Spezies man hier am Rande der Milchstraße gestoßen war. »Ja, ich verstehe Sie.«

Tribandum deutete mit einer Kopfbewegung auf Bob. Der kümmerte sich gerade um zwei Gäste. Es waren die beiden kleinen Aliens aus dem Argon Korridor, denen Bob und Tribandum vor einigen Tagen auf einem der Gänge begegnet waren. Sie trugen ihre Overalls. Nach ihrer Schicht im Hauptmaschinenraum wollten die Ingenieure noch ein, zwei Drinks nehmen, bevor sie sich in ihre Mannschaftsquartiere zurückzogen. Als sie Bob hinter der Theke erblickt hatten, hatten sie sich an die Bar gesetzt, um sich diesen merkwürdig aussehenden Humanoiden, dem sie jetzt schon zum zweiten Mal begegneten, genauer anzusehen. Bob zeigte ihnen stolz seinen Übersetzer. Einer der Aliens nickte mehrmals und deutete auf den Übersetzer, dann auf sich. Er hatte das Modul offenbar konstruiert. Bob hielt sich den Übersetzer vor den Mund und sprach hinein. Cursa und Tribandum hörten ihn sagen: »Hallo, ich bin Bob von der Erde. Dein Teil funktioniert, du kleines Genie.«

Die beiden Aliens und der Mensch lachten laut auf.

»Sehen Sie ihn sich an«, sagte Tribandum. »Die Menschen sind nicht alles blutrünstige Bestien. Die meisten von ihnen sind friedlich.«

Cursa nickte. »Wie geht es weiter mit Bob?«

»Das wird auch von Ihnen abhängen. Der Captain hat angeordnet, dass Ihre Kommission vor der Entscheidung angehört, wird«, sagte er. »Ich hoffe, dass Sie und Ihre Kollegen, weniger von Vorurteilen geprägt sind als der Rat, dem ich angehöre.«

Tribandum stand auf, schaute Cursa noch einmal in ihre großen dunklen Augen. Die Message kam unmissverständlich an: Setzen Sie sich für Bob ein! Dann drehte er sich um und ging Richtung Ausgang. Beim Vorbeigehen winkte er Bob zu. Bob erwiderte das Handzeichen und lächelte seinen Freund an. Tribandum verließ die Bar. Cursa schaute ihm hinterher. Dann schaute sie zu Bob. Sie beobachtete, wie der Mensch und die kleinen Alien- Ingenieure mit ihren Getränken anstießen. Sie nahmen einen Schluck, stellten die Gläser wieder auf der Theke ab. Bob zeigte auf Cursa. Er sagte etwas zu den beiden Aliens. Sie drehten ihre Köpfe zu Cursa, nickten lächelnd zu ihr rüber. Einer der Aliens hob sein Glas und hielt es in Cursas Richtung. Bob lachte. Er sagte noch etwas zu seinen beiden Gästen. Dann verließ er sie, um sich wieder zu Cursa zu stellen. »Lustige Vögel, die beiden«, sagte er. »Also, was ist noch mal dein Job hier auf dem Schiff?«

»Was hat dir Tribandum über uns erzählt?«, fragte Cursa.

Bob kratzte sich am Kopf. »Hmm, also ihr reist durch das All und kolonisiert Planeten. Und ihr geht dabei nicht besonders zimperlich mit den Bewohnern um. So ungefähr, stimmt's?«

Cursa vermied den Blickkontakt.

»Hab' ich etwas Falsches gesagt?«, fragte Bob.

Cursa schaute den Menschen wieder an. »Nein, Bob. Korrekt heißt es kolonialisiert, nicht kolonisiert. Aber abgesehen davon, ist es im Grunde genau das, was wir tun. Ich habe es bisher nur nicht in dieser Einfachheit betrachtet.«

»Wie auch immer ihr es nennt, es ist jedenfalls das, was mir Tribandum gesagt hat.«

Cursa nahm noch einen Schluck. »Ich beurteile, ob einer geplanten Kolonialisierung eines Planeten ethische Bedenken entgegenstehen«, sagte sie.

»Auch bei der Erde?«

Cursa nickte.

»Meine Frau Elsa und meine beiden kleinen Töchter sind da unten«, sagte Bob. »Ihr könnt doch keine unschuldigen Kinder töten!«

Cursa schaute Bob eine Zeit lang schweigend an. Der freundliche Erdenmann hatte eine Antwort auf seine Frage verdient. Nun gab es zwei Optionen. Entweder die schonungslose Wahrheit. In dem Falle müsste sie Bob sagen, dass Kinder keinen besonderen Schutz genossen. Sie musste ihm erklären, dass zivilisierte Rassen keinen Nachwuchs zeugten, sondern ihre Art durch zielgerichtete genetische Reproduktion im Labor erhielten und verbesserten. Dass Kinder überflüssig und ineffizient geworden waren. Es aus diesem Grund schon seit Jahrtausenden keine schutzwürdige Verbindung mehr zwischen Eltern und Kindern gab. Oder sie wählte die andere Option. Eine diplomatische Antwort, um diesen hilflosen Menschen in seinen wahrscheinlich letzten Tagen nicht zutiefst zu beunruhigen. »Tribandum wird alles dafür tun, damit das nicht passiert. Und ich auch.«

Bob runzelte die Stirn, vermied es Cursa anzublicken. Er senkte seine Blicke und murmelte vor sich hin: »Es ist überall dasselbe. Die Starken treten den Schwachen in den Arsch.«

»Wie bitte?«, fragte Cursa.

Bob hob seinen Blick, schaute sie an. »Von wegen zivilisiert.«

Cursa sagte nichts.

»Ihr seid nicht anders als wir. Wir könnten viel voneinander lernen. Aber ihr wollt uns lieber umbringen«, sagte er. »Darf es noch was sein?«

Cursa schüttelte den Kopf.

»Dann entschuldige mich bitte. Ich muss mich um meine Gäste kümmern!«

Er verließ Cursa und ging zurück zu den Alien-Ingenieuren. Cursa sah ihm hinterher. Ihr Blick wurde zur Eingangstür gelenkt, durch die eine große Gestalt eintrat. Es war Titawin. Er kam direkt auf Cursa zu und stellte sich neben Sie. »Darf ich mich zu Ihnen setzen?«

Cursa deutete auf den freien Platz neben ihr. »Auch neugierig auf unseren menschlichen Gast?«, fragte sie.

Titawin setze sich hin. »Ich kenne ihn bereits. Aber deswegen bin ich nicht hier. Ich möchte nur etwas trinken.«

»Was halten Sie von ihm?«

Bevor er antworten konnte, stand Bob vor den beiden Aliens.

»Was darf ich Ihnen bringen?«, fragte er Titawin.

»Du würdest mich bedienen?«

»Das ist mein Job, Sie mein Gast. Also, was darf's sein?«

Titawin musterte den Erdling. »Das Kristall-Quellwasser des Voloth Gebirges aus Vigrod Cequl. Kalt.«

»Ich frag mal den Chef, ob wir das dahaben« sagte Bob und ging wieder.

Cursa sah zu Titawin. »Und, was meinen Sie?«

»Was ich denke, dürfte Ihnen bekannt sein.«

»Finden Sie nicht, dass sie eine Chance verdient haben?«

»Sie hatten ihre Chance.«

Sie schwiegen eine Weile.

»Wann wird Ihre Kommission sich mit der Homo sapiens Frage befassen?«, fragte Titawin schließlich.

»Schon bald«, antwortet Cursa. »Ich muss jetzt los.«

Sie stand auf und verabschiedete sich Richtung Ausgang. Bob kam zurück mit dem gewünschten Getränk. »Bitte sehr. Der Chef sagt, dass Wasser sei aus Ihrer Heimat«, sagte Bob.

Titawin sah den Erdenmann an. Er war überrascht, dass der Mensch ganz offensichtlich ein Gespräch mit ihm beginnen wollte. Mit ihm, dem Alien, das es auf ihn und seine ganze Art abgesehen hatte. Neben der Überraschung war Titawin jetzt aber auch neugierig. »Warum interessiert dich meine Herkunft?«

»Für uns Menschen ist unsere Heimat sehr wichtig. Wir bekommen Heimweh, wenn wir sie lange nicht sehen. Geht es euch nicht so?«

»Du hast Heimweh?«, fragte Titawin.

»Ja, natürlich. Ich denke jede Sekunde an meine Familie. Ich will nur nach Hause zu ihnen.«

Titawin sagte nichts. Er sah den verzweifelten, hilflosen Menschen an. Bob blickte zurück. Das Alien zeigte keinerlei Regung. Er sah den Menschen einfach nur mit strengen Blicken an. Bob war eingeschüchtert. Er hielt den Blick Titawins nicht länger aus. Es platze aus ihm heraus: »Was haben Sie gegen mich?« Seine Stimme zitterte.

Titawins Blick verfinsterte sich noch etwas mehr. Bobs Stimme wurde fester und lauter. »Ich frage Sie, was Sie gegen mich haben! Ich habe Ihnen nichts getan!«

Titawins Gesichtszüge entspannten sich nicht im Geringsten. Ganz im Gegenteil. »Gegen dich habe ich nichts, Mensch. Ich verabscheue eure Art zu Leben. Das, was ihr euch antut. Euch, anderen Lebewesen, eurer Umwelt. Ich verachte eure Brutalität, eure Grausamkeit. Eure Arroganz, Ignoranz und Rücksichtslosigkeit. Euren fehlenden Respekt gegenüber dem Leben an sich. Ich werde nicht zulassen, dass ihr in eurem Egoismus und eurem Wahn nach immer mehr Profit den ganzen Planeten zerstört und Milliarden von friedlichen Mitgeschöpfen mit in den Abgrund reißt.«

Bob musste schlucken. Das hatte gesessen. »Ich finde ja auch nicht alles toll, was wir machen. Aber wir sind doch nicht alle so. Das müssen Sie mir glauben!«, stammelte er.

»Dir glauben? Warum sollte ich dir glauben?«

»Weil ich niemanden was getan habe. Und meine Frau und meine Kinder auch nicht.«

Titawin trank aus und erhob sich von seinem Platz. »Die Ära der Menschen ist vorbei.«

Das Alien wollte gerade gehen. Bob hatte was dagegen. »Halt!«, rief er.

Die Unsicherheit in Bobs Stimme war verschwunden. Sie war jetzt fest, mehrere Stufen tiefer, seine Blicke ernst. »Hör mir gut zu, du mieser Marsmensch. Bevor du meiner Familie was antust, jage ich dich und dein ganzes beschissenes Schiff in die Luft! Und jetzt verpiss dich von meiner Bar!«

Za'Ul kam dazu. Er hatte gehört, wie Bob ziemlich laut geworden war. »Ist alles in Ordnung, Bob?«

Bob sagte nichts. Er starrte hasserfüllt in Titawins Gesicht. Das Alien sah sich den Menschen abfällig an und schüttelte den Kopf. »Gewalt und Aggression. Was anderes kennt Ihr nicht. Euch ist nicht zu helfen, Mensch.« Titawin verließ die Bar.

Bob schaute ihm hinterher. »Dieser miese Wichser«, fluchte er.

»Was war denn?«, fragte Za'UL.

Bob warf das Geschirrtuch, das um seine Schulter hing, auf den Tresen. »Ach lass mich in Ruhe, Mann. Kein Bock mehr auf euch, echt!«

Er ging an Za'UL vorbei, verließ den Tresen und verschwand durch den Ausgang.

***

12

Der folgende Tag. Bob war aufgrund der Begegnung mit Titawin demoralisiert und frustriert. So nahm er sich frei und zog sich in sein Quartier zurück. Tribandum, der von dem Zwischenfall keine Kenntnis hatte, war auf dem Weg in Bobs Quartier. Er hatte eine Überraschung für seinen Freund von der Erde. Das Alien fragte sich, warum ihm der Gedanke gefiel, dass er Bob gleich eine Freude machen würde. Hatte er eine Eigenschaft von dem Menschen übernommen? Tribandum hatte in der kurzen Zeit, die er mit dem Erdling verbracht hatte, etwas festgestellt, was dem ansonsten sehr egoistischem Handeln der Menschen zu widersprechen schien. Bob war jedes Mal, wenn er anderen eine Freude machen konnte, selbst sehr glücklich darüber. Tribandum hatte Schwierigkeiten damit, diesen scheinbaren Widerspruch zu verstehen. Auf der einen Seite waren die Menschen als Spezies äußerst gewalttätig, ja sogar teilweise sehr grausam gegenüber allen anderen Lebewesen sowie gegenüber ihren eigenen Artgenossen. Gleichzeitig hatte der Mensch als einzelne Person das starke Bedürfnis danach, anderen eine Freude zu bereiten und seine glücklichsten Momente mit ihnen zu teilen. Es schien sogar so, als würde ein Mensch sein Glück noch intensiver empfinden, wenn er es mit jemandem gemeinsam erleben konnte. Es war aber noch komplexer. Ein Mensch konnte mit ein und derselben Person sehr glückliche und harmonische Momente erleben, sie lieben und verehren, sie aber nur Augenblicke später brutal misshandeln oder sogar töten. Im übernächsten Augenblick konnte er seine Tat dann wiederum zutiefst bereuen.

Diese Spezies war schwer zu begreifen. Tribandum überlegte, ob diese Widersprüchlichkeiten in der menschlichen Natur möglicherweise durch kontrollierte, genoptimierte Reproduktion beseitigt werden konnten. Vielleicht hatte sein Kollege Saros-Pi recht. Womöglich könnten sich die Menschen, ähnlich wie die Cron, zwar nicht kurzfristig, das hielt das Alien für ausgeschlossen, aber zumindest mittel- oder langfristig, nach einigen genetisch angepassten Generationszyklen, doch noch zu einer friedlichen Klasse-1-Zivilisation entwickeln, wenn die biologische Fortpflanzung unterbunden wurde. Andrerseits hatte sich seine eigene Spezies trotz oder gerade wegen der biologischen Reproduktion und Vermehrung auch zu einer friedlichen Typ-1-Zivilisation entwickelt. Tribandum erreichte das Quartier von Bob. Er wurde gescannt und identifiziert. Die Türen öffneten sich und da erblickte er Bob. Der Erdenmann saß nur mit einer Hose bekleidet auf seinem Sessel. Nach vorn gebeugt, das Gesicht in den Händen begraben. Seine Haare waren durcheinander. Er schluchzte.

»Hallo, Bob.«, sagte Tribandum. »Alles in Ordnung?«

»Tut mir leid, dass du mich so sehen musst. Ich bin heute kein guter Gastgeber«, sagte Bob.

Tribandum schaute Bob forschend ins Gesicht. Irgendetwas stimmte nicht mit den Augen des Menschen.

»Was ist mit deinen Sehorganen?«

Bob wischte sich mit seinem Handrücken die Tränen von den Augen. »Es ist nichts weiter. Ich habe nur geweint.«

»Geweint?«

Bob nickte.

Tribandum runzelte die Stirn. Er hatte bei seinem Studium der menschlichen Anatomie Drüsen an den inneren Seiten der Augenhöhlen entdeckt, die eine Flüssigkeit absondern konnten. Er war davon ausgegangen, dass diese zur Aufrechterhaltung der Augenfunktion insbesondere dem Zweck eines reibungslosen Lidschlages dienen sollte. Er fragte sich, warum Bobs Drüsen plötzlich so viel mehr von diesem Sekret absonderten als sonst. »Brauchst du vielleicht medizinische Versorgung?«, fragte er.

Bob stand auf, drehte sich zu dem Alien. »Ach, mein ahnungsloser Freund. Ich habe einfach nur geweint, sonst nichts.«

Weinen? So nennen sie also eine übermäßige Absonderung dieses elektrolythaltigen Sekrets. Wodurch wird es wohl ausgelöst, fragte sich Tribandum.

»Warum tust du das?«

»Was denn tun?«, fragte Bob.

»Weinen.«

Bob trat an Tribandum heran, legte seine Hand auf die Schulter des Aliens und blickte zu ihm hinauf.

»Wenn du noch nie geweint hast, dann wirst du es auch niemals verstehen.«

»Erkläre es mir.«

Bob trat einen Schritt zurück und senkte den Kopf. »Ich sorge mich um meine Familie. Sie fehlt mir so sehr«, sagte er.

»Sorge und Sehnsucht löst es aus?«, fragte Tribandum.

Er lernte schon wieder etwas Neues über diese Spezies. Ihm war aber klar, dass es noch so viel gab, was er nicht wusste. Bob schaute das Alien wieder an und schüttelte leicht den Kopf. *Diese Typen halten sich für so schlau und verstehen die einfachsten Dinge nicht.*

»Lass gut sein, Tim. Es geht schon wieder«, sagte Bob.

Er sah, dass Tribandum etwas in seiner Hand hielt. Es erinnerte ihn an ein Smartphone. »Was hast du da?«

Tribandum lächelte. »Eine Überraschung.«

Er nahm den Beistelltisch und stellte ihn mit etwas Abstand vor Bobs Sessel. Dann platzierte Tribandum, die mitgebrachte Einheit auf dem Tisch. »Setz dich, Bob.«

Bob gehorchte. Er ging zurück zu seinem Sessel, setzte sich hin. Tribandum ging in die Küche. Er kam mit einem Stuhl zurück. Er stellte ihn neben den Sitzplatz von Bob. Das Alien nahm aus der Brusttasche seines Umhangs eine weitere Einheit heraus, ähnlich wie die auf dem Tisch, nur deutlich kleiner. Tribandum überreichte die Konstruktion dem Erdling. Bob schaute seinen Alien-Freund mit großen Augen an.

»Richte es nach vorne. Dann übe einen leichten Druck mit dem Daumen darauf aus«, sagte Tribandum.

Bob hielt den Gegenstand Richtung des Beistelltisches. Plötzlich startete eine Projektion. Die Komponente auf dem Tisch projizierte bewegte 3D-Bilder samt den dazugehörigen akustischen Signalen in den Raum. Bob erkannte sofort, was er da sah. Sein Freund hatte ihm den versprochenen Fernseher mitgebracht.

»Mit dieser Vorrichtung kannst du, um es mit deinen Worten auszudrücken, *fernsehen*«, sagte Tribandum.

Bobs Augen leuchteten auf. Er grinste über beide Ohren. »Tim-Bandwurm, Alter! Du bist mein absolutes Lieblingsalien, Mann! Ich danke dir vielmals, mein Freund.«

Tribandum nickte. Er lächelte kaum sichtbar. »Mit der kleineren Einheit kannst du dir verschiedene Übertragungen aussuchen.«

Bob schaute sich das Kästchen an. Er musste lachen. »Du meinst zappen, Alter. Und das ist die Fernbedienung. Geil, Mann!«

Dann wurde er plötzlich still. Die laufenden Bilder hatten seine Aufmerksam geweckt. Rasch stellte er den Ton lauter. Tribandum und Bob schauten auf die Projektion. Sie folgten den Worten der Nachrichtensprecherin:

»… nach dem Scheitern des Friedensgipfels im UNO-Hauptquartier in New York City erscheint eine diplomatische Lösung der Krise als äußert unwahrscheinlich. Das Pentagon und die NATO haben noch einmal unmissverständlich klargestellt, dass eine umfassende und vernichtende nukleare Antwort auf militärische Einrichtungen, aber auch auf zivile Ziele als direkte Konsequenz bei einem russischen Einsatz von strategischen, aber auch taktischen Atomwaffen erfolgen wird. Nach erfolglosem Ablauf des Ultimatums in 14 Tagen wird zudem weiterhin als Ultima Ratio der militärischen Optionen erwogen, einen Präventivschlag gegen die russische Nuklearwaffen Infrastruktur durchzuführen. Der Sprecher des Vertei-

digungsministeriums der USA hat in den frühen Morgenstunden bekannt gegeben, dass der Alarmzustand sämtlicher Streitkräfte ab sofort auf DEFCON 1 erhöht wurde. Sollten auch die Vermittlungsversuche des amerikanischen Außenministers bei der für den morgigen Tag angesetzten Konferenz im NATO-Hauptquartier in Brüssel ergebnislos verlaufen, scheint ein nuklearer Holocaust nicht mehr ausgeschlossen, da die nach nachrichtendienstlich verifizierter Datenlage als gesichert geltende enorme Zweitschlagkapazität der russischen U-Boot Flotte eine unmittelbare Bedrohung für die westliche ...«

Bob schaltete den Ton aus. Er schaute zu Tribandum.

»Was ist da los, Mann?«

»Ein aktueller Krieg in Osteuropa. Ein größerer, mächtigerer Staat hat einen Nachbarstaat überfallen und will ihn annektieren.«

»Annekwas?«

»Annektieren. Gebiete gewaltsam und widerrechtlich in seinen eigenen Besitz bringen. Einfacher gesagt, wegnehmen.«

»Aber wieso?«

»Frag mich nicht, Bob. Das machen die Menschen schon, seitdem es sie gibt.«

»Die meisten von uns wollen diesen Scheiß nicht, das musst du mir glauben.«

Tribandum starrte weiter auf die stumme Projektion. »Es fällt mir schwer, Bob«, sagte er.

»Es sind die scheiß Politiker, die immer nur Krieg wollen. Nicht wir kleinen Leute. Wir haben doch eh nichts zu melden. Es ist wirklich so«, sagte Bob.

Tribandum schaute Bob an. »Ganz so einfach ist es nicht. Wissenschaftler haben die Wasserstoffbombe entwickelt, nicht Politiker. Arbeiter bauen in den Fabriken diese und andere Waffen, nicht Politiker. Ihr dient und tötet in den Streitkräften, die diese Waffen einsetzen, nicht die Politiker. Ihr brüllt eure Nationalhymnen mit breiter Brust und voller Nationalstolz bei jeder Gelegenheit«, sagte er. »Und ihr folgt euren Politikern blind in jeden Krieg.« Er schaute wieder auf die Projektion.

»Trotzdem will doch kein normaler Mensch einen Atomkrieg«, sagte Bob.

»Aber ihr nehmt es einfach hin, ohne etwas dagegen zu tun. So wie bei all den anderen Kriegen auch, die ihr führt.«

»Ach was soll's. Ich kann eh nichts daran ändern«, sagte Bob. Er schaltete den Ton wieder an.

»... *2.484.196 Neuinfektionen hat die WHO gemeldet. Ein Rekordanstieg der Infektionszahlen innerhalb von nur 24 Stunden. Inzwischen sind mehr als 8 Millionen Menschen an dem neuartigen Virus gestorben ...*«

Bob schaltete den Ton wieder aus. »Und was ist das schon wieder fürn Mist? Eine Seuche?«

»Eine Pandemie. Auslöser ist ein zoonotischer, respiratorischer Erreger. Bei den allermeisten Menschen verläuft die Infektion harmlos.«

»Aber so viele Tote?«

»Der Erreger ist hoch infektiös. Für eine Spezies, die über durchschnittliche medizinische Kenntnisse verfügt, keine Herausforderung.«

Bob hob die Augenbrauen. »Häh, das verstehe ich nicht. Warum sterben dann diese Leute? Kriegen sie keine Medikamente?«

Tribandum musterte Bob. Der Mensch schien es wirklich nicht zu verstehen.

»Die menschlichen Kenntnisse in der Medizin sind gemessen an den Maßstäben, die wir bei intelligenten Spezies zugrunde legen, nicht erwähnenswert. Ihr setzt einen großen Teil eurer Ressourcen für die Entwicklung von Waffen und die Rüstung ein, nur einen Bruchteil für Forschung und Bildung. Das Ergebnis ist, dass eure medizinischen Fertigkeiten euch nach eurem arroganten Selbstverständnis, das ihr so ziemlich in jeder Hinsicht innehabt, zwar als sehr fortschrittlich erscheinen, eure Mediziner aber tatsächlich im Vergleich zu anderen Spezies in diesem

Teil der Milchstraße mit ihrem Wissen und ihren Fähigkeiten nicht mal ansatzweise mithalten können. Um es auf den Punkt zu bringen, sie wissen und können so gut wie gar nichts, was die Heilkunst angeht. Angesichts dieser neuen pandemischen Situation sind eure Politiker und Wissenschaftler einfach überfordert. Sie wissen nicht was zu tun ist. Zumindest haben sie aber einige mehr oder weniger taugliche Impfstoffe entwickelt. Sie werden die akute Pandemielage einigermaßen in den Griff kriegen, nach dem Millionen von Menschen daran gestorben sind.«

»Wenigstens etwas«, sagte Bob.

»Es gibt aber leider auch in diesem Fall wieder ein krasses Missverhältnis. Die reichen Länder haben Impfstoff im Überfluss, die armen Länder so gut wie keinen«, sagte Tribandum.

Bob schüttelte ungläubig den Kopf.

Tribandum fuhr fort: »Es passt leider in das Gesamtbild der menschlichen Lebensweise. Anstatt sich durch rationale und logische Maßnahmen auf vorhersehbare und meistens auch noch selbst verursachte Krisensituationen vorzubereiten, verfällt deine Art, wenn die Krise dann auch tatsächlich auftritt, durch Panik getrieben in blinden Aktionismus. Mit dem Klimawandel und der Erderwärmung steuern die Menschen geradewegs und sehenden Auges in eine selbstverschuldete Situation, die euch eure Lebensgrundlage nehmen wird. Ernsthafte Schritte, diese absehbare Klimakatastrophe zu unterbinden, werden nicht unternommen. Es sieht sehr schlecht aus auf der Erde, Bob.«

Bob schüttelte den Kopf erneut. »Ach, ich will das nicht hören. Ich hab's verstanden, wir taugen nichts!«

Er schaltete den Ton wieder ein und zappte durch die Programme. Plötzlich strahlte er über das ganze Gesicht. Er hatte einen Sportsender gefunden, auf dem ein Boxkampf übertragen wurde. »Jaaa, Mann!«, rief er. »Jetzt schauen wir zusammen Sport, Alter!«

Tribandum war erstaunt. Hatte Bob nicht verstanden, was er ihm gerade über die massiven Probleme auf seinem Heimatplaneten berichtet hatte? Es schien den Menschen einfach nicht zu interessieren. Oder verdrängte er es einfach? Das häufige Verdrängen des Unangenehmen war eine Verhaltensweise, die die Menschen als Spezies und als einzelnes Individuum wiederum gemeinsam zu haben schienen. Tribandums Blick wurde auf die kämpfenden Boxer gelenkt. Er schaute sich den Kampf eine Zeit lang an. Interessanter für ihn war aber zu sehen, wie Bob Schläge in die Luft ausführte und immer wieder unsichtbaren Angriffen auswich. »Was ist das für ein Sport?«, fragte Tribandum.

Bob hörte mit seinem imaginären Kampf auf. Er starrte erstaunt zu Tribandum. »Ihr wisst nicht, was Boxen ist?«, fragte er.

»Nein«, sagte Tribandum. »Was ist Boxen?«

»Einer der beliebtesten Sportarten überhaupt«, sagte Bob. »Wir Menschen lieben diesen Sport, also wir Männer hauptsächlich.«

»Wie sind die Regeln? Wie wird der Sieger ermittelt?«

»Also eigentlich ist es ganz einfach. Zwei Männer steigen in den Ring und versuchen sich gegenseitig K.O. zu schlagen.«

»K.O? Was bedeutet das?« fragte Tribandum.

»Bewusstlos. Du musst deinen Gegner so hart treffen, dass er bewusstlos zu Boden geht und nicht mehr aufsteht, bis der Ringrichter bis zehn gezählt hat.«

Tribandum schaute wieder auf die Übertragung. Jedes Mal, wenn ein Kämpfer einen harten Treffer am Kopf des Gegners landete, jubelten die Zuschauer und schrien vor Begeisterung auf. »Es geht also darum, dem Opponenten Schmerzen zuzufügen, ihn zu verletzen oder zu töten?«

»Nein Mann, nicht töten, um Gottes willen! Nur K.O. schlagen.«

Tribandum verstand nicht. Wie konnte das zusammenpassen? »Aber sie schlagen sich gegenseitig so hart wie möglich ins Gesicht und auf den Kopf. Ein Schädelhirntrauma ist bei solch einer Gewalteinwirkung vorprogrammiert und potenziell tödlich.«

»Die Jungs können einiges ab. Ja gut, es kommt auch schon mal vor, dass einer draufgeht. Selten, aber es kommt schon vor.«

Bob starrte wieder auf den Schirm, setzte den Boxkampf gegen seinen unsichtbaren Gegner fort. Tribandum schaute abwechselnd zu Bob und zur Übertragung. Einer der Boxer dominierte den Kampf inzwischen deutlich. Er hatte seinen Gegner in eine Ringecke gedrängt und deckte ihn mit schweren Körpertreffern ein. Der andere Boxer konnte kaum noch seine Deckung oben halten. Plötzlich traf ihn ein kurzer schneller Kinnhaken. Eine harte rechte Gerade explodierte unmittelbar darauf mitten in seinem Gesicht, gefolgt von einem schnellen seitlichen Schlag auf den Kiefer. Die Augen des getroffenen Boxers verdrehten sich. Sein Mundschutz wurde zusammen mit einem großen Blutschwall aus seinem Mund herausgeschleudert. Seine Zunge hing wie ein nasser Lappen aus seinem Mund heraus. Der Boxer fiel um, wie ein gefällter Baum. Der ausgeknockte Kämpfer machte keinerlei schützende Bewegungen mit den Armen, um den Sturz abzufangen. Er fiel einfach bäuchlings auf sein stark blutendes Gesicht mit Platzwunden unter seinem rechten Auge und aufgeplatzten Augenbrauen. Das, was von seiner Nase übriggeblieben war, war zur Seite weggebrochen. Unmengen von Blut floss aus ihr heraus. Der schwarze Boxer, der locker ein Körpergewicht von 110 Kilogramm hatte, prallte ungebremst voll auf den mit Blut besudelten Ringboden auf. Die Menschenmenge grölte und jubelte. Bob sprang auf, ballte seine Fäuste zusammen und streckte sie in die Luft. »Jaaa, Mann! Den Affen hast du langgelegt! Der steht nicht mehr auf!«, schrie er.

Der bewusstlose Boxer zuckte nur noch. Blut und Speichel quollen aus seinem Mund. Seine Betreuer, der Ringrichter und der Ringarzt eilten herbei. Die grölende Menschenmenge war außer sich vor Begeisterung. Tribandum beobachtete Bob schweigend mit großen Augen. Dieser setzte sich wieder. »Hast du das gesehen, Mann? Er hat ihn zerstört. Gekillt hat er ihn, Alter! Geiler Kampf!«, rief er voller Begeisterung.

Tribandum stand auf.

»Hey, was ist denn los?«, fragte Bob.

»Bitte entschuldige mich jetzt«, sagte Tribandum.

»Wo willst du denn hin? Das war doch nur der Vorkampf. Der Hauptkampf kommt doch noch. Willst du das nicht sehen?«, fragte Bob.

Tribandum schaute zu Bob runter. »Ich habe genug gesehen.«

»Was ist denn auf einmal?«

»Zwei Männer schlagen sich gegenseitig fast tot und ihr Menschen jubelt ihnen dabei zu.«

»Das ist doch nur ein Boxkampf«, sagte Bob.

»Vor etwa zweitausend Jahren haben sich Gladiatoren im Kolosseum des alten Roms unter einer grölenden Menschenmenge gegenseitig abgeschlachtet. Zwei Jahrtausende später eine andere Arena, aber die gleiche grölende, blutrünstige Meute, die sich an brutaler Gewalt ergötzt. Ihr habt euch nicht ein Stück weiterentwickelt. Es ist erschreckend. Es ist abstoßend.«

»Komm schon, bleib noch ne Weile. Du kannst mir doch nicht ein schlechtes Gewissen machen und dann einfach abhauen«, sagte Bob.

»Ich muss ins Labor. In zwei Tagen wird mein Bericht erwartet. Ich habe bisher nicht einen einzigen Grund gefunden, warum deine Spezies verschont werden sollte.«

Bob sprang blitzartig auf. Er stellte sich breitbeinig vor das Alien und schaute Tribandum direkt in die Augen.

»Was soll dann das ganze Theater hier?! Wieso hast du mich überhaupt aufgeweckt? Um mich dann mit all den anderen umzubringen?!«, rief er.

Tribandum legte seine Hand auf die Schulter des Menschen. »Nein. Ich wollte dich kennenlernen. Ich möchte, dass du mir Argumente lieferst, damit ich euch retten kann.«

Bob nickte. »Entschuldige bitte. Aber ich komme mit der ganzen Scheiße hier nicht mehr klar. Das ist einfach nur der reinste Albtraum!«, sagte er.

Tribandum nickte verständnisvoll. »Ich werde die verbleibenden zwei Tage nutzen, um euch zu helfen«, versprach er. »Aber ich muss jetzt gehen.«

Er drehte sich um und verließ Bobs Quartier. Am Gang verharrte er nachdenklich. In den Weltraum blickend, dachte er über Bobs Reaktionen bei dem Boxkampf nach. Bobs ehrliche Freude über die massiven Misshandlungen des schwerverletzten Boxers bereitete ihm Sorgen. Der gutmütige außerirdische Wissenschaftler, der Bob so gut er konnte helfen und die Menschen wirklich retten wollte, hatte soeben miterlebt, wie sein menschlicher Freund entfesselt und voller Begeisterung bejubelt hatte, wie zwei seiner Artgenossen sich gegenseitig brutale körperliche Gewalt antaten. Er konnte nicht länger an der Annahme festhalten, dass Bob jegliche Art der Gewalt ablehnte. Dann dachte er über Bobs Worte zu dem drohenden Atomkrieg auf der Erde nach. Tribandum glaubte seinem Freund, dem Mann von der Erde, dass dieser, so wie sehr viele andere Menschen auch, Kriege verabscheute. Allerdings war er nicht davon überzeugt, dass nur Politiker den Krieg wollten. Wenn Bob aber recht hatte und tatsächlich nur Politiker Kriege führen wollten, dann waren die Menschen eine Spezies, bei der sich die große Mehrheit den Willen einer winzigen Minderheit aufzwingen ließ. Eine Spezies, bei der der allergrößte Teil nicht die Fähigkeit besaß, nach seinem eigenen freien Willen zu leben, sondern sich einigen wenigen Vertretern ihrer Artgenossen unterordnete. Keine guten Voraussetzungen, um sich selbst und somit die gesamte Art weiterzuentwickeln. Noch etwas anderes machte dem Alien sorgen. Der Mensch an Bord schien die existenziellen Probleme auf seinem Planeten nicht ernst zu nehmen. Entweder durchdrang der Erdling sie nicht, oder es interessierte ihn nicht wirklich. Bob hatte ja auch gesagt, dass er eh nichts daran ändern könne. Auch diese Beobachtungen schienen auf die Menschen als Spezies übertragbar zu sein. Sie nahm vieles in der Überzeugung hin, nichts ändern zu können. Die Annahme würde den Gesamtzustand der Erde miterklären. Es erschien Tribandum immer unwahrscheinlicher, dass die Menschen bei ihrer natürlichen Entwicklung jemals den Status einer Typ-1-Zivilisation erreichen würden. Aber Bob hatte ihm eines bewiesen. Der Mensch als Individuum unterschied sich in seinem Denken und Handeln vom Homo sapiens als Ganzes zumindest in einem Punkt in grundsätzlicher Hinsicht. Bob, der der Gewalt beim Boxkampf zugejubelt hatte, war im Gegensatz zu seiner Art als Kollektiv selbst nie gewalttätig gewesen. *Bei den Homo sapiens lassen sich aufgrund des kollektiven Verhaltens der Spezies keine verlässlichen Rückschlüsse auf jedes einzelne Verhalten eines jeden einzelnen Individuums schließen,* dachte Tribandum. *Könnte das auch ein universelles, speziesübergreifendes Phänomen sein,* fragte er sich. Er konnte sich diese Frage nicht beantworten. Bisher hatte es noch nie Kontakt mit einem Vertreter einer Art gegeben, die extrahiert wurde. Bob war der Erste. Bobs Persönlichkeit hatte gezeigt, dass bei den Menschen vieles daraufhin deutete, dass das Individuum und die Art, der es angehörte, zumindest in einigen Punkten, verschieden bewertet werden mussten. War das vielleicht eine Möglichkeit, die Extrahierung der Menschen zumindest nicht als alternativlos erscheinen zu lassen?

***

13

Zwei Tage waren vergangen seit Tribandums Besuch bei Bob. Der Wissenschaftler saß im großen Besprechungsraum auf dem Platz des Berichterstatters. Er war allein. In wenigen Minuten würde er vor Titawins Kommission seinen Abschlussbericht über die Erde abliefern. Der Vorsitzende hatte ihm keine weiteren sechs Monate gewährt. Der Tag der Entscheidung über die Zukunft der Menschen rückte immer näher. Nach Anhörung des Berichts sollte entschieden werden, was der Wissenschaftsrat der Regierung in der geplanten Errichtung der Kolonie Blau03 auf der Erde empfehlen würde. Tribandum hatte die letzten Monate gründlich geforscht. Den Zustand des blauen Planeten exakt beschrieben. Das Verhalten der dominanten Spezies, des Menschen, beobachtetet, ihre Evolution studiert. Vom ersten aufrecht gehenden Humanoiden bis zum modernen Homo sapiens, der vor etwa zweihunderttausend Jahren auf dem afrikanischen Kontinent auftauchte. In den letzten Wochen seiner Forschung hatte er sich sogar mit einem von ihnen angefreundet. Alle Daten und Fakten, die er zusammengetragen hatte, mussten dazu führen, die Kolonialisierung des Planeten bei gleichzeitiger Extrahierung der Menschheit zu empfehlen. Dieser Gedanke gefiel Tribandum nicht. Auf einmal bemerkte er in Gedanken versunken, wie er mit seinem Zeigefinger, in einem bestimmten Takt, auf den Tisch klopfte. Er sah sich seinen klopfenden Zeigefinger erstaunt an, schüttelte dabei den Kopf. *Hunderte Berichte abgeliefert, aber nervös wie ein Student bei seinem ersten Referat,* dachte er. Er stoppte seinen Finger, nahm seine Hand vors Gesicht und starrte sie an. Die Tür öffnete sich. Tribandum drehte sich um. Es war Cursa, die den Raum betrat. »Er hat Sie geschickt?«. Er war sichtlich überrascht.

Cursa setzte sich auf den Sitz des Beobachters. »Ihnen auch einen guten Tag, Tribandum.«

»Verzeihung. Guten Tag, Cursa. Ich hätte gedacht, dass der Vorsitzende der Ethik-Kommission selbst an dieser Besprechung teilnehmen würde.«

»Nein, tut er nicht, wie Sie sehen. Offiziell nehme ich auch nicht teil. Ich wurde nur als Beobachterin beigeordnet, nicht als Teilnehmerin«, erwiderte sie.

»Ich verstehe.«

»Ich werde Tegemun routinemäßig das Protokoll dieser Besprechung übergeben, mehr nicht.«

Tribandum nickte. Er musste sich eingestehen, dass er sich besser fühlte, ob der Tatsache, dass sein Sohn doch nicht anwesend war. Die Tür öffnete sich ein weiteres Mal. Chalawan und Tecton traten ein, gefolgt von Saros-Pi. Die Kollegen grüßten sich förmlich, nahmen ohne Zögern ihre Plätze ein. Tecton drehte sich sofort zu Tribandum. »Erzählen Sie mal. Wie ist er so? Ich habe gehört, er soll ein äußerst friedliches, ja sogar soziales Exemplar sein. Stimmt das? Das ist kaum zu glauben.«

Saros-Pi richtete seinen Blick auf Tecton. Er wollte gerade etwas sagen, aber Chalawan kam ihm zuvor. »Ja, das habe ich auch gehört, Herr Kollege Tribandum. Ein friedlicher Mensch? Wirklich erstaunlich! Ich hatte leider noch nicht die Gelegenheit, ihn zu begutachten.«

Saros-Pi schaute zu Chalawan. »Meine Herren, wir sollten nicht den Bericht des Kollegen Tribandum vorwegnehmen. Warten wir ab, bis der Vorsitzende die Besprechung eröffnet hat.«

Chalawan ignorierte den Einwand von Saros-Pi. Tecton tat es ihm gleich und die beiden Wissenschaftler schauten Tribandum weiter erwartungsvoll an.

»Nun sagen Sie schon. Wie ist er?«, fragte Tecton nach.

Tribandum richtete seinen Blick zu Tecton, dann zu Chalawan.

»Wenn Sie Bob begutachten wollen, kann ich nichts für Sie tun. Er ist kein Gegenstand, sondern ein Individuum. Wenn Sie ihn kennenlernen wollen, gehen Sie in Za'Uls Bar. Bob arbeitet dort. Er ist ein guter Barmann, ist gesellig und schließt gerne neue Bekanntschaften. Gerne wird er sich mit Ihnen unterhalten. Im Übrigen stimme ich dem Kollegen Saros-Pi zu.«

Die Tür am anderen Ende des Besprechungsraumes öffnete sich. Titawin betrat den Raum. Der Vorsitzende nahm seinem Platz ein. »Cursa, meine Herren. Der Rat ist vollständig besetzt, die Beobachterin der Ethik-Kommission ist anwesend. Ich eröffne hiermit die Sitzung. Wir werden heute über den Planeten Erde entscheiden. Am Ende der Sitzung werden wir beschließen, was dieser Rat der Kooperations-Regierung in der Menschenfrage empfehlen wird«, sagte er. »Gibt es dazu irgendwelche Fragen?«

Die Ratsmitglieder schüttelten den Kopf. Titawin schaute zu Tribandum. »Keine Fragen. Herr Kollege Tribandum, Ihren Abschlussbericht bitte.«

Tribandum richtete sich auf und blickte zu Titawin. »Danke, Herr Vorsitzender.«

Er startete über sein Bedienelement an seinem Platz eine dreidimensionale Projektion auf dem großen Besprechungstisch, eine holographische Abbildung der Erde. Daneben wurden Symbole, Schriftzeichen und kleine Hologramme einzelner Erdteile abgebildet. »Dr. Cursa, meine Herren, das ist die Erde. Sie ist nach menschlicher Zeitrechnung etwa 4,5 Milliarden Jahre alt. Alle weiteren Zeitangaben sind als solche nach menschlicher Zeitrechnung zu verstehen, es sei denn, ich weise auf eine andere chronometrische Einheit hin. Der blaue Planet befindet sich in der habitablen Zone am äußeren Rand der Milchstraße in einer Umlaufbahn um ihren Mutterstern, die Sonne. Die Erde ist der fünftgrößte Planet in ihrem Sonnensystem und befindet sich an der drittnächsten Position zum Mutterstern. Daher auch der Name der geplanten Kolonie. Position 3, Farbe Blau, Kolonie Blau03. Bezüglich weiterer astronomischer Einzelheiten verweise ich auf meinen Bericht, der Ihnen allen bereits zur Verfügung gestellt wurde. Ich werde mich nur auf die für die Beurteilung der Erde maßgeblichen Punkte beschränken.«

Er beendete die Projektion und startete eine neue. Ein nackter Mensch wurde dargestellt, der sich um die eigene Achse drehte. Eine detailgenaue Darstellung von Bob. »Die dominante Spezies auf der Erde ist der Mensch, nach der binären Nomenklatur als Homo sapiens klassifiziert. Das ist die Darstellung eines durchschnittlichen männlichen Exemplars mittleren Alters«, erklärte Tribandum auf die Projektion deutend. »In der biologischen Systematik gehört der Mensch zu der Ordnung der Primaten, genauer zu den Trockennasenaffen und damit zu den höheren Säugetieren. Von der Körperkraft und der Belastbarkeit ist er vielen anderen Primaten weit unterlegen. Seine Dominanz ist auf sein Encephalon zurückzuführen.«

Tribandum vergrößerte die Projektion. Bobs Kopf wurde hervorgehoben. Mit einer weiteren Handbewegung brachte Tribandum die Abbildung des zentralen Denkorgans des Menschen in den Vordergrund. Die Darstellungen des restlichen Körpers verschwanden. Zurück blieb einzig eine große Projektion von Bobs Hirn. Es drehte sich um die eigene Achse, sodass alle Anwesenden einen genauen Blick auf alle Hirnregionen haben konnten. Tribandum markierte einige Stellen mit verschieden Farben. »Das Gehirn entspricht in seinem Aufbau zwar dem der anderen Primaten, hat jedoch im Verhältnis zu der Körpergröße deutlich mehr Volumen. Diese neokortikale Expansion im Laufe der menschlichen Evolution hat dazu geführt, dass der Mensch mit etwa 86 Milliarden Neuronen etwa doppelt bis dreimal so viele Nervenzellen besitzt wie seine nächsten Verwandten, die Schimpansen und Bonobos. Im Vergleich zu anderen Primaten ist beim menschlichen Gehirn besonders stark die Großhirnrinde, dort insbesondere der Frontallappen sowie der Neokortex und das Sprachzentrum ausgeprägt. Der Homo sapiens ist etwa vor zweihunderttausend Jahren zum ersten Mal in Erscheinung getreten. Er befindet sich am Ende der Nahrungskette und hat keine natürlichen Feinde. Trotzdem hat er verglichen mit den anderen uns bekannten humanoiden Lebensformen eine sehr kurze Lebenserwartung. Nur die wenigsten erreichen das hundertste Lebensjahr.«

Tribandum änderte die Projektion erneut. Diesmal wurde das Sonnensystem, zu dem die Erde gehörte, samt der Sonne, den Planeten Merkur, Venus, Erde, Mars, Jupiter, Saturn, Uranus und Neptun abgebildet. »Hier sehen Sie die Sonne, der Mutterstern, den die Erde umkreist. In seinem Zentrum fusionieren in jeder Sekunde etwa 600 Millionen Tonnen Wasserstoff zu Helium. Die bei der Kernfusion freigesetzte Energiemenge trifft zu einem Bruchteil von etwa 1 zu 500 Millionen auf die Erdoberfläche. Dabei liefert die Sonne der Erde täglich etwa das 6000-fache an Energie, die die gesamte menschliche Zivilisation an einem Tag verbraucht. Der Homo sapiens ist nicht in der Lage, diese Energie auch nur ansatzweise zu nutzen. Wir haben es hier mit einer äußerst primitiven Typ-0-Zivilisation zu tun, die weit davon entfernt ist, die nächste Zivilisationsstufe zu erreichen.« Tribandum beendete die Projektion. »Gibt es hierzu Fragen?«

Die Aliens im Rat schüttelten den Kopf. Tribandum startete die nächste Projektion. »Es steht fest, dass die Zivilisationsstufe des Homo sapiens seiner Extrahierung nicht entgegensteht. Als Nächstes werde ich darlegen, dass die Menschheit nicht als friedliche Spezies eingestuft werden kann. Ich bitte Sie, auf meine Wortwahl zu achten. Ich sage bewusst die Menschheit, explizit nicht der Mensch, denn wir haben es hier mit einer sehr widersprüchlichen Lebensform zu tun. Ich werde auf diese wesentliche Unterscheidung am Ende meines Berichts zurückkommen.«

Die neue holografische Abbildung zeigte die aktuellen Krisenherde auf der Erde.

»Die rot markierten Sektionen zeigen die aktuellen bewaffneten Konflikte auf der Erde. Es sind Stand heute 32 an der Zahl. Ein neuer, die Existenz des gesamten Planeten bedrohender nuklearer

Konflikt, könnte in den nächsten Tagen oder Wochen die Zahl auf 33 erhöhen«, führte Tribandum weiter aus.

Tecton machte sich mit einem Handzeichen bemerkbar.

»Ja, Herr Kollege?«, fragte Tribandum.

»Sagen Sie, Tribandum, wer kämpft da gegen wen? Etwa Menschen gegen Menschen? Habe ich das richtig verstanden? Was sind die Gründe für diese Konflikte?«, fragte Tecton.

Tribandum öffnete eine zusätzliche Projektion, die neben der Hauptprojektion erschien. »Das, was Sie hier sehen, ist eine Liste von den etwa 200 Staaten, die es auf der Erde gibt. Staaten sind Zusammenschlüsse von verschiedenen Volksgruppen, gegründet mit der Intention, sich gegen andere Volkgruppen abzugrenzen. Die Menschen, die in diesen Staaten leben, werden kontrolliert, gelenkt und überwacht von einer gemessen an der Bevölkerung sehr kleinen Anzahl von Menschen, Politikern. Diese Herrscherkaste ist mit großer Macht und Privilegien ausgestattet. Die meisten Politiker verfügen über ein hohes Maß an Skrupellosigkeit und besitzen die Fähigkeit überzeugend zu lügen. Zudem sind sie häufig nur durchschnittlich oder unterdurchschnittlich intelligent, da der Großteil der hochbegabten Menschen sich in der Forschung, der Lehre oder in der Wirtschaft betätigen. Hinzu kommt, dass Intelligenz eng verbunden ist mit der Eigenschaft der Selbstreflexion und der Bereitschaft zur Überprüfung der Richtigkeit des eigenen Tuns. Das kann zu Zweifeln am eigenen Handeln und Denken führen, was für eine politische Führungsrolle hinderlich ist. Daher haben es intellektuelle, streng systematisch und analytisch denkende Menschen schwer, sich im politischen Gipfel zu behaupten. Das hat dazu geführt, dass die mächtigsten Staatenlenker bestenfalls durchschnittlich intelligent sind und eher triebgesteuerte Entscheidungen treffen. Dieser Umstand stellt zugleich einen möglichen Erklärungsansatz für den katastrophalen Gesamtzustand der Erde dar, den ich im Weiteren genauer beleuchten werde.«

Tribandum machte eine kurze Pause und schaute in die Runde.

Der Rat schien seinen Ausführungen aufmerksam zu folgen. Tribandum öffnete eine politische Karte, auf der die aktuellen Staatsgrenzen abgebildet waren.

»Wie bereits angedeutet, haben die Menschen die Erde unter sich durch künstliche Grenzziehungen geografisch aufgeteilt. So sieht die Aufteilung heute aus. Die Grenzen, die Sie dort sehen, wurden gewaltsam durch millionenfachen Mord an den eigenen Artgenossen willkürlich gezogen. Dabei gilt auf der Erde primär das Recht des Stärkeren, wie wir es von jeder anderen primitiven Rasse auch kennen. Es ist vergleichbar mit den Revierkämpfen von Schimpansen oder Pavianen. Auch heute noch verschieben sich die Staatsgrenzen und Einflusszonen durch systematische Tötung und Eroberung. Die Menschen nennen diese durch Gewaltanwendung geschaffenen Strukturen auch Nationen. Die Angehörigen dieser künstlichen Konstrukte haben jeder für sich ein Phänomen entwickelt, das sie als Nationalstolz bezeichnen. Es ist die Überzeugung von der eigenen Überlegenheit gegenüber anderen Nationen. Resultierend aus verschiedenen und zum größten Teil irrationalen Glaubenssätzen gelangen sie zu dem Schluss, dass ein Angehöriger der eigenen Nation mehr wert sei, als Angehörige anderer Nationen. Diese Glaubenssätze normieren sie in Regelwerken. Diese Regelwerke wiederum räumen Angehörigen anderer Nationen, den sogenannten *Ausländern*, weit weniger Rechte ein. Diese Menschen werden im gesellschaftlichen Leben ausgrenzt, diskriminiert und benachteiligt, häufig allein wegen ihrer Herkunft, Hautfarbe oder Religion.« Er öffnete ein zusätzliches Hologramm.

Dieses zeigte eine Auflistung aller bekannten bewaffneten Konflikte, die der Mensch jemals ausgetragen hatte. Sie enthielt mehrere Hundert Eintragungen. »Die bewaffneten Konflikte zwischen diesen Nationskonstrukten lassen ein immer wiederkehrendes Muster erkennen. Ein Staat, der über mehr Vernichtungspotenzial in Form von militärischer und wirtschaftlicher Überlegenheit verfügt, überfällt schwächere Staaten. Der Angreifer tötet dabei

Angehörige des überfallenen Staates bei gleichzeitiger massiver Zerstörung der Infrastruktur. Die Vernichtung von Leben und die Zerstörung von Infrastruktur werden solange durchgeführt, bis der Unterlegene die Bedingungen des Überlegenen akzeptiert. Meist geht es dem Angreifer um Zugriff auf Ressourcen, wirtschaftliche Vorteile und Einfluss. Wiederkehrende Motive für nationale und im geringeren Maße auch für internationale Konflikte sind Rassismus und religiöser Wahn. Bei diesen Konflikten geht es primär darum, die als minderwertig betrachtete Volksgruppe, Ethnie oder Religionsgemeinschaft zu vertreiben, zu dezimieren und in letzter Konsequenz auch darum, sie auszulöschen«, sagte Tribandum.

Er vergrößerte die Projektion in einem Abschnitt. Der Nahe Osten wurde nun hervorgehoben. »Schauen wir uns exemplarisch diese Region an. Hier befinden sich die größten Vorkommen einer natürlichen Ressource. Es sind fossile Energiequellen, die aus abgestorbenen Meereskleinstlebewesen bestehen. Sie kommen in der oberen Planetenkruste vor. Dabei handelt es sich um ein gelblich bis schwarzes, öliges Stoffgemisch, das hauptsächlich aus Kohlenstoffatomen besteht. Auf diesem Öl basiert ein Großteil der Energieversorgung der menschlichen Gesellschaften in den reichen Staaten. Um Zugriff auf diese Ressource zu erhalten, bringen sich die Menschen seit ihrer Entdeckung systematisch gegenseitig um. Das scheint einer der Hauptgründe für die seit Jahrzehnten anhaltenden Konflikte in diesem Teil der Erde zu sein. Auch hier dasselbe Muster. Der stärkere Staat überfällt den schwächeren. Menschliche Todesopfer sowie die Zerstörung der Umwelt spielen dabei scheinbar entweder eine nur untergeordnete oder gar keine Rolle«, berichtete Tribandum. »Zumindest sprechen die dabei angewandten Methoden dafür, dass Menschen nicht verschont, sondern ganz im Gegenteil, in möglichst großer Anzahl getötet werden sollen«, erklärte er und startete zur Veranschaulichung nun eine Projektion, die unter anderem Kampfflugzeuge, Kampfpanzer, Flugzeugträger und U-Boote abbildete. »Das ist eine beispielhafte Darstellung von Waffensystemen zur modernen konventionellen Kriegsführung. Die offizielle politische Doktrin nahezu aller Staatenlenker besagt, dass Aufrüstung erforderlich sei, um vor einem Angriff abzuschrecken und sich, sollte es dennoch zu einem Angriff kommen, verteidigen zu können. Dies mit der finalen Zielsetzung, den Frieden dauerhaft wahren zu können. Unter Berücksichtigung des tatsächlichen Einsatzes dieser Waffen muss man allerdings zu einem anderen Schluss kommen.« Tribandum startete eine Simulation aus der Zeit des Römischen Reiches. »Früher standen sich bei kriegerischen Auseinandersetzungen mehrere Tausend Menschen, zumeist männlich, auf einem Schlachtfeld gegenüber. Sie stürmten aufeinander los und töteten sich gegenseitig im Nahkampf mit Hieb- und Stichwaffen, indem sie durch Gewalteinwirkung innere Organe ihrer Gegner verletzen oder ihnen die Gliedmaßen und Köpfe abtrennten.« Er beendete die Darstellung und startete eine neue. Die Projektion zeigte Bilder von Luftangriffen bei der Invasion des Irak aus dem Jahr 2003. »Heute sieht die Kriegsführung grundsätzlich anders aus, auch wenn es immer noch zu Nahkämpfen mit denselben Folgen kommt. Das typische Vorgehen hat sich aber mit fortschreitender Waffentechnik grundlegend geändert. Bei der modernen Kriegsführung werden ausgesuchte Ziele zunächst mit Luftangriffen zerstört. Dazu werden nur zu diesem Zweck entwickelte bemannte oder unbemannte Fluggeräte eingesetzt. Sie starten entweder von Flugzeugträgern, die auf den Meeren patrouillieren, oder von Bodenstützpunkten. Diese Kriegsgeräte feuern Raketen auf die Ziele, oder werfen Bomben auf sie ab. Beide Methoden basieren darauf, dass die eingesetzten Kampfmittel am Zielort explodieren und eine Druckwelle sowie große Hitze erzeugen. Dabei sollen möglichst viele Todesopfer bei größtmöglicher Zerstörung erreicht werden. Auch von Kriegsschiffen werden Raketen auf Ziele abgefeuert. Die Menschen nennen sie Marschflugkörper. Diese Bezeichnung ist darauf zurückzuführen, dass die Rakete eine vorprogrammierte Bahn zu ihrem Ziel verfolgt.«

Ein Hologramm zeigte inzwischen eine Invasion mit Hunderten von Kampfpanzern.

»In der zweiten Phase kommen diese gepanzerten Gleiskettenfahrzeuge zum Einsatz. Sie verfügen über ein Kanonenrohr als Primärwaffe sowie unter anderem ein Maschinengewehr als Sekundärwaffe. Diese Waffensysteme basieren alle auf demselben Prinzip. Durch eine kleine Explosion wird ein Projektil im Lauf beschleunigt. Dieses verlässt mit hoher Geschwindigkeit die Mündung und soll das anvisierte Ziel treffen, es töten oder zerstören. Unter dem Schutz dieser Kampfpanzer dringen bewaffnete Bodentruppen mit diesen zusammen in das zu erobernde Gebiet ein. Sie töten unter staatlichem Auftrag die Überlebenden der bisherigen Angriffe aus der Luft, bis der Widerstand des überfallenen Staates gebrochen ist. Wenn ihnen das nicht gelingt, ziehen sich die Angreifer wieder zurück. Wenn es ihnen gelingt, zwingen sie den Besiegten ihren Willen auf.«

Eine weitere Nebenprojektion mit Daten und Zahlen in Alien-Symbolen erschien.

»Bei diesem Beispiel waren etwa zweihunderttausend Soldaten, mehrere Hundert Kampfflugzeuge und Panzer sowie eine Flotte von fünf Flugzeugträgern mit zahlreichen Begleitkriegsschiffen beteiligt. Die Angreifer verursachten den Tod von mehreren Hunderttausend ihrer Artgenossen. Das war ein vergleichsweise kleiner Konflikt. Im vergangenen Jahrhundert gab es zwei globale Konflikte, bei denen sich insgesamt mehr als 100 Millionen Menschen gegenseitig umbrachten.«

Die nächste Darstellung bildete den Erdglobus ab.

»Bei diesem Beispiel liegt der Heimatstaat der Hauptangreifer geografisch mehrere tausend Kilometer von dem angegriffenen Staat entfernt, der militärisch und wirtschaftlich deutlich unterlegen ist«, erklärte Tribandum und deutete auf den projizierten Globus. »Wie Sie unschwer erkennen können, liegt, gemessen an der Gesamtgröße des Planeten, ein riesiger Ozean zwischen beiden Staaten. Der angegriffene Staat hatte nie einen aggressiven oder feindlichen Akt gegen den Angreifer unternommen. Es gibt keine Anhaltspunkte dafür, diesen Überfall als eine defensive Handlung einzustufen. Es spricht alles dafür, dass ein Angriffskrieg geführt wurde, um Ressourcen zu sichern und den eigenen Einfluss in der Region zu vergrößern. Dieses Beispiel ist nur eines von Hunderten aus der Geschichte des Homo sapiens, wo angebliche Verteidigungswaffen nur zum Zweck des Angriffs und der Usurpation eingesetzt wurden. Die äußerst kriegerische Historie der Menschen lässt nur den Schluss zu, dass die Staatenlenker lügen und schon immer gelogen haben und die Waffensysteme primär zu Angriffszwecken hergestellt und eingesetzt werden.« Tribandum startete ein Hologramm, das eine verfaulte Pestleiche detailgetreu abbildete. Daneben eine Projektion, die den Pesterreger zeigte. »Die Menschen besitzen, was die Entwicklung und den Einsatz von Waffen zum Töten ihrer Artgenossen angeht, eine bemerkenswerte Kreativität. Neben den konventionellen Waffen setzen sie auch biologische und chemische Waffen ein, um effizient und effektiv möglichst viele Artgenossen umzubringen.« Er verkleinerte das Hologramm der Pestleiche und vergrößerte die Projektion des Pesterregers. »Das ist Yersinia Pestis, der Erreger einer hochinfektiösen bakteriellen Erkrankung, die bei Menschen unbehandelt immer zu einem furchtbar qualvollen Tod führt.« Tribandum verkleinerte die Abbildung wieder und vergrößerte die Projektion der Pestleiche auf Lebensgröße. Die Leiche war übersät mit Beulen. Dunkler Eiter quoll aus den offenen Wunden. Er startete nun auch die olfaktorische Wiedergabe des Hologramms. Ein beißender Eiter- und Verwesungsgestank erfüllte den Raum. Die Anwesenden hielten sich sofort instinktiv mit ihren Händen ihre Münder und Nasen zu. »So sieht das Ergebnis einer Infektion aus. Im 14. Jahrhundert hat dieser Erreger innerhalb weniger Jahre etwa 25 Millionen Menschen auf dem Erdteil Europa getötet. Etwa ein Drittel der damaligen Bevölkerung. Zugleich ist das vermutlich auch die erste bekannte biologische Waffe, die Menschen eingesetzt haben. Es gibt Berichte darüber,

126

dass Angreifer Pestleichen über Stadtmauern werfen ließen, um die Verteidiger und auch die Zivilbevölkerung mit dem Erreger zu infizieren.« Tribandum beendete die beiden Projektionen.

Der Gestank verschwand zusammen mit dem Hologramm der Pestleiche. Er startete nun eine Videosequenz. Sie zeigte, wie zwei Kampfjets über ein Dorf flogen und kleine fassartige Gegenstände abwarfen. Sekunden später stiegen Rauchwolken vom Boden auf. Erst weiß, dann gelb und schließlich schwarz. Dann ging das Sterben los. Dorfbewohner bluteten aus den Augen und hatten Schaum vorm Mund. Sie röchelten und ächzten, hielten sich schützend ihre Hände vor den Mund. Mütter hielten Kindern Tücher vor die kleinen Münder, um sie vor dem Rauch zu schützen. Vergebens. Nach wenigen Augenblicken kehrte Ruhe ein. Das Dorf war zugepflastert mit Leichen und Überlebenden, die noch zuckten und langsam ihren qualvollen Todeskampf verloren. Tribandum hielt die Videosequenz an dieser Stelle an. »Senfgas, Sarin, Tabun. Chemische Waffen, von Menschen entwickelt, um Menschen zu töten. Bei diesem nur beispielhaften Giftgasangriff Ende der 80er-Jahre des vergangenen Jahrhunderts wurden etwa fünftausend Zivilisten getötet. Weitere zehntausend wurden so schwer verletzt, dass sie gravierende Gesundheitsschäden wie Nervenlähmungen, Hautkrankheiten oder Tumorbildungen erlitten. Viele überlebende Weibchen hatten in der Folgezeit Fehlgeburten. Die Opfer waren einfache Dorfbewohner. Auch hier gibt es keine Hinweise darauf, dass der Einsatz dieser Waffen Verteidigungszwecken diente.«

Es folgten die nächsten Aufnahmen. Sie zeigten das Konzentrationslager Ausschwitz. Zu sehen waren Videosequenzen von Massenhinrichtungen, Leichenbergen in Kalkgruben und auch einzelne Exekutionen von Frauen mit ihren Kindern im Arm durch Soldaten.

»In solchen Konzentrationslagern kamen chemische Kampfstoffe, hauptsächlich das Giftgas Zyklon B, basierend auf Cyanwasserstoff, auch bekannt als Blausäure, zur systematischen

Vernichtung von Angehörigen einer Religionsgemeinschaft zum Einsatz. Es ist der bisher wohl folgenschwerste Einsatz eines chemischen Kampfstoffes in der Geschichte der Kriegsführung des Homo sapiens. Während des zweiten globalen Krieges im 20. Jahrhundert wurden mehrere solche Konzentrations- und Vernichtungslager durch einen europäischen Staat errichtet, der eine aggressive Expansionspolitik in Europa, Asien und Nordafrika betrieb. Dieser totalitäre Staat nannte seine politische Ideologie Nationalsozialismus. Diese Ideologie war davon geprägt, dass die Staatsführung den Großteil seiner Angehörigen zu ihrem Nationalstaat als Herrenrasse sah und eine Minderheit, die einer anderen Religion angehörte, als sogenannte Untermenschen entrechtete und verfolgte.«

Ein gelber Davidstern wurde als nächstes Hologramm gestartet.

»Die *Untermenschen* wurden mit so einem gelben Stern an ihrer Kleidung markiert. In den Vernichtungslagern wurden etwa sechs Millionen dieser Menschen aus rassistischen Gründen im Rahmen der sogenannten *Endlösung der Judenfrage in Europa* verfolgt und getötet. Millionen von ihnen wurden in eigens dafür errichteten Gaskammern mit dem Schädlingsbekämpfungsmittel Zyklon B vergast. Diese Vernichtungslager wurden nach Ende des zweiten globalen Krieges stillgelegt. Die Ideologie, die hinter diesem Völkermord stand, existiert aber weiterhin fort und verbreitet sich zurzeit hauptsächlich in weiten Teilen Europas wieder vermehrt aus.« Tribandum schaltete den Holografen ab. »Das war bei Weitem nicht der einzige rassistisch motivierte Genozid in der Geschichte des Homo sapiens. Im Gegenteil, es ist nur einer von vielen. Ich habe diesen aber exemplarisch ausgewählt, weil er zu den historisch Neueren und Bedeutendsten gehört. Aber auch, um zu verdeutlichen, wie massiv Menschen auch chemische Kampfstoffe eingesetzt haben und immer noch einsetzen, um ihre Artgenossen zu töten.«

Eine neue Abbildung wurde geladen. »Das ist der nordamerikanische Kontinent. Der Ort eines weiteren Völkermordes immensen Ausmaßes. Vor einigen Jahrhunderten gab es dort eine Population von Millionen Ureinwohnern. Sie lebten eng verbunden mit der Natur in der Prärie, wo sie ihre traditionellen Jagdgebiete hatten. Inzwischen wurde ihre Population durch die europäischen Eroberer nahezu vollständig vernichtet. Heute leben einige wenige Nachfahren der Überlebenden des Genozids in Reservaten.« Tribandum startete ein zusätzliches Hologramm. »Wir brauchen aber nicht so weit in der Geschichte der Menschen zurückzugehen, um unvorstellbare Gräueltaten zu beobachten. Das, was Sie hier sehen, ist der afrikanische Kontinent.« Er markierte eine Region auf der dreidimensionalen Afrika-Karte rot. »In diesem kleinen Binnenstaat in Ostafrika brachten Menschen bei einem Völkermord am Ende des 20. Jahrhunderts in nur 100 Tagen etwa achthunderttausend – 1 Millionen ihrer Artgenossen um. Ziel war es, das angegriffene Volk vollständig zu vernichten. Etwa 75 Prozent der Population wurden dann auch tatsächlich ausgelöscht.«

Tribandum schloss beide Projektionen.

Er schaute in die Runde und führte aus, dass der Mensch seit Anbeginn seiner Existenz unzählige Arten von Waffen entwickelt und jede dieser Waffen auch bei den aufgezeigten Genoziden gegen seine Artgenossen eingesetzt hatte. Er verwies für weitere Details auf seinen Bericht, in dem er die Entwicklungsgeschichte der Aufrüstung ausführlich dargestellt hatte.

»Aber eine Waffengattung möchte ich Ihnen noch vorstellen. Sie unterscheidet sich wesentlich von allen anderen Waffen, die der Homo sapiens bisher entwickelt hat«, sagte Tribandum.

Eine holografische Videosequenz, die die Explosion einer Wasserstoffbombe mit dem anschließenden typischen Atompilz zeigte, erschien.

»Kernwaffen. Mit der Entwicklung dieser Waffen haben die Menschen die Fähigkeit erlangt, ihre eigene Zivilisation mit einem Schlag auszulöschen. Zunächst entwickelten sie Kernspaltungsbomben. Über zwei dicht bevölkerten Städten in Asien wurden bereits je eine dieser Atombomben zur Explosion gebracht. Mehr als hunderttausend Menschen wurden in der Sekunde der Detonation auf der Stelle eingeäschert. Weitere zigtausende starben an ihren Verletzungen und Jahre später noch an den Folgen der freigesetzten radioaktiven Strahlung. Auch heute noch, etwa 80 Jahre nach den Angriffen, leiden die Menschen in der Region an Krebserkrankungen und Missbildungen. Die erste Bombe benutzte Uran als Spaltmaterial und hatte eine Sprengkraft von 13 Kilotonnen TNT. Die zweite Atombombe war eine Plutoniumbombe mit einer Sprengkraft von 21 Kilotonnen TNT. Offensichtlich war die Zerstörungskraft dieser Waffen in der Wahrnehmung des Homo sapiens nicht zufriedenstellend. So entwickelte er als Nächstes Kernfusionswaffen, wobei er die Kernspaltungswaffen als Zünder benutzte. So konnten die Menschen die Zerstörungskraft noch mal steigern. Etwa 15 Jahre nach dem Einsatz der ersten zwei Atombomben wurde bei einem Test eine Wasserstoffbombe mit einer Sprengkraft von etwa 57 Megatonnen TNT zur Explosion gebracht. Der Mensch hat die ursprüngliche Sprengkraft der Kernwaffen also um etwa das viertausendfache gesteigert. Heute gibt es rund fünfzehntausend Kernwaffen mit einsatzbereiten Sprengköpfen auf der Erde. Dieser Bestand reicht aus, um die Erdoberfläche mindestens hundertfünfzigmal vollständig zu zerstören und für mehrere Zehntausend Jahre unbewohnbar zu machen. Auch diese Waffen werden von den Anführern der Staaten als Waffen des Friedens angepriesen. Es dürfte jedoch außer Frage stehen, dass nach einem globalen Konflikt, der mit Kernwaffen ausgetragen wird, keine menschlichen Zivilisationen mehr auf der Erde existieren werden, die in Frieden miteinander leben könnten. Die Staatenlenker rechtfertigen ihre Aussage damit, dass ein Krieg unter Einsatz dieser Waffen auch das eigene Ende bedeuten würde und es daher niemand wagen würde, sie einzusetzen. Unter Zugrundelegung des bisherigen Umgangs der Menschheit mit Waffentechnologien ist es aber im Gegenteil nur eine Frage der Zeit, wann es zu einem derartigen Konflikt kommen wird. Wahrscheinlich steht er sogar unmittelbar bevor. Wie ich bereits erwähnt habe, hat diese Spezies alle Waffen, die sie jemals entwickelt hat, auch immer gegen seine Artgenossen eingesetzt. Ausnahmslos. Es sind keinerlei Gründe ersichtlich, warum sie dieses Verhalten in Zukunft ändern sollte. Zudem basiert die Annahme der abschreckenden Wirkung darauf, dass der Mensch ein immer rational handelndes Wesen sei. Diese Annahme widerlegt der Mensch aber durch sein tatsächliches Verhalten immer wieder selbst, wie mein Bericht noch zeigen wird.«

Tecton machte sich mit einem Handzeichen bemerkbar.

»Ja bitte, Herr Kollege«, sagte Tribandum.

»Sie haben mehrmals angesprochen, dass diese Konflikte neben rassistischen oder religiösen Gründen hauptsächlich aus Profitgier ausgetragen werden«, sagte Tecton.

»Ja, das ist korrekt.«

»Das erschließt sich mir nicht. Gut, Rassismus und religiöser Fanatismus kann einfach mit der stark unterentwickelten Intelligenz einer Spezies erklärt werden.« Tecton schaute zu seinen Kollegen.

Sie nickten anerkennend.

»Ja, das ist in der Tat eine mögliche Erklärung. Fahren Sie fort, Herr Kollege«, sagte Tribandum.

»Ohne etwas vorwegnehmen zu wollen, aber in einem späteren Abschnitt geht aus Ihrem Bericht hervor, dass es auf der Erde genug Ressourcen gebe, um die gesamte Menschheit zu versorgen. Warum also diese Verteilungskämpfe?«, fragte Tecton. »Es ist doch genug für die gesamte Spezies da. Wenn ich Ihre Daten richtig interpretiere, ist sogar alles Lebensnotwendige im Überfluss vorhanden. Somit besteht keine Notwendigkeit für gewalttätige Auseinandersetzungen.«

Tribandum nickte. »Um diese Frage zu beantworten, ist es erforderlich zu verstehen, auf welchem Grundprinzip und Wertesystem sämtliches Zusammenleben der Menschen basiert.« Er vergrößerte einen Abschnitt einer neuen holografischen Darstellung. »Die Menschen haben ein weltweites System eingeführt, das darauf basiert, dass alles, was konsumiert wird, eine Gegenleistung verlangt. Das gilt auch für das Elementarste wie Nahrung, Wasser, Kleidung, Unterkunft und medizinische Versorgung. Um diese Bedürfnisse stillen zu können, müssen Menschen über einen bestimmten Bestand an einem künstlich erschaffenen Zahlungsmittel verfügen. Sie nennen es Geld. Es besteht zumeist aus Papier oder Metall. Um diese Zahlungsmittel zu erlangen, muss ein Mensch bestimmte Arbeiten oder Dienste für andere Menschen leisten. Meine Forschungen in diesem Punkt haben ergeben, dass die Wirtschaftssysteme des Homo sapiens oftmals in der Weise strukturiert sind, dass der Großteil der Menschen durch seine Arbeit oder Dienstleistung nicht wohlhabend werden kann. Die meisten Menschen erwirtschaften gerade so viel, dass sie ein bescheidenes Leben führen, sich also mit Nahrung, Kleidung und einem Dach über dem Kopf versorgen können. In vielen Teilen der Erde ist nicht einmal das möglich, da die Gegenleistung für die erbrachten Dienste und Arbeiten sehr gering ist. Wenn ein Mensch aber Nahrung braucht, muss er diese gegen Geld eintauschen. Verfügt ein Mensch über kein Geld, muss er im schlimmsten Fall verhungern. Mehr als 800 Millionen Menschen haben kein Geld und damit keinen Zugang zu Nahrung. Sie leiden an chronischem Hunger. Täglich sterben etwa vierundzwanzigtausend von ihnen an den Folgen des Hungers. Gleichzeitig werden etwa 1,3 Milliarden Tonnen Lebensmittel, etwa ein Drittel der jährlichen Produktion, verschwendet und weggeworfen, was von den Bürokraten *Vom-Markt-Nehmen genannt wird.* Das heißt nichts anderes, als dass Lebensmittel wie Obst und Gemüse zu Hunderttausenden Tonnen auf staatlich subventionierten Abfallhaufen vernichtet werden, anstatt sie an die Bedürftigen zu verteilen. Das sind gängige Methoden der Marktregulierung, um die Preise für Nahrungsmittel hochzuhalten. Dieses weitverbreitete, rein profitorientierte System, der sogenannte Kapitalismus, hat in letzter Konsequenz dazu geführt, dass ein Prozent der Weltbevölkerung etwa 50 Prozent des weltweiten Vermögens besitzt. Oder anders ausgedrückt, ein reicher Mensch besitzt so viel wie 58 Millionen Mittellose. Die 62 Reichsten besitzen so viel wie 3,6 Milliarden Arme. Mit einer simplen Umverteilung dieses Vermögens und der gezielten Verwertung der überschüssigen Lebensmittel wäre das Hungerproblem schnell gelöst. Derartige Maßnahmen werden und wurden aber nicht ergriffen. Daraus kann der Schluss gezogen werden, dass der Homo sapiens entweder nicht in der Lage oder aber nicht gewillt ist, das Hungerproblem zu lösen. Da die Menschen die simplen Grundzüge der Mathematik wie Addition und Subtraktion zumindest prinzipiell bereits verstanden haben, können wir davon ausgehen, dass sie den Zusammenhang zwischen Mangel auf der einen Seite und Überfluss auf der anderen Seite erkennen können. Dafür spricht auch, dass es zahlreiche Organisationen gibt, die immer wieder auf diese Missstände hinweisen und die Probleme der Vermögensverteilung im Zusammenhang mit Armut und Hunger aufzeigen. Es ist daher davon auszugehen, dass der Teil der Erdbevölkerung, der keinen Hunger leidet, dem verhungernden Teil der Bevölkerung zumindest mit Gleichgültigkeit begegnet. Ich habe immer wieder beobachtet, wie selbst in Städten in den reichen Nationen ein offensichtlich Mittelloser fortgejagt wird, wenn er um Nahrung bittet. Es gibt einen unmittelbaren Zusammenhang zwischen der Menge an Zahlungsmitteln, die ein Mensch besitzt, und seinem sozialen Ansehen und auch seinen Rechten, die er innehat. Die reichen Menschen besitzen unzählige Privilegien, die Mittellosen hingegen werden von ihren Mitmenschen oftmals nicht einmal als Menschen wahrgenommen. Man verwehrt ihnen einen einfachen Gruß, ignoriert sie, oder dreht sich angewidert von ihnen weg, wenn sie um Hilfe bitten. Sie vegetieren teilweise ohne Obdach in den Straßen vor sich hin, inmitten ihrer Mitmenschen, denen das Schicksal dieser armen Artgenossen vollkommen gleichgültig scheint. Kurz gesagt, den Menschen interessiert in erster Linie sein eigenes Wohl und ein größtmöglicher persönlicher Wohlstand. Die Bedürfnisse anderer sind ihm in den allermeisten Fällen vollkommen egal. Das übersteigerte Streben der Menschen nach materiellem Besitz, unabhängig von dessen Nutzen, ist eines der Hauptantriebsfedern des Homo sapiens. Er will einfach immer mehr von allem. Er schreckt sogar nicht davor zurück, seine Artgenossen zu versklaven, zu entrechten und als sein Eigentum zu behandeln sowie seine unabdingbare Lebensgrundlage, nämlich seine Umwelt, völlig zu zerstören, um seinen eigenen Profit zu steigern. Mehrere Hundert Jahre lang haben Kolonisatoren Menschen aus afrikanischen Kolonien mit Schiffen nach Europa verschleppt und sie dort als Ware verkauft. Offiziell ist die Sklaverei zwar inzwischen abgeschafft, aber tatsächlich leben auch heute noch etwa 27 Millionen Menschen als Sklaven oder unter sklavenähnlichen Bedingungen auf der Erde. Eine gerechte und dem Allgemeinwohl dienende Verteilung aller Ressourcen ist so ziemlich das Letzte, woran die Menschen denken.« Tribandum schloss die Projektionen. »Ich werde Ihnen anhand einiger Zahlen und Beispiele demonstrieren, welche Prioritäten die Menschen beim Einsatz ihrer Ressourcen staatenübergreifend setzen.«

Eine neue Projektion, die er startete, zeigte eine Militärparade. Sie zog begleitet von Marschmusik mit Panzern, Artillerieeinheiten, Raketensystemen und Hunderten von bewaffneten Soldaten im Gleichschritt an jubelnden Menschenmassen vorbei.

»Diese Raketensysteme tragen Interkontinentalraketen mit thermonuklearen Sprengköpfen. Massenvernichtungswaffen, die ganze Metropolen mit Millionen von Menschen auf einen Schlag auslöschen können. Die Produktion einer solchen Waffe kostet mehrere Millionen Geldeinheiten. Sie können davon ausgehen, dass keiner dieser Menschen, die diesen Instrumenten der Vernichtung dort zujubeln, jemals so viel Geld verdienen wird. Dafür reicht ein durchschnittliches Arbeitsleben eines Menschen nicht aus. Diese Waffen werden durch eine fortlaufende Zwangsabgabe der Bevölkerung, finanziert. Das bedeutet, dass die Staatenlenker teilweise bis zur Hälfte der Geldbestände, die ein Mensch erwirtschaftet, ihm zwangsweise wieder wegnehmen und zu einem sehr großen Teil in die Produktion von Waffen, Rüstungsgütern und Überwachungssystemen investieren, womit sie wiederum nach freiem Ermessen ihre Artgenossen in anderen Staaten, teilweise aber auch im eigenen Staat effektiv und effizient überwachen und auch umbringen können.« Er vergrößerte die Simulation und zoomte die frenetisch jubelnde Menschenmenge in den Vordergrund. »Die meisten dieser Menschen haben keinen Zugang zu einer höheren Bildungseinrichtung oder zu einer Krankenversorgung. Hier kommen wir wieder zu der Frage einer vernünftigen und vorausschauenden Verwertung von Ressourcen. Bei einer intelligenten und entwickelten Spezies beobachten wir dies immer wieder als elementares Grundprinzip. Bei dem Homo sapiens ist aber entweder die Bereitschaft oder aber die Fähigkeit, sinnvoll mit Ressourcen umzugehen, nicht vorhanden. Anstatt die Ressourcen in Rüstung zu investieren, könnte durch den gezielten Einsatz dieser Mittel der Hunger und die Armut auf dem Planeten innerhalb von kurzer Zeit eliminiert und darüber hinaus jedem Menschen Zugang zu einem effektiven Gesundheitssystem sowie zur Bildung und Weiterbildung ermöglicht werden.« Tribandum schloss die Projektionen und schaute in die Runde seiner Kollegen. »Gibt es zu diesen Themenkomplexen Fragen?«

Es gab keine.

»Gut, dann komme ich jetzt zum Ende dieses Abschnitts. Abschließend zum Thema Friedfertigkeit des Homo sapiens werde ich einen Ausschnitt aus der menschlichen Justiz hinsichtlich der Vollstreckung von Strafen für Gesetzesverstöße aufzeigen.« Tribandum startete eine neue Projektion. Es zeigte eine Videosequenz von einer öffentlichen Hinrichtung. Man sah, wie ein Mann mit am Rücken verbundenen Händen von zwei mit schwarzen Hasskappen vermummten Männern zu einem Galgen geführt wurde. Der Strick war an einem Baukran befestigt. Sie legten dem Mann den Strick um den Hals. Die Augen des Verurteilten waren weit aufgerissen. Er sackte mehrmals zusammen, da seine

Knie nachgaben. Die Henker stützten ihn. Schließlich stülpten sie ihm einen schwarzen Sack über den Kopf. Kurz drauf hob der Kran den Mann ruckartig nach oben. Das knackende Geräusch, das beim eintretenden Genickbruch erzeugt wurde, war deutlich im Besprechungsraum zu hören. Es ging ein Ruck durch die anwesenden Wissenschaftler. Der Mann hing nunmehr leblos am Galgen und pendelte leicht hin und her. Seine Blase und sein Darm hatten sich entleert. Es war ein grausiger Anblick für die Ratsmitglieder, die die Bilder in gestochen scharfer Qualität unmittelbar miterlebten. Tribandum stoppte die Projektion an dieser Stelle. »Meine Herren, das, was Sie gerade gesehen haben, ist eine Art der Wiederherstellung der Rechtsordnung durch das Justizsystem einer menschlichen Regierung. Der Mensch, der dort durch staatliche Organe getötet wurde, hat eines der Gesetze des Staates gebrochen und wurde mit dem Tod bestraft. In verschiedenen Regionen der Erde gibt es verschiedene Hinrichtungsmethoden. Unter anderem Enthauptung, Begraben und Verbrennen bei lebendigem Leib, Giftinjektionen, Tötung durch Stromstöße auf einem eigens dafür konstruierten Stuhl, Vergasung in einer Gaskammer, Erschießung, Steinigung. Es gab in der Vergangenheit noch zahlreiche andere Methoden für die Wiederherstellung der Rechtsordnung wie Vierteilen des Körpers, Kreuzigen, Rädern, Kochen, Rösten, Hautabziehen, Zersägen, um nur einige aufzuzählen. Diese Praktiken wurden bei vollem Bewusstsein des Verurteilten durchgeführt, um ihn möglichst qualvoll vom Leben in den Tod zu bringen.« Er beendete die Projektion. »Zusammenfassend kann ich zu der Friedfertigkeit des Homo sapiens und seinem Verhalten gegenüber seinen Artgenossen festhalten, dass es nach dem derzeitigen Stand unserer Erkenntnisse nichts gibt, was der Mensch seinen Artgenossen bisher nicht angetan hat und noch immer antut. Jede denkbare Art der Tötung, Verletzung, Verstümmelung, Folter, Ausbeutung bis hin zu sexuellem Missbrauch wurde und wird weiterhin praktiziert.«

Die Ratsmitglieder schwiegen. Sie schauten vor sich hin. Keiner suchte den Blickkontakt zu einem Kollegen. Es herrschte eine betretene Atmosphäre im Besprechungsraum. Die Aliens, die in vielen Teilen der Galaxis schon einiges gesehen und erlebt hatten, wirkten alle sehr aufgewühlt. Nach einer Weile sagte Tribandum: »Herr Vorsitzender, bevor ich zu dem Verhalten des Homo sapiens gegenüber den anderen Arten auf der Erde sowie seinem Umgang mit seiner Umwelt referiere, beantrage ich eine kurze Unterbrechung. Eine Pause wird uns allen sicherlich guttun.«

Titawin nickte. »Die Sitzung ist für eine halbe Stunde unterbrochen.« Er stand auf und verließ den Raum.

Tribandum lehnte sich zurück. Er starrte schweigend vor sich hin.

Saros-Pi schaute zu ihm rüber. »Sie haben mich überrascht, Herr Kollege. Bisher ein schonungsloser, an den Fakten orientierter Bericht«, sagte er.

»Was haben Sie denn erwartet?«, fragte Tribandum.

»Nun ja, Sie wissen, was ich davon halte, dass ausgerechnet Sie den Homo sapiens beurteilen sollen.«

»Sie brauchen sich nicht ständig zu wiederholen«, sagte Tribandum und stand auf. »Wenn Sie mich jetzt entschuldigen.«

Saros-Pi nickte: »Gewiss, Herr Kollege. Nichts für ungut.«

Tribandum schaute zu Cursa, die den kleinen Disput beobachtet hatte. »Ich gehe einen Tee trinken. Begleiten Sie mich?«

Cursa stand auf. »Ja, sehr gern. Einen Tee kann ich jetzt gut gebrauchen.«

Tribandum deutete mit seiner Hand Richtung Ausgang. »Nach Ihnen.«

»Danke«, sagte Cursa und ging zur Tür. Tribandum folgte ihr. Sie verließen nacheinander den Besprechungsraum und gingen den Flur entlang.

»Wo möchten Sie ihren Tee trinken?«, fragte sie.

»Bei Za'Ul.«

»Ich glaube, Bob arbeitet. Er hatte mir neulich gesagt, dass er diese Woche Frühschicht hat.«

»Er wird es wohl hinkriegen, zwei Tassen Tee zu servieren. Die Menschen haben ja so einige Talente, wie Sie gerade gehört haben«, sagte Tribandum.

Cursa bemerkte die Anspannung in Tribandum. Er schien sehr gereizt auf sie. »Es ist Ihnen nicht leichtgefallen, oder?«, fragte sie.

»Jetzt fangen Sie nicht auch noch an wie dieser Saros-Pi!«

»Ganz bestimmt nicht. Ich bin Ihre Freundin. Ich weiß, wie Sie sich fühlen müssen.«

»Hören Sie. Aufgrund *meines* Berichtes wird die Kooperation, für die *ich* arbeite, mit allergrößter Wahrscheinlichkeit der Existenz von etwa acht Milliarden Menschen ein Ende setzen. Bob wird sterben. Und ich werde es wahrscheinlich selbst tun müssen! Ich glaube nicht, dass Sie oder sonst irgendjemand nachempfinden kann, was ich fühle.«

Cursa schwieg. Sie gingen weiter den Flur entlang. Tribandum blieb stehen. Cursa blieb ebenfalls stehen und drehte sich zu ihm. Sie schaute zu ihm hinauf.

»Es tut mir leid. Ich weiß einfach nicht mehr weiter. Diese verdammten Menschen geben mir nichts in die Hand, womit ich den Rat umstimmen könnte«, sagte Tribandum.

Cursa legte sanft ihre Hand auf seine Schulter: »Sie haben Bob, alter Freund. Er ist der Schlüssel.«

Tribandum schaute ihr in die Augen und seufzte. Er nickte leicht.

»Ich habe volles Vertrauen in Sie, Tribandum. Sie werden einen Weg finden. Ich werde Sie dabei unterstützen. Jetzt lassen Sie uns Bob besuchen. Ein Tee wird uns beiden guttun.«

Tribandum nickte erneut. Cursa nickte zurück. Sie meinte ein kaum wahrnehmbares Lächeln auf den Lippen ihres Freundes zu entdecken. Sicher war sie sich aber nicht.

»Ich danke Ihnen«, sagte Tribandum.

Cursa lächelte. Sie setzten ihren Weg fort.

Als sie die Bar betraten, erblickte Bob seine beiden neuen Gäste sofort. Er lächelte über beide Ohren vor Freude und winkte ihnen

hinter seinem Tresen zu. »Cursa! Tribandum, wie schön, dass
ihr vorbeikommt. Kommt, setzt euch! Habt ihr nicht diese Besprechung heute?«

Cursa und Tribandum setzten sich an die Bar. Sie grüßten ihren
gemeinsamen Freund, den Erdenmann.

»Wir machen Pause. Der Vorsitzende hat die Besprechung kurz
unterbrochen«, sagte Cursa.

»Der Vorsitzende?«, fragte Bob. Er kniff die Augenbrauen zusammen. »Das ist doch dieser verdammte Titawin. Dieses böse
Alien, das mich am liebsten entsorgen möchte wie eine Laborratte. Hast du es ihm gezeigt, mein Freund?« fragte er Tribandum.

Tribandum musste schlucken. Er spürte, wie ihm schlecht
wurde. Er brachte kein Wort heraus, starrte Bob nur mit großen
Augen an.

»Ich verstehe«, sagte Bob.

»Bob, ich …«, fing Tribandum an, aber er konnte den Satz nicht
zu Ende bringen.

Cursa legte ihre Hand auf Tribandums und schaute zu Bob.
»Das war nur die erste Runde, Bob. Wir wollen uns jetzt stärken
mit einem Tee. Dann wird sich Tribandum den Vorsitzenden vor-
nehmen.«

Bob nickte. »Ich vertraue euch. Ihr habt mir schließlich beide
euer Wort gegeben.« Er versuchte ein Lächeln mit seinen Lippen
zu formen. Es gelang ihm nicht wirklich. »Also, Tee für meine
Freunde?«

Cursa nickte. Tribandum traute sich nicht mehr, Bob in die
Augen zu schauen.

Bob nickte zurück. »Kommt sofort.«

»Haben Sie ihm Ihr Wort gegeben?«, fragte Cursa.

»Er hat es wohl so verstanden«, sagte Tribandum.

»Was haben Sie ihm denn gesagt?«

»Jedenfalls nicht, dass alles wieder gut wird.«

»Sondern?«

Tribandum senkte seinen Kopf und sagte: »Dass ich alles tun

werde, um ihm zu helfen. Wie meine Hilfe ausgesehen hat, haben Sie ja vorhin im Besprechungsraum gesehen.«

»Ich glaube, ich habe ihm versprochen, dass Sie und ich verhindern werden, dass seiner Familie etwas geschieht«, sagte Cursa.

Tribandum richtete seinen Blick wieder auf und schaute ihr in die Augen. »Ich fürchte, Sie haben ihm zu viel versprochen.«

***

14

Cursa und Tribandum betraten wieder den Besprechungsraum. Sie nahmen ihre Plätze ein. Die anderen Wissenschaftler waren schon anwesend. Chalawan und Tecton unterhielten sich über Tribandums Bericht.

»Wirklich erstaunlich diese Menschen«, sagte Tecton. »Ich muss mich doch fragen, wie sie mit ihrer Ignoranz und Aggressivität so lange überleben konnten.«

Chalawan nickte mehrmals bejahend. »Ich bin ganz Ihrer Meinung, Herr Kollege. Nicht einmal in dem als äußert unzivilisiert geltendem Venderon-Sektor zurzeit der großen Pandemie von Argos herrschten solche Zustände wie auf diesem blauen Planeten.«

Tecton sah es genauso. »Auch mir, Herr Kollege ist jedenfalls bisher die Gleichgültigkeit, mit der der allergrößte Teil der Erdenbevölkerung dem Leid und der Not ihrer Artgenossen gegenübersteht, in keinem anderen Quadranten in diesem besorgniserregenden Ausmaß begegnet.«

Chalawan pflichtete seinem Kollegen bei. Er verwies auf einen weiteren Punkt, der ihn beschäftigte: »Es ist nicht nur die Gleichgültigkeit, die Verweigerung von Hilfe untereinander. Es ist darüber hinaus auch so, dass das Leid der Menschen zumeist durch das aktive Handeln oder durch das Unterlassen erforderlicher Handlungen anderer Menschen verursacht wird.«

Tecton nahm eine Denkerposition ein. »Ja, richtig. Sie bringen es auf den Punkt. Ich muss gestehen, ich selbst habe noch nicht ganz begriffen, warum die wohlhabenden Nationen, von denen erstaunlicherweise auch zumeist die Aggressionen gegen die ärmeren und weniger entwickelten Nationen ausgeht, nicht vorhersehen können oder wollen, dass es zu Flüchtlingsströmen führen kann, wenn der Lebensraum der Flüchtenden mit Tausenden von Bomben angegriffen und zerstört wird. Die Flucht aus dem Gefahrengebiet ist doch ein uralter Instinkt, der in allen Lebewesen stark ausgeprägt ist.«

»Da haben Sie natürlich vollkommen recht, Herr Kollege«, sagte Chalawan. »Auch der Umgang mit dieser selbstverursachten Völkerwanderung ist hochinteressant. Viele der Flüchtenden sterben bei der Flucht, ertrinken etwa in den Meeren, die sie zu überqueren versuchen, weil ihnen Hilfe verwehrt wird. Die, die es schaffen, werden dann häufig so gut wie rechtlos in Auffanglagern eingesperrt, die an Freiluftkäfige in zoologischen Gärten erinnern.«

Tecton horchte auf. Er strich sich mehrmals übers Kinn. »Jetzt, wo Sie es erwähnen, fällt mir etwas ein, das ich Ihnen nicht länger vorenthalten möchte. Ich habe in einer Unterdatei in Tribandums Bericht, der nebenbei erwähnt, wirklich beeindruckend detailliert verfasst wurde, einen Abschnitt gefunden über ein hoch interessantes Regelwerk der Menschen. Es heißt *Allgemeine Erklärung der Menschenrechte*. Haben Sie schon mal was davon gehört?«

»Nein, Herr Kollege, in der Tat ist mir dieses Regelwerk gänzlich unbekannt. Was hat es damit auf sich?«

»Also in diesem Regelwerk sind, nageln Sie mich nicht fest, aber ich bin der Meinung etwa 30 Artikel verfasst, die jedem Menschen allein aufgrund seines Menschseins unveräußerliche Rechte garantieren. Es stammt aus dem Jahr 1948 nach Erdenzeitrechnung.«

»Tatsächlich? Sehr interessant. Was steht denn in den besagten Artikeln?«, fragte Chalawan.

»Ich muss dazu sagen, ich bin mir nicht sicher, ob das nicht ein rein fiktives Regelwerk ist, ohne jemals in Kraft getreten zu sein. Denn die Hauptartikel garantieren unter anderem das Recht auf Leben, die körperliche Unversehrtheit, die Würde und die Freiheit eines jeden Menschen. Aber, wie wir inzwischen wissen, entspricht nichts davon der Realität des menschlichen Zusammenlebens. Oder können Sie mir erklären, wie zum Beispiel das Recht auf Leben und körperliche Unversehrtheit gewahrt werden soll, wenn Millionen von Tonnen hochexplosives Kriegsmaterial über dicht besiedelten Städten zum Einsatz kommen? Und zwar auf Befehl von denjenigen selbst, die dieses Regelwerk mitverfasst haben. Oder wieso notleidende Menschen von ihren Artgenossen wie rechtlose Tiere in Freiluftgehegen eingesperrt werden? Würdevoll im Sinne des genannten Regelwerkes ist so ein Dasein sicher nicht. Dieses Verhalten ist doch zumindest sehr widersprüchlich, finden Sie nicht auch?«, fragte Tecton.

»Ja, da bin ich ganz Ihrer Meinung. Der Kollege Tribandum hatte ja anfangs eine Andeutung gemacht, dass Menschen widersprüchliche Wesen seien. Vielleicht erfahren wir gleich mehr darüber«, sagte Chalawan und zeigte auf die Tür, durch die Titawin gerade eintrat.

Der Vorsitzende nahm auf seinem Sitz Platz. Es kehrte Ruhe ein.

»Der Rat ist vollständig besetzt. Die Beobachterin Cursa von der Ethikkommission ist anwesend. Die Sitzung wird fortgesetzt. Herr Kollege Tribandum, Sie haben das Wort«, sagte Titawin.

Tribandum nickte. »Ich danke Ihnen, Herr Vorsitzender. Die Frage nach der Friedfertigkeit des Homo sapiens ist geklärt. Im Folgenden werde ich darlegen, wie die Menschen als dominante Spezies mit den anderen Arten auf dem Planeten und ihrer Umwelt umgehen.« Tribandum startete ein sich um die eigene Achse drehenden dreidimensionalen Globus. »Der Blaue Planet vor zweihunderttausend Jahren. Der Lebensraum von schätzungsweise 20 - 30 Millionen verschiedenen Arten, angepasst in ein perfekt funktionierendes ökologisches System. Die Evolution auf diesem Planeten hat eine Artenvielfalt hervorgebracht, die uns bisher nirgendwo in der Milchstraße in diesem Ausmaß an Diversität und Komplexität begegnet ist. Damit wird sehr bald Schluss sein. Denn paradoxerweise wird eine Spezies, die die Evolution selbst hervorgebracht hat, den größten Teil dieser Artenvielfalt und des Ökosystems wieder zerstört haben. Metaphorisch gesprochen könnte man sagen, dass die Evolution mit dem Hervorbringen des modernen Menschen die Natur auf der Erde und alles, was darin lebt, in eine biologische Sackgasse manövriert hat, aus der es keinen Ausweg mehr gibt.« Tribandum beendete die Projektion und schaute reihum auf seine Kollegen. Ihre Blicke waren alle auf ihn gerichtet. Tribandum schaute zu Cursa. Sie nickte und lächelte ihm leicht zu. Er nickte zurück, blickte wieder in die Runde der Wissenschaftler und fuhr mit seinem Bericht fort. »Ich werde nun darlegen, wie der Mensch aus Profitgier die globalen Gemeinschaftsgüter Land, Ozean, Atmosphäre und Biosphäre dramatisch verändert hat.«

Er startete erneut eine Darstellung der Erdkugel. Durch eine Handbewegung hob Tribandum die Simulation der drei großen Regenwälder im Amazonasbecken, im Kongobecken und in Südostasien hervor. »Was Sie hier sehen, ist die grüne Lunge der Erde. Eine für das lebensfreundliche Klima des Planeten unverzichtbare Vegetationsform mit der größten Artenvielfalt auf der ganzen Erde. Die Regenwälder speichern jährlich mehrere Milliarden Tonnen des Treibhausgases Kohlendioxid. Sie sind somit ein wichtiger Faktor bei der Stabilisierung des Klimas auf der Erde. Darüber hinaus tragen sie wesentlich zu der Aufrechterhaltung der natürlichen Atemluftzusammensetzung mit einem optimalen Sauerstoffgehalt bei. Sie stellen die Lebensräume für die meisten Lebensformen dar. Obwohl nur wenige Prozent der Erdoberfläche von Regenwäldern bedeckt sind, leben etwa 90 Prozent, der den Menschen bekannten Arten in diesen Wäldern.« Er hob weitere kleinere Regenwälder hervor. »Hier sehen wir die Ausdehnung der Regenwälder Mitte des 20. Jahrhunderts. Dieser Zeitpunkt wird unter den menschlichen Wissenschaftlern auch als spätestmöglicher Beginn einer neuen geochronologischen Epoche angesehen. Eines Zeitalters, in dem der Mensch der wichtigste Einflussfaktor auf die biologischen, geologischen und atmosphärischen Prozesse auf der Erde geworden ist. Das Anthropozän, das Zeitalter der Menschen. Zu dieser Zeit entsprach die Waldfläche noch etwa 11 Prozent der gesamten Landfläche des Planeten«, erklärte Tribandum.

Er verkleinerte die Simulation und startete eine größere daneben, auf der deutlich weniger Grünfläche zu sehen war. »Das ist die heutige Erde.« Er hob die übrig gebliebenen Waldflächen hervor.

»In den vergangen 70 Jahren hat der Homo sapiens die Regenwaldbestände durch Abholzung und Brandrodung mehr als halbiert. Durch die Zerstörung des Regenwaldes rottet er zugleich jeden Tag etwa 100 Tier- und Pflanzenarten für immer aus. Wahrscheinlich wird es in einigen Jahrzehnten keinen Regenwald mehr geben, mit verheerenden Folgen für das Klima.« Tribandum beendete die Projektion. »Inklusive der Regenwälder hat der Mensch etwa dreiviertel der Landfläche zum Teil massiv und irreversibel verschmutzt. Unter anderem durch Chemikalien, Schwermetalle, Öl, Dünger, Pestizide, Stickoxide, Schwefeldioxid, Plastik und radioaktive Stoffe.«

Nun startete Tribandum eine Simulation, die die sieben Weltmeere zeigte. »Auch die Meere hat der Mensch nicht verschont. Die Weltmeere bedecken mehr als zwei Drittel der Erdoberfläche. Sie übernehmen lebenswichtige Funktionen in den Stoffkreisläufen der Erde. Zum Beispiel, indem sie so wie die immer weniger werdenden Regenwälder Unmengen an Kohlendioxid aufnehmen und somit einen direkten Einfluss auf den Klimahaushalt ausüben. Die biologische Diversität maritimer Ökosysteme ist besonders hoch. Die meisten Arten, die in den Meeren zu Hause sind, sind den Menschen noch völlig unbekannt. Darüber hinaus bilden die Ozeane die größte natürliche Nahrungsquelle. Die Meerestiere versorgen mehr als 1 Milliarde Menschen mit tierischen Proteinen. Das ist der Pazifische Ozean, der größte und zugleich tiefste Ozean auf dem Planeten«, erklärte Tribandum. Er vergrößerte die Simulation an einer Stelle erneut. »Das ist der

Nordpazifikwirbel. Ein Meeresdriftstrom zwischen Passat- und Westwindzone, so wie er etwa noch vor hundert Jahren ausgesehen hat.« Er änderte die Farbe der Projektion. Große Teile des Wirbels waren nunmehr dunkel gefärbt.

»Dieser Fleck ist ein Teppich aus Plastikmüll. Die genaue Größe dieser Verschmutzung ist nicht bestimmbar, da die Grenzen in alle Richtungen diffus sind. Nach Schätzungen nimmt er je nach Ausdehnungszustand eine Größe an, die der Fläche des europäischen Kontinents entspricht.« Tribandum erweiterte die Simulation. »Wie Sie sehen, ist das nicht der einzige Plastikteppich. Es gibt vier weitere. Den Südpazifischen, Indischen, Nordatlantischen und den Südatlantischen Müllstrudel.« Er ließ die Simulation weiterlaufen. Der Durchmesser der Müllstrudel wurde langsam, aber stetig größer. An mehreren Stellen in den Ozeanen bildeten sich neue. »Jährlich verdreckt der Mensch die Meere mit etwa 10 Millionen Tonnen Plastik. Die Ozeane gehören inzwischen zu den dreckigsten Orten des Planeten. Millionen von Meeresbewohnern und Seevögeln sterben jährlich an den Folgen der Verschmutzung. Oft verwechseln sie die Plastikteile mit Nahrung und verhungern qualvoll mit vollem Magen.« Tribandum stoppte die Simulation. »So werden die Meere etwa im Jahre 2050 aussehen. Also rund 100 Jahre nach Beginn des Anthropozäns. Es wird dann mehr Plastik und Mikroplastik im Meer geben als Fische. Plastik baut sich erst in mehreren Hundert Jahren ab. Mit einer Erholung der Meere ist daher nicht mehr zu rechnen. Neben Plastik entsorgt der Mensch aber auch unter anderem Chemikalien, Pestizide, Giftstoffe, Düngemittel und sogar radioaktive Abfälle in den Meeren. Es gibt in den Weltmeeren inzwischen um die 400 Todeszonen, in denen aufgrund von Überdüngung und Sauerstoffarmut kein Leben mehr existieren kann. Es ist nur eine Frage der Zeit, bis der Mensch die Meere vollständig kontaminiert und in eine lebensfeindliche Giftbrühe verwandeln wird. Das geht einher mit der Ausrottung aller Arten, die in den maritimen Lebensräumen leben sowie dem Untergang aller Seevögel. Neben den Seevögeln werden auch alle anderen Arten aussterben, die sich von Meereslebewesen ernähren. Die Hauptnahrungsquelle der Menschen wird ebenfalls versiegen, die Zahl der Hungernden wird sich verdoppeln.«

Tribandum stoppte die Projektion. Er richtete seine Blicke an seine Kollegen. »Das ist keine düstere Zukunftsprognose. Das sind geowissenschaftlich messbare, berechenbare Fakten. Sie sind den globalen Entscheidungsträgern sowie einem großen Teil der Menschen bekannt. Die Menschheit ist aber nicht bereit, ihre gewohnte Lebensweise zu ändern und Schritte zu unternehmen, um die sichere Zerstörung ihrer Umwelt und damit in letzter Konsequenz daraus auch ihre eigene Vernichtung zu verhindern.« Tribandum fuhr die Simulation herunter.

Er startete ein Hologramm, das von dunklem Smog umhüllte Metropolen auf der Erde zeigte. Eine Metropole nach der anderen auf allen Kontinenten. Anschließend waren große Fabrikanlagen zu sehen, deren riesige Schornsteine schwarzen Rauch ausstießen. Dann mit Autos verstopfte Straßen, dazwischen hektisch umherlaufende Menschenmassen mit Atemmasken. Die Wissenschaftler schauten mit großen Augen auf die Projektion. »Rauch, Ruß, Staub, Gase, Aerosole, Geruchsstoffe, Kohlendioxide, Stickoxide, Schwefeloxide, Ammoniak. Diese Aufzählung ist nicht abschließend, aber ich will es kurz machen«, sagte Tribandum. »Durch, die vom Homo sapiens verursachte Verschmutzung der Atmosphäre und der Atemluft sterben jährlich etwa acht Millionen Menschen. Da die Verschmutzungen immer schneller voranschreiten und auch intensiver werden, steigt die Zahl der Toten und Erkrankten stetig weiter an.« Er schloss die Projektion. »Dr. Cursa, meine Herren Kollegen. Die Frage, ob der Mensch seiner Umwelt schadet, kann nur mit einem eindeutigen Ja beantwortet werden. Zusammengefasst ist festzuhalten, dass die Menschen, und zwar hauptsächlich, die aus den reichen Industrieländern, aus reiner Profitgier und unter Ausbeutung der Menschen in den ärmeren Ländern eine Kaskade in Gang gesetzt haben, die in einer ökologischen Katastrophe enden und die Umwelt im globalen Umfang zerstören wird. Als Folge dessen wird sich die Erde für sehr viele Arten inklusive des Homo sapiens, in absehbarer Zeit in einen lebensfeindlichen Planeten verwandeln.«

Die Wissenschaftler sahen Tribandum schweigend an. Ebenso Titawin.

»Haben Sie eine Frage, Herr Vorsitzender?«, fragte Tribandum.

»Keine sachliche, eine formelle«, sagte Titawin.

»Bitte, fragen Sie.«

»Die Menschen sind eine Typ-0-Zivilisation. Sie schaden sich und ihrer Umwelt. Das haben Sie eindrucksvoll dargelegt. Das allein sind schon mehr als genug Kriterien, die eine Extrahierung rechtfertigen. Wollen Sie dennoch zu dem Punkt vortragen, ob die Menschen auch ihren Mitgeschöpfen schaden?«, fragte Titawin. »Diese Frage haben Sie ja implizit auch schon mit einem klaren Ja beantwortet.«

»Ja«, sagte Tribandum. »Das werde ich. Mein Bericht ist noch nicht abgeschlossen.«

»Na gut. Fahren Sie fort.«

»Danke, Herr Vorsitzender.« Tribandum richtete seine Blicke an seine Kollegen. »Gibt es noch weitere Fragen?«

Chalawan machte ein Handzeichen. Tribandum nickte ihm zu.

»Herr Kollege, gibt es eine Erklärung für dieses selbstzerstörerische Verhalten dieser Spezies? Ich frage deswegen, weil alle uns bekannten Lebensformen einen ausgeprägten Selbsterhaltungstrieb besitzen. Haben die Menschen diesen Trieb nicht?«

Tribandum nickte erneut. »Vielen Dank für diese Frage, Herr Kollege. Ganz im Gegenteil, es ist wahrscheinlich sogar der stärkste Trieb in jedem einzelnen Menschen. Ich werde darauf eingehen, wenn ich am Ende meines Berichtes über das widersprüchliche Wesen der Menschen referiere«, antwortete Tribandum. »Wenn es keine weiteren Fragen gibt, fahre ich jetzt fort.«

Die Ratsmitglieder schwiegen. Tribandum startete ein neues

Hologramm. Es zeigte große Herden von Wildrindern auf weitem Grasland.

»Das sind Herden von Auerochsen in ihrem natürlichen Lebensraum. Es waren sanfte und soziale Lebewesen. Sie grasten den ganzen Tag. Sie kümmerten sich um ihren Nachwuchs, um ihre Art zu erhalten. Der Mensch hat diese Gattung der Wildrinder in ihrer ursprünglichen Form bereits vor etwa 400 Jahren ausgerottet.«

Die Projektion wechselte. Eine Videosequenz aus einer Anlage für Massentierhaltung war zu sehen. Es waren Hunderte Rinder zu sehen, die durch Halsrahmen in engen Gittervorrichtungen gefangen waren. Sie standen auf Spaltböden aus Beton, knöcheltief in ihrem eigenen Kot und Urin.

»Es gibt etwa 1,3 Milliarden Rinder auf der Erde, zum größten Teil Nachfahren des Wildrindes. Lediglich ein Prozent davon lebt noch in seinem natürlichen Habitat. 99 Prozent hat der Mensch domestiziert. Diese Tiere leben nicht mehr wie ihre Vorfahren auf dem Grasland. Die meisten domestizierten Lebewesen leben in solchen Anlagen. Diese Tiere dienen als Produktionsfaktor zum Erreichen des wirtschaftlichen Deckungsbeitrages der profitorientierten Mastanlagen. Schweine, Schafe, Hühner und andere sogenannte Nutztiere teilen dieses Schicksal. Sie leben in ähnlichen Anlagen, wenn man es denn Leben nennen möchte. Es ist vielmehr ein qualvolles Dahinvegetieren, wartend auf einen grausamen Tod.«

Er beendete die Videodateien. Die im Anschluss gestartete Sequenz zeigte einen Schlachtbetrieb. Tribandum ließ den Ton auf hoher Lautstärke mitlaufen. Die Ratsmitglieder und Cursa sahen, wie ein verängstigtes Rind in einem engen Metallzwinger zur Schlachtung geführt wurde. Das Rind schaute aus einer Luke direkt in die Augen des Menschen, der mit einer weißen Gummischürze vor ihm stand. Der Mensch hielt ein Bolzenschussgerät an die Stirn des Tieres und drückte ab. Es machte ein lautes, dumpfes Geräusch. Das Tier verdrehte die Augen und sackte in sich zusammen. Die seitliche Wand des Zwingers wurde elektrisch nach oben gefahren. Das benommene, aber nicht betäubte Rind rollte seitwärts heraus, blieb zuckend auf der Seite liegen. Der Mensch packte das wehrlose Tier an einem der Hinterbeine. Er legte eine Schlinge um den Huf. Mit einem Kran hievte er es in Arbeitshöhe. Das Rind zappelte dabei mit seinen Hinterläufen, verstörende, kaum zu ertragende Laute ausstoßend. Der völlig unbeeindruckt wirkende Mensch, stellte sich vor das kopfüber hängende Geschöpf. Er stach mit einem Messer kurz unterhalb des Halses fest in den Leib des Tieres. Die Kuh grölte laut auf. Ein entsetzlicher Todesschrei. Wie ein Platzregen ergoss sich das Blut auf den Boden. Die Ratsmitglieder wendeten ihre Blicke ab. Das Tier blutete langsam aus. Es zappelte dabei zunächst wild. Das Zappeln legte sich langsam und endete in einem Zucken und Röcheln. Der Mensch enthauptete das Tier. Anschließend wurde es gehäutet. Dann schlitzte der Mensch die Kuh mit einem großen Schnitt auf der Bauchseite vertikal auf. Die Eingeweide und Innereien quollen heraus und fielen in eine darunterliegende Wanne. Anschließend halbierte der Mensch das Tier mit einer Motorsäge. In einem weiteren Verarbeitungsprozess zerstückelten andere Menschen mit weißen, blutverschmierten Gummischürzen die Körperhälften des Tieres. Es schien so, als würden die unvorstellbaren und kaum zu ertragenden Grausamkeiten, die das völlig wehrlose Tier ertragen musste, den menschlichen Schlächtern nicht das Geringste auszumachen. Gleichgültig und monoton töteten sie einfach weiter. Die Alien-Wissenschaftler waren zutiefst entsetzt über das, was ihr Kollege ihnen präsentierte. Aber es ging noch weiter. Das nächste Rind, das alles mitansehen musste, war an der Reihe. Es schaute mit seinen großen, weit aufgerissenen Augen panisch zu dem näherkommenden Menschen mit dem Bolzenschussgerät. Es hatte Tränen in den Augen. Tribandum stoppte die Projektion an dieser Stelle. Er fuhr sie aber nicht herunter. »Dieses Tier ist empfindungsfähig. Es hat fürchterliche Todesangst und will nicht sterben. Aber so endet das kurze, qualvolle Leben dieser friedlichen Wesen. Mit den anderen Nutztieren zusammen tötet der Mensch etwa 150 Milliarden Tiere jährlich auf diese oder auf ähnliche Weise, um ihr Fleisch und ihre Innereien zu verzehren. Aus den Häuten der Rinder fertigt er unter anderem Kleidung, Schuhe, Taschen und Gürtel.« Jetzt beendete er die Projektion. Genug der Grausamkeiten fürs erste.

Er schaute seine Kollegen an. Tecton und Chalawan saßen nach vorne gebeugt in ihren Sitzen, die Hände verschränkt vor sich auf dem Tisch. Sie starrten wortlos vor sich hin. Cursa hielt sich die Hand vor den Mund. Sie war erstarrt und sah Tribandum mit aufgeschreckten Augen an. Saros-Pi schaute zu Tribandum, nickte anerkennend. Titawin saß zurückgelehnt in seinem großen Sitz, hatte die Arme vor seinem Körper verschränkt. Er schaute ernst drein, zeigte aber keine äußerliche Regung. Tribandum unterbrach die Stille. »Irgendwelche Fragen?«

»Ja, Herr Kollege«, sagte Saros-Pi.

Tribandum nickte ihm zu: »Nur zu, Herr Kollege.«

»Sie sagten, der Mensch stehe am Ende der Nahrungskette.«

»Ja, das ist richtig.«

»Es ist ein ganz natürlicher Prozess, dass Lebewesen, die als Nahrung geeignet sind, von der Art, die in der Nahrungskette über ihnen steht, getötet und verspeist werden. Das gilt auf der Erde genauso wie auf allen anderen Planeten, die wir kennen.«

»Ja, auch das ist richtig. Worauf wollen Sie hinaus?«, fragte Tribandum.

»Darauf, dass der von Ihnen angesprochene Punkt, so grausam er auch zunächst erscheint, im Grunde genommen nur den natürlichen Kreislauf vom Fressen und Gefressenwerden widerspiegelt. Ich sehe nicht, warum der Mensch als Glied in der Nahrungskette auf der Erde differenziert betrachtet und seine Nahrungsaufnahme zu seinen Lasten ausgelegt werden sollte«, schlussfolgerte Saros-Pi.

»Nun, Herr Kollege, die Frage, die ich zu beantworten habe, war klar formuliert: Schadet der Mensch als dominante Spezies seinen

Mitgeschöpfen? Ja, das tut er. Wenn Sie sinngemäß einwenden: *›Das tut der Löwe aber auch, indem er Gnus, Zebras und Antilopen* tötet und frisst. Soll er deswegen auch extrahiert *werden?‹*, übersehen Sie den wesentlichen Unterschied, warum der Mensch in der Nahrungskette doch eine Sonderstellung einnimmt. Denn der Homo sapiens ist die einzige Spezies auf der Erde, die sich ihrer Ernährung bewusst ist. Der Mensch kann sich aussuchen, was er essen möchte. Er muss nicht Milliarden von Mitgeschöpfen in qualvoller Gefangenschaft halten, sie bis zur Belastungsgrenze ausbeuten und anschließend grausam schlachten und verspeisen. Er hat als einzige Spezies auf der Erde die kognitiven Fähigkeiten entwickelt, sich Gedanken, um das Recht auf Existenz seiner Mitbewohner auf dem Planeten zu machen und sein Handeln danach auszurichten. Er könnte sich auch durch andere Nahrungsquellen ernähren, wenn er denn wollte. Andere Lebewesen können das nicht. Der Löwe kann keinen Ackerbau betreiben und Felder bestellen. Das kann nur der Mensch. Er isst das Fleisch der Tiere nur, weil es ihm schmeckt, nicht, weil sein Überleben davon abhängt. Wie Sie gesehen haben, ist er bereit, den Tieren unendliches Leid zuzufügen, um möglichst viel Profit durch die industrielle Fleischerzeugung zu erzielen und um sein Verlangen nach Fleischgenuss zu stillen. Die natürlichen Bedürfnisse dieser Geschöpfe spielen für den Menschen dabei keinerlei Rolle.«

Saro-Pi nickte: »Ich verstehe. Ein interessanter Punkt.«

»Denken Sie an die Cron. Sie töten und essen andere Bewohner ihres Planeten nicht, sondern respektieren sie als fühlende Mitgeschöpfe«, sagte Tribandum.

»Da haben Sie allerdings recht, Herr Kollege«, erwiderte Saros-Pi.

Tribandum startete nun eine Reihe von Projektionen, die Großwildjäger vor erlegten Tieren zeigten. Elefanten, Nashörner, Gorillas, Bären, Löwen, Büffel, Leoparden. »Der Mensch tötet Tiere aber auch aus anderen Gründen. Zum Beispiel aus Lust, Gier oder als Sport.« Er hielt die Projektion an der Stelle an, wo 50 ausgewachsene Elefanten tot in der Savanne verrotteten. Jäger hatten ihnen die Stoßzähne rausgeschnitten. Man sah Wilderer, die neben dem zu einem großen Haufen gestapelten Elfenbein posierten.

»Diese Dickhäuter werden vom Menschen wegen ihrer Stoßzähne getötet. Sie bestehen aus Elfenbein, einem Material, aus dem Menschen gerne teure Skulpturen und andere Dekorationsgenstände herstellen.«

Als Nächstes hielt er die Projektion an der Stelle an, wo ein lebloses und enthorntes Nashorn zu sehen war. »Nashörner tötet der Mensch, um aus seinem Horn Mittel mit angeblich aphrodisierender und potenzsteigernder Wirkung herzustellen. Diese Art der Dickhäuter hat der Mensch bereits nahezu ausgerottet.«

Er änderte die Projektion erneut. Es zeigte einen toten Löwen, vor dem ein fetter Großwildjäger mit einem breiten Grinsen und einem Gewehr in der Hand posierte.

»Andere Tiere, wie zum Beispiel diesen Löwen tötet der Mensch, um ihre Köpfe auszustopfen. Um sie als Trophäe in seiner Behausung aufzustellen. Zusammengefasst kann gesagt werden, dass die Dimensionen des Leides, die der Mensch den Tieren antut, kaum vorstellbar sind. Er scheint keinerlei Respekt vor dem Leben seiner Mitbewohner auf dem Planeten zu haben. Der Homo sapiens spricht ihnen in seiner Überzeugung von seiner eigenen Überlegenheit, die weit über das hinausgeht, was wir Arroganz nennen, das Recht auf Leben konsequent ab. Der Mensch ordnet alle Lebewesen seinen eigenen Interessen unter. Er tötet sie nicht nur massenweise, sondern er hält sie zu seinem eigenen Vergnügen als Haustiere. Er unterdrückt und ignoriert dabei jegliche natürlichen Instinkte dieser Tiere und hält sie in engen Käfigen oder Gehegen bis zu ihrem Lebensende gefangen. Dort sterben diese Tiere völlig verstört, depressiv und frustriert.« Er fuhr alle Projektionen runter.

»Diese durch Profitgier getriebenen, zerstörerischen Eingriffe in das ökologische Gleichgewicht der Erde sowie die Massentierhaltung haben neben der direkten zerstörerischen Wirkung auch einen indirekten verheerenden Einfluss auf die Umwelt und alle Lebewesen auf der Erde. Die vorgetragenen destruktiven Eingriffe führen nämlich teils unmittelbar, teils mittelbar zu einem anthropogenen, vom Menschen verursachten Treibhauseffekt. Durch die Emission von Treibhausgasen wird die Strahlungsbilanz der Atmosphäre durch die menschlichen Aktivitäten nachhaltig gestört. Die vom Homo sapiens emittierten Treibhausgase führen zu einem Klimawandel und infolgedessen zu einer Erderwärmung. Die Polarkappen schmelzen, was wiederum unter anderem zu einer noch schnelleren und gravierenderen Erderwärmung mit weitreichenden Folgen für den gesamten natürlichen Lebenskreislauf auf der Erde führt.« Tribandum hielt inne.

Die Wissenschaftler blickten alle zu Tribandum. Er schaute mit großen Augen zu Cursa. Seine Mundwinkel zeigten nach unten. Cursa verstand sofort. Tribandum wollte ein vernichtendes Urteil über die Menschen fällen und bat seine einzige Freundin um Absolution. Cursa nickte. Es war kaum sichtbar, fiel ihr aber dennoch offensichtlich schwer. Tribandum nickte zurück. Er richtete seine Blicke wieder zu seinen Kollegen. Tribandum atmete tief durch. Er räusperte sich. Schließlich sagte er: »Herr Vorsitzender, meine hochgeschätzten Kollegen, dieser Rat hat mich beauftragt, den Homo sapiens zu erforschen, ihn zu bewerten und die entscheidenden Fragen zu seiner möglichen Extrahierung zu beantworten. Das Ergebnis lässt keine Zweifel bei der Beantwortung dieser Fragen zu. Die Menschheit ist eine primitive Typ-0-Zivilisation. Sie schadet sich selbst, ihrer Umwelt und ihren Mitgeschöpfen. Erschwerend kommt hinzu, dass mit an Sicherheit grenzender Wahrscheinlichkeit kein Potenzial besteht, dass sich die Menschen zu einer friedlichen Typ-1-Zivilisation entwickeln werden. Dies scheint schon allein aufgrund der biologischen Kurzlebigkeit eines Menschen ausgeschlossen. Bevor die Menschen in einer grundlegenden Wissenschaft etwas mehr als die einfachsten Grundprinzipien und Zusammenhänge wirklich durchdringen können, sind ihre Gehirne schon aufgrund von Alterungsprozessen so weit degeneriert, dass sie nicht mal mehr auf die bescheidenen Kenntnisse zurückgreifen können, die sie in der Vergangenheit einmal erlangt hatten. Zwar geben die menschlichen Wissenschaftler teilweise ihr Wissen an die nächste Generation von Forschern weiter, aber ihre Erfahrung und ihre Weisheit gehen mit ihrem Tod unwiederbringlich verloren. Der Homo sapiens erkennt zwar inzwischen das Ausmaß an Zerstörung, das er auf dem Planeten verursacht hat. Er erkennt auch, mit welchem Tempo und welcher Wucht er seine Lebensgrundlagen immer weiter zerstört. Er scheint aber bei dieser selbstverursachten akuten existenziellen Bedrohung den Glauben dem Wissen vorzuziehen. Er glaubt, dass etwas, was nicht sein darf, auch nicht sein kann. Dabei beweist er durch sein Handeln ständig das Gegenteil davon, verdrängt es aber. In seiner Arroganz ist er davon überzeugt, der Herrscher der Welt zu sein und alles und jeden zu beherrschen. Er beherrscht jedoch noch nicht einmal sich selbst und sein eigenes Handeln. Der Homo sapiens hat die Fähigkeit entwickelt, seine eigene Umwelt und mit ihr zusammen sich selbst zu zerstören, ohne die Intelligenz erlangt zu haben, dies nicht zu tun. Die Menschheit ist unreif, unvernünftig, irrational und unmündig. Sie wird das Alter der Weisheit nicht erreichen, bevor sie ihr eigenes Zuhause niedergebrannt hat.«

Stille. Tribandum blickte zu seinen Kollegen, zu Cursa. Sie wich seinen Blicken aus, starrte nur auf den Boden.

Titawin unterbrach die Stille: »Danke, Herr Kollege Tribandum.« Der Vorsitzende schaute zu den anderen Ratsmitgliedern. »Irgendwelche Fragen oder Kommentare?«

Die Wissenschaftler schüttelten den Kopf.

»Herr Kollege Tribandum. Ihr Urteil bitte. Was soll dieser Rat der Kooperation bezüglich der Kolonisierung der Erde und der Extrahierung des Homo sapiens empfehlen?«

Tribandum blickte zum Vorsitzenden und sagte: »Ich bin noch nicht fertig, Herr Vorsitzender.«

Titawin zog die Augenbrauen zusammen. »Was meinen Sie? Sie haben doch Ihre Ergebnisse abschließend präsentiert«, sagte Titawin verwundert.

»Ich habe meine Ergebnisse bezüglich der Spezies Homo sapiens präsentiert. Jetzt möchte ich vortragen, was ich über den einzelnen Menschen als Individuum herausgefunden habe«, sagte Tribandum.

»Wozu soll das gut sein? Das spielt doch überhaupt keine Rolle.«

»Ich bin der Meinung, es spielt eine sehr große Rolle. Sie haben diesem Rat bei der ersten Sitzung zugesichert, dass die Erkenntnisse, die ich bei der Zusammenarbeit mit Bob erlange, berücksichtigt werden.«

Titawin schaute reihum die anderen Wissenschaftler an. Sie nickten alle nacheinander, wenn sich ihre Blicke mit den Blicken ihres Vorsitzenden trafen. Tribandum registrierte erleichtert die Zustimmung seiner Kollegen. Cursa lächelte, nickte ihm mehrmals ermutigend zu. Tribandum verstand die Botschaft. Sie lautete: *Es gibt Hoffnung.*

»Kommentare?«, fragte Titawin in die Runde.

Saros-Pi machte ein Handzeichen.

»Ich höre«, sagte der Vorsitzende.

»Zum einen hat der Kollege Tribandum seinen Bericht formell noch nicht beendet. Wie Sie wissen, bedarf es dafür der Formel: *›Ich danke Ihnen und übergebe das Wort dem Vorsitzenden‹.* Bisher zumindest hat uns der Berichterstatter diese Worte nicht vernehmen lassen. Auch haben Sie ihm das Wort nicht entzogen, wofür es im Übrigen auch keinen triftigen Grund gäbe. Zum anderen hat der Kollege Tribandum recht. Seine Erkenntnisse über Bob sollten gemäß Ihrer Entscheidung, Herr Vorsitzender, in dieser Sitzung mit dem Rat geteilt und auch zur Entscheidungsgrundlage gemacht werden«, sagte er.

»Ich denke, ich spreche hier für alle Anwesenden, wenn ich sage, dass wir als Wissenschaftler sehr begierig darauf sind, dieses Wissen, das bei direkter Interaktion mit einer Primärquelle durch einen unserer geschätzten Kollegen erlangt wurde, unserem eigenen Wissen hinzufügen zu dürfen.«

Titawin hatte die Augenbrauen tief zusammengezogen. Er schaute wirklich finster drein, selbst für seine Verhältnisse. Plötzlich lockerte sich seine Mimik. Er hob seine Augenbrauen, lächelte sogar. Damit hatte keiner der Anwesenden gerechnet. »Das hätten Sie auch etwas kürzer fassen können, oder?«

Saros-Pi und alle anderen Anwesenden schmunzelnden.

»Nun ja, ich wollte Missverständnisse gerne vermeiden«, sagte er.

Titawin nickte. »Die Sitzung wird für eine Viertelstunde unterbrochen.« Der Vorsitzende erhob sich von seinem Platz und verließ den Raum. Tecton und Chalawan blieben sitzen. Sie fingen wieder an sich zu unterhalten. Tribandum starrte vor sich hin. Er bekam nicht mit, was seine Kollegen redeten. Er atmete einmal tief aus. Hoffnung keimte in ihm auf. Plötzlich spürte er eine Hand auf seiner Schulter. Er drehte sich um. Es war Cursa. Sie lächelte ihn an. Es tat ihm gut und er schaute sie einige Sekunden an, ohne seine Blicke abzuwenden. Dann nickte er. Cursa wusste, dass dies ein Dankeschön war.

»Kommen Sie, Tribandum, gehen wir eine Runde spazieren«, sagte sie mit einem Lächeln.

***

15

Bob machte derweil Pause. Er saß mit Za'Ul im Hinterraum der Bar. Sie tranken etwas. Bob wackelte mit seinem Bein, strich sich in kurzen Zeitabständen mehrmals durch die Haare.

»Alles gut?«, fragte Za'Ul.

»Es tut mir so leid! Bitte verzeih mir. Ich wollte dich nicht anschreien.«

»Schon vergessen. Aber was wollte denn der unfreundlich dreinschauende Vrigrod von dir?«

»Das miese Schwein will mich einschläfern. Und dann meine Familie und alle Menschen umbringen.«

Za'UL wurde blass.

»Eine Extrahierung? Oh, Nein!«

Bob schaute Za'Ul an. »Sag mir, mein Freund. Was hältst du von den Menschen?«

»Ich kenne nur einen. Und er ist ein wirklich feiner Kerl«, erwiderte Za'Ul.

»Danke. Aber ich meine, was hältst du von den Menschen, also allen Menschen. Weißt du, wie ich mein'?«

»Ich weiß, was du meinst. Und ich denke, Arschköcher gibt es überall, bei jeder Spezies.«

Bob musste kurz lachen, obwohl ihm so gar nicht danach war. »Arschköcher? Du meinst wohl Arschlöcher, mein Freund. Wo hast du denn den Spruch her?«

»Ich bin mit einem Menschen befreundet«, sagte Za'Ul. Er zwinkerte Bob mit einem verschmitzten Lächeln zu.

Bob nickte. Er beugte sich zu seinem Chef rüber, legte seine

Hand auf Za'Uls Schulter. »Danke, ich weiß das wirklich sehr zu schätzen.«

»Wenn du möchtest, kannst du jetzt gehen. Aurora hat vorhin angefangen. Wir kommen hier zurecht«, entgegnete Za'Ul, freundlich wie immer.

»Gute Idee. Dann werde ich TikTik im Panoramadeck besuchen.«

»Das ist doch der Ingenieur, der den Übersetzer für dich konstruiert hat. Ihr versteht euch gut?«

»Ja, sehr. Ich gehe ihm gerne zur Hand, wenn er an irgendwas rumwerkelt«, sagte Bob. »Ich mache es gern. Es ist auf jeden Fall besser als im Quartier rumzusitzen und zu grübeln, was wohl mit mir passieren wird.«

»Mach das. Weißt du, wie du dahinkommst?«

»Ich werde es schon finden«, antwortete Bob.

»Es ist ganz einfach. Am besten, du gehst zum Liftverteilerknoten Sub 12. Dort nimmst du den Lift am Ende des Ganges, steigst ein und gibst die Order *Panoramadeck*. Das führt dich direkt zum Hauptpanoramadeck«, erklärte ihm Za'Ul. »Warst du schon mal auf dem Panoramadeck?«

Bob schüttelte den Kopf. »Nein, hat sich bisher nicht ergeben.«

»Es wird dir dort gefallen.«

»Ich bin schon gespannt und werde berichten. Wir sehen uns dann morgen früh, Chef.«

»Ja, bis morgen, Bob.«

Bob verließ den Raum. Hinter der Bar stand eine große blaue Humanoidin mit einer schlanken Figur und einem großen Kopf mit nach hinten gezogenem Schädel. Sie mixte gerade ein Getränk für ein fettes krötenartiges Alien, das allein am Tresen saß.

»Ich mach Schluss für heute, Aurora«, rief Bob der Barfrau zu. »Sehen wir uns morgen?«

»Hab' morgen frei. Übermorgen wieder.«

»Okay, bis dann. Schöne Schicht noch«, sagte er.

»Schönen Feierabend, Bob.«

Bob winkte ihr zum Abschied kurz zu, bevor er zum Ausgang schlenderte. Auf dem Weg zum Panoramadeck grübelte er. *Diese Leute hier sind alle so nett zueinander. Keiner tut dem anderen was. Wieso kriegen wir das nicht hin?*, dachte er. Im nächsten Moment senkte er seinen Blick und seine Mundwinkel zeigten nach unten. *Na ja, einige von denen wollen meine Frau und meine Kinder ermorden. Za'Ul hat recht. Arschlöcher gibt es einfach überall.*

Er folgte der Wegbeschreibung seines Chefs und erreichte den Lift am Ende des Ganges von Subknoten 12. Die Türen öffneten sich. Ein kleines dickes Alien stand im Lift. Bob zögerte einzutreten. Er blieb unsicher vor dem Lift stehen.

»Nur zu, haben Sie keine Scheu«, sagte das Alien freundlich.

»Danke«, sagte Bob und trat hinein. Die Türen schlossen sich.

»Zum Panoramadeck, bitte«, sagte er.

Der Lift setzte sich in Bewegung. Das Alien drehte sich zu Bob, schaute zu ihm hinauf. »Sie sagen *bitte* zu einem Aufzug?«

Bob stammelte überrascht: »Ähh … nun ja, ich …«

»Sie scheinen wirklich gut erzogen zu sein. Aber es ist nur ein besserer Fahrstuhl.«

»Ja, da haben Sie wohl recht«, sagte Bob.

Das Alien musterte ihn. »Sind Sie nicht dieser menschliche Primat. Der, der zugleich ein guter Barmann sein soll? Alle auf dem Schiff sprechen über Sie.«

Bob musste lachen. »Bin ich etwa schon ein Promi, oder was?«

»Humor haben Sie also auch«, stellte das Alien freundlich fest. »Wirklich interessant. Sie sind anders, als ich Sie mir vorgestellt habe.«

Höflich erwiderte Bob: »Ich hoffe doch sehr, anders zum Guten.«

Der Lift hielt an. Das Alien stieg aus und drehte sich noch einmal zu Bob um. Es wirkte jetzt ernst. »Ich wünsche Ihnen alles Gute, Mensch«, sagte es und ging seines Weges.

Die Türen schlossen sich. Der Lift setzte seinen Weg fort.

Komischer Kauz, dachte Bob.

Kurz darauf hielt der Lift erneut an. Bob stieg aus. Nach einigen Schritten erreichte er das Hauptpanoramadeck. Er hatte schon viel von dem Deck gehört und sich einige Vorstellungen gemacht, wie es dort wohl sein könnte. Der Ausblick ins All sollte faszinierend sein. Bob trat gespannt durch die Tür. Nach wenigen Schritten erstarrte er mit offenem Mund, seine Augen weit aufgerissenen. Er fand sich in einem gigantischen kugelförmigen Raum wieder, konstruiert ausschließlich aus durchsichtigem Material. Bob wähnte sich mitten im Weltraum. Er blickte auf den Boden. Der durchsichtige Steg war rechts und links mit einem Geländer gesichert. Er endete mitten im Zentrum der Kugel. Am Ende des Stegs befand sich eine runde Aussichtsplattform mit einer pultförmigen Kontrolleinheit. Eine Gestalt stand davor. Es war TikTik. Bob ging zu dem Mini-Alien. Der Mann von der Erde war wie hypnotisiert von der 360° Aussicht am Kontrollpult. Ein »Unfassbar!« brachte er mit stockender Stimme gerade so eben hervor, bevor er vollständig zu erstarren schien. Er starrte regungslos, noch immer mit offenem Mund auf den blauen Planeten. Der Anblick der Erde hatte ihn unausweichlich in seinen Bann gezogen. Der umfassende Panoramablick, der sich ihm bot, war Bobs Tunnelblick gewichen. Direkt vor dem Erdling erhellte das strahlende Blau der Erde das tiefe Schwarz des Alls mit ihrer atemberaubenden Schönheit. Die Erdkugel erschien so groß und so nah vor Bobs weitgeöffneten Augen, dass er das überwältigende Gefühl hatte, angesichts der schieren Größe und Pracht der Erde sowie des unendlich erscheinenden Weltraums winzig und vollkommen unbedeutend zu sein. Seine Starre löste sich langsam wieder. So hob er seine Hand, als wolle er sein zu Hause, die wunderschöne Erde, berühren.

»Das ist deine Heimat, nicht wahr?«, fragte TikTik.

Bob brachte kein Wort heraus. Er nickte nur, ohne seine Blicke von seinem Heimatplaneten abwenden zu können.

»Ich habe Hunderte Galaxien bereist, aber nie habe ich ein schöneres Blau gesehen«, sagte der außerirdische Ingenieur.

Eine Träne lief Bobs Wange herunter. Er senkte seine Hand

langsam wieder. Er wischte sich die Träne ab, starrte nach wie vor wie gebannt auf den Erdball.

TikTik schaute zu Bob. »Bob, darf ich dich was fragen?«

»Ja, sicher,« sagte Bob leise, fast schon flüsternd. Er war emotional sehr aufgewühlt und noch nicht ganz beisammen.

»Ich möchte dir wirklich nicht zu nahetreten, aber stimmt es wirklich, dass ihr diesen wunderschönen Planeten so gut wie zerstört habt?«, fragte Tik Tik.

Bob dachte kurz nach, so gut er eben Gedanken fassen konnte. Erst jetzt, als er die Erde von außen betrachtete, ihre ehrfurchtgebietende Schönheit in voller Pracht sah, jetzt, als er wusste, dass er sie wohl niemals wieder betreten würde, niemals wieder ihre Luft atmen, ihr Wasser trinken, ihre Früchte essen und die eintreffenden Sonnenstrahlen auf seiner Haut spüren würde, wurde ihm der Wert seines Heimatplaneten klar. Es wurde ihm unmissverständlich bewusst, was für ein einzigartiges Geschenk das Universum den Menschen gemacht hatte. Es wurde ihm schlagartig klar, wie die Menschen dieses Geschenk nicht zu schätzen gewusst und stattdessen immer wieder mit Füßen getreten hatten.

»Ja, es ist leider wahr, TikTik.«

»Aber wieso habt ihr das getan?«

Bob schüttelte den Kopf.

»Ich weiß es nicht. Ich weiß es wirklich nicht.«

TikTik nickte. »Tut mir leid, meine Frage war unangemessen.«

»Nein, du hast ja recht. Ich verstehe selbst nicht, warum wir so sind.«

TikTik bemerkte, wie sehr die Situation Bob mitgenommen hatte.

»Bob, ich muss gleich einige Wartungsarbeiten am Steuerpult durchführen. Ein Relais austauschen. Wenn du möchtest, kannst du mir assistieren«, sagte er mit einem Lächeln und reichte dem Erdling einen Phasenprüfer.

Bob nahm das Werkzeug zaghaft an sich. Mit der anderen Hand wischte er sich noch einmal die Tränen ab.

»Ja, klar doch. Was soll ich tun?«

»Es würde schon helfen, wenn du mir die Werkzeuge reichst«, erwiderte TikTik.

»Ich muss gleich in die Röhre dort kriechen.« Der Ingenieur zeigte auf einen engen Schacht.

Er hatte vor dem Steuerpult ein Segment aus der Bodenverkleidung abmontiert. »Ich muss da rein und es ist sehr eng da drin, sogar für mich«, sagte er. »Ich kann immer nur ein Werkzeug mitnehmen.«

»Ja, kein Ding. Ich helfe dir gerne, so gut ich kann. Weißt du doch«, sagte Bob.

TikTik nickte. »Danke«.

Dann stieg er in den Schacht. Nach kurzer Zeit hatte er mit Bobs Hilfe die Reparatur beendet. Bob reichte ihm die Hand und half dem kleinen Alien aus dem Schacht. TikTik zeigte Bob anschließend, wie er die Bodenverkleidung wieder anbringen konnte. Bob folgte den Anweisungen des Ingenieurs und versiegelte den Schacht mühelos. Das Alien und der Mensch schlugen in ihre Hände ein und lachten zufrieden.

»Ich werde dem Captain vorschlagen, dich als Ingenieur einzustellen«, sagte TikTik mit einem breiten Grinsen.

»Danke, aber ich bleibe lieber hinter der Bar«, sagte Bob und lachte. »Kein Bock in engen Schächten rumzukriechen.«

»In Ordnung, Kumpel. Ich bin leider zu klein für die Bar.«, sagte TikTik lächelnd.

»Du sag mal, was ich mich immer gefragt habe. Wie kommt es eigentlich, dass ihr kreuz und quer durch das ganze Weltall fliegen könnt?«, fragte Bob. »Ich mein', weil es ja so unendlich groß ist.«

»Hast du etwas Ahnung von Physik?«, fragte TikTik.

»Hey Mann, ich bin ein einfacher Bauarbeiter. Ich war nicht lange genug auf der Schule, um viel davon zu verstehen. Aber ich hab schon mal was vom Urknall gehört. Das soll sone Explosion im Nichts sein, womit alles angefangen hat. Und ich weiß, dass so'n schlauer Mensch mal ne Theorie hatte. Relevationstheorie oder so ähnlich. Er meinte auf jeden Fall, dass man nicht schneller als das Licht fliegen kann, weil dann irgendetwas mit der Masse passiert«, sagte Bob. »Ist da was dran?«

TikTik nickte und lächelte. »Ich sehe schon, Physik ist nicht dein Lieblingsfach gewesen.«

Bob musste lachen. »Da hast du recht. Da hast du auf jeden Fall recht. Sport war eher mein Ding.«

»Wir können mit Überlichtgeschwindigkeit fliegen, weil wir die Technologie dafür entwickelt haben«, erklärte TikTik.

»Und was ist mit dem Masse-Dings-Bums von dieser Theorie da?«, fragte Bob.

»Kann ich offen reden, Bob?«, fragte TikTik. »Ich will dich nämlich auf keinen Fall beleidigen oder kränken oder die Menschen klein reden.«

»Klar, Mann. Ich bin ein Freund der offenen Worte. Immer ehrlich und geradeaus. Das ist wichtig für uns Menschen. Keiner mag es angelogen zu werden, verstehst du?«

»Ja.«

»Also, dann schieß mal los, mein außerirdischer Freund.«

»Wie gesagt, das ist nicht despektierlich gemeint.«

»Nun sag schon, Alter!«, sagte Bob mit einem Lachen. »So schlimm kann es ja nicht werden.«

»Ich bin über 8000 Jahre alt,« sagte TikTik. »Mein Hirn verfügt über etwa 1000 Billionen Neuronen und deren Verknüpfungen. Weißt du, was diese Zahl bedeutet?«, fragte er.

»Hört sich viel an«, sagte Bob.

»Eine Billion sind 1000 Milliarden, eine Milliarde sind 1000 Millionen. Mein Gehirn hat also etwa zehntausendmal so viele Neuronen wie ein menschliches Hirn. Nur zum Vergleich, ein Mensch hat etwa dreimal so viele Neuronen wie ein Schimpanse. Die Unterschiede in der kognitiven Leistungsfähigkeit dieser zwei Arten sind dennoch enorm«, sagte TikTik.

»Wenn du das sagst.«

»Ich werde noch mehrere tausend Jahre leben. Mit dieser Lebensspanne und meinem leistungsstarken Hirn habe ich ein tiefes Verständnis und Wissen über die Physik in all ihren Spielarten und Richtungen erlangt und werde noch sehr viel mehr Wissen anhäufen und Erfahrungen machen.«

Bob schien wenig beindruckt.

»Aha.«

»Ich bin nicht der Einzige. Die meisten von uns sind ähnlich wie ich, auch in anderen Wissenschaften. Eure Art ist grundverschieden. Die meisten von euch leben nicht mal hundert Jahre lang. Ein Drittel eurer Lebenszeit braucht ihr, um überhaupt erst einmal zu reifen. Im zweiten Drittel seid ihr leistungsfähig, im Rahmen eurer sehr begrenzen Möglichkeiten, dann beginnt aber auch schon euer körperlicher und geistiger Verfall«, erklärte TikTik.

»Traurig, aber wahr«, sagte Bob.

»Erschwerend kommt leider hinzu, dass ihr aus irgendeinem Grund lieber alles zerstören wollt, als etwas aufzubauen. Sogar eure eigenen Lebensgrundlagen«, fuhr TikTik fort.

Bob schwieg.

»Entschuldige, das hätte ich nicht sagen sollen«, sagte TikTik.

»Du hast ja recht. Es nervt nur ständig daran erinnert zu werden, dass wir nichts taugen. Das zieht einen runter, verstehst du? Ist einfach ein scheiß Gefühl jedes Mal.«

»Ich werde in Zukunft darauf achten, versprochen.«

Bob nickte. »Danke, wenigstens einer.«

»Nichts zu danken. Ich verstehe dich gut, mein Freund. Und glaube mir, wenn dieser schlaue Mensch mehr Zeit gehabt hätte, hätte er sicherlich im Rahmen seiner bescheidenen Möglichkeiten seine Theorie noch mal überdacht.«

»Okay, aber trotzdem ist der Weltraum so groß, dass ich nicht kapiere, wie ihr diese Strecken zurücklegen könnt. Lichtgeschwindigkeit hin oder her«, sagte Bob.

»Krümmung der Raumzeit, Teleportation, Wurmlöcher, Quantensprünge. Es gibt verschiedene Methoden zur Überbrückung von langen Distanzen.«

Bob hob seine Augenbrauen. »Wurmlöcher? Gibt's Würmer im Weltraum?«

»Ein Wurmloch ist eine Abkürzung durch die vierdimensionale Raumzeit. Das Problem der fast Singularität und das der exotischen Materie, die weniger wiegt als nichts, wurde unter anderem durch die Stringtheorie…, lassen wir das«, sagte TikTik. »Sagt dir Teleportation etwas?«

»Teleportation?«, fragte Bob.

»Durch temporäre und reversible Auflösung der Teilchenkohäsion erzeugte De- und anschließende Rematerialisierung auch einer komplexen lebenden Molekularstruktur am Start- und Zielort ohne merklichen Zeitverlust, unabhängig von der Distanz. Verstanden?«, fragte der Ingenieur.

»Hör zu, Mann. Ich bin gläubiger Christ, gucke ab und zu Sport, gehe mit Kumpels das eine oder andere Bier heben, bin ein Spießer und liebe meine Familie. Von Teilchen und son Zeug verstehe ich nichts. Aber ich merke es, wenn jemand mir sagen will, dass ich dumm bin«, sagte Bob.

»Das sage ich nicht. Aber interessierst du dich dafür?«, fragte TikTik.

»Wenn du es mir so erklärst, dass ich es kapiere, dann vielleicht.«

»Also du bist weit weg von der Erde, dann stellst du dich auf den Teleporter. Ich drücke ein paar Knöpfe und im nächsten Augenblick bist du wieder zu Hause. So einfach ist das.«

Ein Gedanke schoss Bob blitzartig durch den Kopf:

Das ist mein Ticket nach Hause!

»Klingt auf jeden Fall cool. Ist es das, was man aus Science-Fiction Filmen kennt. So beamen mäßig?«

»Was ist das?«, fragte TikTik.

»Was ist was?«

»Ein Science-Fiction Film.«

»Du weist nicht, was ein Science-Fiction Film ist?«

»Nein.«

Bob schüttelte den Kopf. »Alter, ihr seid vielleicht megaschlau, aber das, worauf es im Leben ankommt, davon habt ihr echt keine Ahnung, Mann.«

TikTik sah ihn fragend an. »Was meinst du? Ich kann dir nicht folgen.«

»Tim-Bandwurm hat keine Ahnung von Sport, du weißt nicht, was ein Film ist. Ihr könnt nicht weinen, ihr empfindet keine Freude. Keiner von euch tut jemals etwas, nur um Spaß zu haben. Was habe ich dann davon, wenn ich 1000 Billionen Gehirnzellen habe und 8000 Jahre lebe?« fragte Bob.

»Und was ist nun ein Film?«, fragte TikTik nach.

»Du kommst mich mal besuchen und wir gucken zusammen einen. Dann weißt du, was das ist. Aber, mal ne andere Frage. Habt ihr eigentlich Waffen, so Strahlenkanonen oder sowas?«

»Waffen? Warum fragst du mich nach Waffen? Mich hat noch nie jemand nach Waffen gefragt«, sagte TikTik.

»Ähm nur so. In den Filmen habt ihr immer welche. In den Comics auch.«

TikTik überlegte kurz. Warum interessierte sich der Mensch für Waffen?

»Wir haben welche, aber wir benutzen sie nicht mehr. Sie sind überflüssig geworden.«

»Habt ihr welche auf dem Schiff? Kann ich sie mal sehen?«, fragte Bob weiter.

»Warum willst du sie sehen?«, fragte TikTik zurück.

Weil ich dich zur Not damit zwingen werde mich zu Erde zu beamen du neugieriges Alienschwein!

»Nur so, bin neugierig.«

»Neugierig, verstehe. Hmm, das muss ich zuerst mit dem Captain besprechen.«

»Nein! Nicht den Captain fragen! Vergiss es einfach okay. Ich habe nie gefragt«, sagte Bob und versuchte ein Lächeln aufzusetzen. Es war kein guter Versuch. TikTik entging keinesfalls, dass das Lächeln des Erdlings anders war als sonst. Irgendwie künstlich. Bob sah den skeptischen Blick in TikTiks Augen. Er war an der Zeit zu gehen.

»Brauchst du mich noch? Ich muss jetzt los.«

»Nein, Bob. Danke, für deine Hilfe.«

»Okay, bis dann, mein Freund. Halt die Ohren steif.«

Bob ging den Gang zurück zum Eingang. TikTik schaute ihm nach. Bob konnte die Blicke des Aliens in seinem Rücken spüren.

Der Kleine ist gerissen.

***

16

Dr. Cursa und der Wissenschaftsrat hatten sich wieder im Besprechungsraum versammelt und warteten auf den Vorsitzenden. Tribandum blickte zu Saros-Pi. Saros-Pi bemerkte die Blicke seines Kollegen. »Kann ich etwas für Sie tun?«

»Ich muss mich bei Ihnen bedanken«, sagte Tribandum.

»Bedanken? Wofür?«

»Ohne Ihren Einwand hätte der Vorsitzende die Sitzung höchstwahrscheinlich bereits beendet.«

»Nichts zu danken, Herr Kollege. Das ändert aber nicht das Geringste an meiner Einstellung gegenüber dem Homo sapiens«, entgegnete Saros-Pi.

»Vorgefasste Meinungen zu ändern ist etwas, was den Allermeisten von uns schwerfällt. Das haben wir mit den Menschen gemeinsam«, antwortete Tribandum.

Saros-Pi hob eine Augenbraue.

»Das gefällt Ihnen wohl nicht. Aber wir haben mehr mit ihnen gemein, als Sie denken«, sagte Tribandum.

In dem Moment öffnete sich die Tür des Bereitschaftsraumes des Vorsitzenden. Titawin kam herein. Er nahm seinen Platz ein, prüfte mit einem Blick in die Runde die Anwesenheit aller Teilnehmer. Es konnte weiter gehen.

»Der Rat ist vollständig besetzt. Die Beobachterin der Ethikkommission ist anwesend. Die Sitzung wird fortgesetzt. Tribandum, Sie haben das Wort.«

»Zunächst möchte ich mich bei dem Vorsitzenden dafür bedanken, dass er mich nicht aus diesem Rat ausgeschlossen hat und ich die Möglichkeit hatte, mit dem Menschen zu arbeiten.«

Titawin nickte. »Die Formalitäten klären wir später. Ihren Bericht, bitte.«

Tribandum startete eine Projektion der Erde. Sie drehte sich langsam um die eigene Achse. »Die Erde. Heimat von 8 Milliarden Menschen. Machen wir uns nichts vor. Dieser Rat will der Regierung empfehlen, die Erde von dem Menschen zu säubern. Von allen Menschen. Dabei ist der größte Teil der Menschen friedlich.«

Er startete weitere kleinere Projektionen. Sie zeigten mehrere hundert Planeten. »Argon5, Luna7, Caldos, Zeti-Lima, Cargolis, Vanderon. Ich könnte noch Hunderte weitere Namen aufzählen. Alles Kolonien, auf denen wir die dominante Spezies extrahiert haben. Wir haben dabei stets die Art als Ganzes als Bewertungsmaßstab genommen. Meine Arbeit mit Bob hat aber gezeigt, dass vom Verhalten der Spezies Homo sapiens nicht uneingeschränkt auf das Verhalten eines Menschen als Individuum geschlossen werden kann.« Er schloss die Projektionen wieder. »Ich behaupte, das ist ein speziesübergreifendes, universelles Phänomen. Es trifft auf alle, zumindest aber auf sehr viele und nicht nur auf die menschliche Rasse zu«, sagte Tribandum.

Titawin ergriff das Wort: »Herr Kollege, selbst wenn diese These belastbar wäre, sehe ich nicht, inwiefern sich das auf die konkrete Frage, die Sie beantworten sollten, auswirken könnte. Wie Sie schon sagten, wir bewerten die Art als Ganzes, nicht jedes einzelne Individuum.«

»Ja, vollkommen richtig. Aber genau das ist äußerst problematisch, Herr Vorsitzender. Nur ein minimaler Bruchteil der Menschen hat jemals einen Artgenossen getötet. Ganz im Gegenteil. Die meisten Menschen zeigen immer wieder altruistische Verhaltensmuster. Dennoch soll ihnen das Recht auf Leben verweigert werden. Sie sollen nur aufgrund ihrer Zugehörigkeit zu ihrer Art ausgerottet werden.«

170

»Extrahiert, Herr Kollege. Bitte halten Sie sich an den Fachterminus«, wandte Saros-Pi ein.

»Nennen Sie es, wie Sie wollen. Die Auswahl der Bezeichnung ändert nichts an dem Ergebnis«, antwortete Tribandum.

»Selbst wenn die meisten Menschen als Individuen friedlich sind, wie Sie sagen, ist es nicht die Aufgabe dieses Rates, darüber zu entscheiden, ob das ihrer Extrahierung entgegenstehen könnte«, erklärte Saros-Pi. »Das ist eine Frage, mit der sich der Ethikrat beschäftigen muss, nicht dieser Rat. Oder wollen Sie neben unseren Richtlinien, etwa auch die Kompetenzenverteilung auf dem Schiff ignorieren?« Bevor Tribandum darauf antworten konnte, schreitete der Vorsitzende ein. »Saros-Pi, halten Sie sich zurück mit solchen unqualifizierten Bemerkungen. Sie nicht hier, um Ihren Kollegen Nachhilfeunterricht in der Organisationsstruktur eines Forschungsschiffes zu erteilen. Und Ihnen Tribandum, schlage ich vor, diesem Rat endlich zu berichten, wie Sie zu Ihrer Hypothese kommen. Bisher haben Sie noch nicht vorgetragen, was Sie konkret bei der Arbeit mit dem Menschen Bob herausgefunden haben.«

Tribandum beendete die Projektion, schaute seine Kollegen an. Sie alle hatten ihre Blicke gespannt auf den Berichterstatter gerichtet.

»Entgegen aller Vorurteile hat Bob den Beweis erbracht, dass nicht jeder Mensch aggressiv und feindselig ist«, sagte Tribandum. »Er ist friedlich, verabscheut Gewalt, hat einen ausgeprägten Sinn für Gerechtigkeit. Er hat das starke Bedürfnis, anderen eine Freude zu bereiten. Ich habe seine Hirnaktivitäten untersucht. Jedes Mal, wenn er mit einem Besatzungsmitglied interagiert und das Gefühl hat, dass er seinem Gegenüber etwas Gutes getan hat, sei es auch nur eine Kleinigkeit, wie zum Beispiel das Zubereiten eines Getränks für einen Gast, produziert er Hormone und Botenstoffe, die in ihm ein Glücksgefühl auslösen.«

Er startete eine neue Projektion. Die Videosequenz zeigte Bob bei der Arbeit. Die Wissenschaftler sahen einen stets freundlich lächelnden Menschen, der sich mit allen Gästen, die er bediente, sehr gut zu verstehen schien. Der Barmann und seine Aliengäste lachten zusammen und unterhielten sich angeregt. Bob zeigte ihnen, wie man sich auf der Erde zuprostet und mit Getränken anstößt. Tribandum schaltete nun auch die Audioübertragung dazu. Der Rat konnte hören, wie Bob einem seiner Gäste, es war TikTik, erklärte, was es mit dem Anstoßen auf sich hatte. Er stieß mit dem Alien auf die Freundschaft an und erklärte ihm, wie wichtig dieses Gefühl sei, so wie er es auch Tribandum schon erklärt hatte. Als TikTik schließlich die Bar verlassen wollte, kam Bob hinter seinem Tresen hervor und umarmte das kleine Alien. Bob bot ihm noch an, dass er ihn gerne fragen könne, falls er bei irgendetwas Hilfe brauche. Tribandum stoppte die Projektion an dieser Stelle.

»So verhält er sich gegenüber jedem Besatzungsmitglied. Er ist sehr bedacht darauf, jedem möglichst vorurteilsfrei, höflich und respektvoll zu begegnen. Da er sich frei auf dem Schiff bewegen darf, hatte er schon Kontakt mit vielen Personen an Bord. Es gibt nicht einen einzigen Bericht über eine aggressive Verhaltensweise. Nicht eine Beschwerde über irgendein Fehlverhalten von Bob. Er hält sich an alle Regeln und verhält sich sozial einwandfrei. Er ist integriert und-«

»Ein typischer Fall von Schutzmimikry«, unterbrach ihn Saros-Pi.

»Wie bitte?«, fragte Tribandum.

»Mimikry. Er nimmt die Besatzungsmitglieder als Vorbild und imitiert sie, um durch diese Täuschung Vorteile zu erlangen. Ein typisches Verhalten von Primaten. Ich wundere mich, dass Sie darauf reingefallen sind«, sagte Saros-Pi.

»Für Ihre Vermutung gibt es keinerlei Hinweise, Herr Kollege. Umfangreiche Hirnscans, die ich durchgeführt habe, belegen zweifelsfrei, dass Bob vermehrt Glückshormone ausschüttet, wenn er anderen eine Freude macht. Wenn sein Verhalten nur vorgetäuscht wäre, würden andere Hirnareale aktiviert werden, nicht aber das Belohnungszentrum.«

»Das könnte genauso gut dafürsprechen, dass der Mensch seine Fähigkeiten zur Schutzmimikry auch auf neuronaler Ebene perfektioniert hat.«

»Reine Spekulation«, erwiderte Tribandum.

»Nicht unbedingt«, sagte Titawin. »Mir hat er gedroht, dass Schiff zu sprengen.«

Tribandum sah den Vorsitzenden an.

»Kürzlich in der Bar. Er sagte sowas wie: *Bevor du meiner Familie was antust, jage ich dich und dein ganzes scheiß Schiff in die Luft, du mieser Marsmensch*«, fuhr Titawin fort.

Saros-Pi fühlte sich bestätigt: »Da sehen Sie es, Tribandum. Er hat die Fassung verloren und sein wahres Gesicht gezeigt.«

Tribandum schossen blitzschnell Gedanken und Erinnerungsstücke durch den Kopf. Bobs Freude an der Brutalität des Boxkampfes. Wie der Mensch, die angewandte massive körperliche Gewalt beim Zusehen des Gemetzels im Ring offensichtlich genossen und bejubelt hatte. Jetzt sollte der Mensch sogar mit der Anwendung von Gewalt, ja sogar mit der Tötung der gesamten Besatzung gedroht haben? Konnte das wahr sein? Tribandum war irritiert und beunruhigt, ließ sich jedoch nichts anmerken. Er versuchte es zumindest.

»Ich werde mit ihm über diesen Vorfall sprechen,« fuhr er fort. »Bob ist unter allen Besatzungsmitgliedern, die ihn bereits kennengelernt haben, sehr beliebt. Niemand fühlt sich von ihm bedroht. Im Gegenteil. In der Bar, in der er arbeitet, ist er der beliebteste Barmann. Die meisten Gäste wollen stets von ihm betreut werden.« Er beendete die Projektion. »Nichts deutet daraufhin, dass er irgendeinem Lebewesen etwa antun möchte. Er schadet im krassen Gegensatz zu der Spezies Homo sapiens weder sich selbst noch anderen noch seiner Umwelt oder Umgebung. Er ist kein Einzelfall. Diese Beobachtungen treffen auf die große Mehrheit der Menschen als Individuen zu, und zwar in allen Teilen der Erde. Sogar in den ärmsten Regionen, wo die Menschen nicht einmal das Nötigste haben und täglich ums nackte Überleben kämpfen. Selbst dort, unter den widrigsten Umständen, helfen sie sich gegenseitig, soweit es ihnen möglich ist. Demnach führt es zu einer völlig verschobenen Beurteilung der Menschen, wenn aufgrund des Verhaltens des Homo sapiens als Spezies der Rückschluss gezogen wird, dass der Mensch als Individuum sich genauso wie das Kollektiv seiner Art verhält.«

Chalawan machte sich durch ein Handzeichen bemerkbar.

»Ja, bitte«, sagte Tribandum.

»Sind diese Erkenntnisse gesichert?«

»Ja«, sagte Tribandum.

»In meinem Bericht sind die Untersuchungsergebnisse lückenlos mit den entsprechenden Quellen dokumentiert. Es wäre ein tragischer und nicht zu verzeihender Fehler, 8 Milliarden Menschen aufgrund einer falschen, zweifellos widerlegten Prämisse zu töten. Ich wiederhole noch einmal, um jegliche Missverständnisse zu vermeiden: Die allermeisten Menschen sind als Individuen friedlich, harmlos, ungefährlich und sehr hilfsbereit. Es gibt nichts, was die Vernichtung dieser Individuen rechtfertigen könnte.«

Saros-Pi war anderer Meinung: »Ich muss Ihnen widersprechen, Herr Kollege. Sie sagen Bob und die meisten anderen Menschen würden niemandem schaden. Sie seien hilfsbereit und verhielten sich altruistisch. Richtig?«

»Ja, das habe ich gerade vorgetragen.«

»Dann beantworten Sie mir folgende Fragen: Wieso profitieren diese altruistischen Menschen ungeniert davon, dass etwa 27 Millionen ihrer Artgenossen heute noch in sklavenähnlichen Verhältnissen leben müssen, damit die Bobs auf der Erde unter anderem günstige Kleidung und Elektrogeräte kaufen können? Wieso müssen 800 Millionen ihrer Artgenossen Hunger leiden, wenn die Bobs doch so einen ausgeprägten Sinn für Gerechtigkeit haben? Wenn es ihnen doch Freude bereitet, anderen etwas Gutes tun, wie es Ihre Hirnscans doch so eindrucksvoll belegen. Warum nehmen die Bobs nicht wenigstens einen Notleidenden oder von einem Kriegsgebiet Geflüchteten bei sich auf und helfen diesen Artgenossen? Wieso konsumieren diese, für ihre Mitgeschöpfe und Umwelt so harmlosen Bobs die fossilen Energien, für die die Umwelt geopfert wird? Wieso verspeisen sie ihre Mitgeschöpfe, die einzig für den Fleischgenuss der Bobs unendliches Leid ertragen müssen? Wieso tragen die Bobs Kleidung, Schuhe, Taschen und Gürtel, hergestellt aus den abgezogenen Häuten ihrer Mitgeschöpfe? Ich könnte noch ewig weiterfragen, Herr Kollege. Wie lassen sich diese Fragen in Ihre Hypothese von dem friedlichen, harmlosen, gewaltablehnenden altruistischen Menschen integrieren?«

Tribandums verzog sein Gesicht. »Hören Sie doch auf, Herr Kollege. Wollen Sie mit mir auf wissenschaftlichem Niveau diskutieren oder stumpfen Populismus verbreiten? Sie wollen einfache Antworten auf komplizierte Fragen. Dass es die nicht gibt, wissen Sie doch genau.«

»Weichen Sie nicht-«, setzte Saros-Pi an.

»Ich war noch nicht fertig! Sie haben gefragt, also werden Sie jetzt auch zuhören!«, unterbrach ihn Tribandum.

Saros-Pi lehnte sich in seinem Sitz zurück. »Ich höre, Herr Kollege.«

»Ich behaupte nicht, dass die Menschen perfekt sind. Als Individuen nicht und als Spezies nicht. Sie sind sogar zweifellos sehr weit davon entfernt. Aber sie erinnern stark an die Cron. Es gibt sehr viele Parallelen in ihrer Entwicklung. Sie wissen das besser als alle anderen hier Anwesenden. Sollen die Menschen ausgelöscht werden, weil wir sie ein paar Tausend Jahre zu früh entdeckt haben? Soll ihnen das Recht auf Leben verwehrt werden, weil wir nicht verstehen, warum Spezies und Individuum sich grundverschieden verhalten können? Nein, das ist falsch. Wir müssen ihnen die Chance geben, sich zu entwickeln, sich zu bewähren. Eines sollten wir bei allen Meinungsverschiedenheiten, die hier herrschen, nicht vergessen: Unser eigener Ursprung liegt auch nicht im Reagenzglas. Wir waren nicht immer das Ergebnis, ach so perfekt kombinierter Gene zur Erschaffung einer vermeintlich übergelegenen Rasse. Wie wir alle wissen, ist unsere Vergangenheit auch ziemlich düster. Ich beobachte mit Sorge, dass wir in unserer Überheblichkeit und Arroganz wieder in alte Verhaltensmuster zurückfallen. Ich für meinen Teil werde mich dieser gefährlichen und ignoranten Selbstgerechtigkeit mit meiner ganzen Kraft und Überzeugung entgegenstellen.«

Titawin hatte Einwände: »Herr Kollege, das, was Sie vortragen, ist widersprüchlich. Vorhin haben Sie noch gesagt, dass der Homo sapiens sein eigenes Haus niederbrennen wird, bevor er das Alter der Vernunft erreicht hat. Jetzt sagen Sie, er muss eine Chance bekommen, sich zu bewähren, obwohl Sie es nach Ihrem eigenen Vortrag selbst für ausgeschlossen halten, dass ihm das gelingen kann.«

Tecton suchte den Blickkontakt zum Vorsitzenden. Titawin erwiderte den Blick, nickte dem Kollegen zu.

»Der Berichterstatter hatte anfangs darauf hingewiesen, dass die Menschen widersprüchliche Wesen seien. Ich denke, der geehrte Kollege Tribandum hat diesen Punkt soeben klar herausgearbeitet.«

»Was er aber nicht herausgearbeitet hat, ist die Tatsache, dass Menschen morden und schon immer gemordet haben. Millionenfach. Und zwar auch als Individuen«, bekräftigte Saros-Pi. »Dass sie vergewaltigen, misshandeln, ausbeuten, verstümmeln. Soll ich noch mehr aufzählen?«

Titawin blickte zu Tecton, dann zu Tribandum.

»Ja, sie morden«, sagte Tribandum. »Ihre Gewaltbereitschaft ist ihr evolutionäres Erbe. Aber ihr Hang zur Gewalt sinkt mit fortschreitender Kultur wie bei jeder anderen Spezies auch. Die allermeisten Menschen sind niemals gewalttätig gewesen.«

»Nun gut. Haben Sie noch etwas vorzutragen, Herr Kollege?«, fragte Titawin.

»Nur noch eines, Herr Vorsitzender, danach komme ich zu meiner abschließenden Empfehlung«, erwiderte Tribandum.

Titawin nickte. »Also bitte.«

Tribandum richtete seine Blicke in die Runde. »Sehr geehrte Kollegen, es kann nicht bestritten werden, dass die Menschheit als Spezies einem kollektiven Zerstörungswahn verfallen ist. Die Menschen zerstören mit einem besorgniserregenden Tempo alles und jeden um sich herum, inklusive sich selbst. Andererseits ist der Selbsterhaltungstrieb des einzelnen Menschen als Individuum einer seiner stärksten Triebe, vielleicht sogar sein stärkster überhaupt. Trotzdem kommt es immer wieder vor, dass ein Mensch seine eigenen Interessen bis hin zu seinem eigenen Leben opfert, um anderen Menschen zu helfen oder sie zu retten. Wir haben noch nicht mal ansatzweise verstanden, wie diese paradoxen Verhaltensweisen zu erklären sind. Wenn wir die Menschen extrahieren, werden wir es auch niemals verstehen. Das hätte weitreichende Konsequenzen. Denn ich bin der festen Überzeugung, dass diese Beobachtungen nicht nur auf die Menschen zutreffen. Da wir bisher immer nur das Verhalten der gesamten zu extrahierenden Art erforscht, uns aber nicht mit den einzelnen Individuen beschäftigt haben, ist uns bisher im Verborgenen geblieben, dass sich das Verhalten der Art als kollektiv nicht mit dem Verhalten eines Individuums decken muss. Ich empfehle dieser Kommission daher dringend, mit allem Nachdruck, den Homo sapiens nicht zu extrahieren, sondern ihn zu beobachten und zu studieren. Das Wissen, das wir dabei erlangen können, wird eine fundamentale Bedeutung haben bei zukünftigen Entscheidungen über Extraktionen von anderen Arten. Die Konsequenzen, die wir aus diesen neuen Erkenntnissen ziehen, werden darüber entscheiden, wer und was wir eigentlich sind. Sind wir Forscher, die in Frieden kommen, oder doch nur brutale Eroberer und Kolonisatoren?«

Es wurde still. Die Ratsmitglieder saßen zurückgelehnt in ihren Sitzen. Keiner meldete sich zu Wort. Sie dachten über die Worte des Berichterstatters nach. Der Vorsitzende schaute sich die Situation eine Weile an. Schließlich unterbrach er die Stille: »Kommentare?«

Tecton machte sich bemerkbar. Titawin nickte.

»Ich stimme dem Berichterstatter zu, unter Vorbehalt«, sagte Tecton.

»Fahren Sie fort«, sagte Titawin.

»Diese Kommission sollte der Kooperation empfehlen, von einer Extrahierung zumindest zum jetzigen Zeitpunkt abzusehen. Wir sollten die Menschen weiter beobachten. Ihnen eine angemessene Bewährungszeit geben und ihr Wesen genauer studieren«, sagte Tecton.

Chalawan machte ein Handzeichen. Der Vorsitzende nickte ihm zu.

»Ich schließe mich dem an. Wenn es begründete Hinweise darauf gibt, dass die menschlichen Individuen zum größten Teil friedlich und harmlos sind, dürfen wir ihnen nicht ohne weitere Untersuchungen das Recht auf Leben verwehren. Zumindest nicht dem Teil, der keine Bedrohung für irgendjemanden oder irgendetwas darstellt. Dieses Vorgehen wäre durch die Richtlinien nicht gerechtfertigt. In der Bewährungszeit könnte festgestellt werden, ob die Hypothesen des Berichterstatters einer Überprüfung standhalten. Die Entscheidung über eine Extrahierung sollte bis zu diesem Zeitpunkt aufgeschoben werden.«

Titawin richtete seinen Blick auf Saros-Pi.

»Ich bin anderer Meinung. Die Richtlinien sind eindeutig. Sie erwarten von diesem Rat die Beurteilung der Spezies, nicht die Beurteilung des möglichen Verhaltens einzelner Individuen. Allein danach haben wir uns bei unserer Empfehlung an die Regierung zu halten. Eine Extraktion ist daher alternativlos«, argumentierte Saros-Pi.

»Die Richtlinien sind keine Zwangsjacke, Herr Kollege«, konterte Tecton. »Sie sind vielmehr eine Art Anleitung, die uns hilft, richtige Entscheidungen zu treffen. Wenn die Richtlinien aufgrund neuer Erkenntnisse und Entwicklungen dazu in ihrer ursprünglichen Form nicht mehr geeignet sind, müssen sie angepasst werden.«

»Wer entscheidet, dass solch eine Situation hier vorliegt? Sie?«, fragte Saros-Pi.

»Nein. Sie aber auch nicht«, erwiderte Tecton.

»So ist es. Solange die Regelungen in ihrer jetzigen Form gelten, bewerten wir als Wissenschaftsrat nur die Spezies. Der Homo sapiens erfüllt alle Kriterien für seine Extraktion.«

Chalawan brachte sich ein: »Es spricht aber nichts dagegen, aufgrund der neuen Erkenntnisse des Berichterstatters, die Richtlinien einer Überprüfung zu unterziehen und die Entscheidung über die Extrahierung solange in der Schwebe zu lassen. Immerhin geht es hier nicht um Ungeziefer, sondern um eine Population von acht Milliarden Primaten mit einem zwar niedrigen, aber dennoch messbaren Intelligenzgrad.«

»Sie meinen sicher die Intelligenz, die hauptsächlich zur Entwicklung von Waffen eingesetzt wird, um Artgenossen zu töten?«, fragte Saros-Pi. »Oder meinen Sie die Intelligenz, die den Menschen befähigt hat, sich in eine tödliche Bedrohung für seine Umwelt und alle anderen Lebewesen auf dem Planeten zu entwickeln?«

»Bitte bleiben Sie sachlich, Herr Kollege«, ermahnte ihn Titawin.

»Ich bin sachlich, Herr Vorsitzender. Der ungewollte Vergleich des Kollegen Chalawan mit dem Ungeziefer ist gar nicht so abwegig. Obwohl ein Vergleich mit einem Virus es noch besser treffen würde. Allein zum Schutz des Planeten und der anderen Lebewesen erscheint die Extrahierung des Menschen zwingend notwendig.«

»Herr Kollege, seit wann sind wir denn Weltraum-Polizisten und Beschützer von anderen Arten? Diesem Rat ist ein solcher Auftrag nicht bekannt. Oder liege ich da falsch, Herr Vorsitzender?«, fragte Tecton.

Titawin schüttelte den Kopf. »Nein, sind wir nicht. Das hat auch keiner behauptet. Wir sind aber auch keine Hellseher. Woher wissen Sie denn, dass Bob immer friedlich bleiben wird? Warum sollte er nicht plötzlich sein evolutionäres Erbe antreten und das für seine Rasse typische feindselige und gewalttätige Verhalten an den Tag legen? Zumindest mir gegenüber hat er deutlich gemacht, dass er bereit ist uns alle auf dem Schiff zu töten, um seine Familie zu retten.« Er schaute zu Tribandum. »Wie wir wissen, kam es in der Geschichte der Menschen schon millionenfach vor, dass ein zuvor scheinbar friedlicher Mensch durch einen bestimmten Auslöser zum Mörder oder Gewaltverbrecher wurde. Auch das sind Fakten, die Sie nicht ignorieren sollten.«

»Herr Vorsitzender. Ich möchte einen Antrag stellen mit der Bitte, den Rat über ihn abstimmen zu lassen«, sagte Tribandum.

Titawin blickte Tribandum in die Augen. Er hatte längst begriffen, dass dieser fest entschlossen war, alles zu tun, um die Extrahierung des Homo sapiens zu verhindern, oder zumindest solange wie möglich hinauszuzögern. Er war sich sicher, dass dieses Überbleibsel aus einer biologisch gezeugten Alienrasse alle formalrechtlichen Mittel und Wege dafür ausschöpfen würde. Titawin starrte Tribandum noch eine Weile an. Schließlich sagte er: »Einverstanden. Stellen Sie Ihren Antrag.«

»Ich beantrage, den Fall der Ethikkommission vorzulegen. Mein Antrag zu 1. lautet: Die Ethikkommission soll darüber entscheiden, ob es ethisch vertretbar ist, dass bei einer bevorstehenden Extrahierung nur das Verhalten der Spezies als Ganzes beurteilt wird, ohne dass das Verhalten der Individuen berücksichtigt wird. Mein Antrag zu 2. lautet: Dieser Rat soll der Regierung empfehlen, von einer Extrahierung des Homo sapiens für die nächsten Hundert Erdenjahre abzusehen und der Menschheit eine Bewährungszeit für diesen Zeitraum einzuräumen«, sagte Tribandum.

»Vielen Dank. Ich gebe die Anträge zur Abstimmung frei«, erklärte der Vorsitzende.

»Alle, die dem Antrag zu 1. zustimmen, heben jetzt bitte die Hand.«

Tribandum, Tecton, Chalawan und auch Titawin hoben jeweils ihre rechte Hand.

Saros-Pi schaute mit großen Augen zu Titawin.

»Wer stimmt dagegen?«, fragte Titawin.

Saros-Pi hob seine Hand.

»Der Antrag zu 1. wird mit 4 zu 1 Stimmen angenommen«, sagte Titawin.

»Zur Abstimmung steht jetzt der Antrag zu 2. Wer stimmt dem Antrag zu?«

Tribandum, Tecton und Chalawan stimmten zu.

»Wer stimmt dagegen?«

Titawin und Saros-Pi hoben ihre Hand.

»Dem Antrag zu 2. wird mit 3 zu 2 Stimmen zugestimmt«, sagte Titawin. »Die Sitzung ist geschlossen.«

Die Wissenschaftler erhoben sich von ihren Sitzen, ebenso Cursa.

»Tribandum, Dr. Cursa. Darf ich Sie beide bitten noch einen Moment hierzubleiben?«, fragte Titawin.

Cursa und Tribandum setzten sich wieder hin. Die anderen Wissenschaftler verließen einer nach dem anderen den Raum.

»Dr. Cursa, wann wird sich Ihre Kommission zu den Anträgen von Tribandum beraten?«, fragte Titawin.

»Schon in ein paar Tagen. Tegemun bereitet gerade einen Abschlussbericht für die Kooperation in einer anderen Angelegenheit vor. Sobald der Bericht fertiggestellt ist, kann sich unsere Kommission mit diesem Fall beschäftigen«, sagte Cursa.

Titawin blickte zu Tribandum. »Sie haben gehört. Stellen Sie sicher, dass die Ethikkommission alle entscheidungserheblichen Dateien rechtzeitig zur Verfügung gestellt bekommt. Ich möchte diesen Fall endlich zum Abschluss bringen.«

Tribandum nickte schweigend.

»Gut. Dann entschuldigen Sie mich bitte«, sagte Titawin. Er drehte sich um und verschwand durch die Tür zu seinem Bereitschaftraum. Tribandum und Cursa saßen schweigend in ihren Sitzen und schauten dem Vorsitzenden hinterher.

»Es kommt selten vor, dass die Kooperationsregierung der Empfehlung dieses Rates nicht folgt«, sagte Tribandum schließlich.

Cursa nickte. »Kommen Sie, Tribandum«, sagte sie und stand auf. »Sie sollten Bob die guten Nachrichten überbringen.«

»Ich will keine voreiligen Hoffnungen in ihm wecken. Ich werde die Entscheidung der Kooperation abwarten«, sagte Tribandum. »Sie wird schon bald vorliegen.«

»In Ordnung, aber wir sollten jetzt gehen.«

»Ja, Sie haben recht«, sagte Tribandum und stand auf. Er und Cursa standen sich jetzt unmittelbar gegenüber. Sie sah zum ersten Mal wieder Hoffnung in seinen Augen.

***

17

Am nächsten Morgen saß Bob an seinem Küchentisch. Er war dabei, sich ein kaffeeähnliches Heißgetränk aus echten okulianischen Bohnen zuzubereiten. Kaffee war in den Augen von Bob das, was diesem anregenden Getränk am nächsten kam. Za'Ul hatte ihm einige dieser äußerst seltenen Bohnen vom Planeten Okul aus dem Teta Capricomi geschenkt. Eine kleine Belohnung des Barchefs für die hervorragende Arbeit seines Angestellten. Diese speziellen Bohnen hatten ungefähr die Größe einer Walnuss. Bob suchte sich eine einzelne Bohne aus. Der Koffeingehalt entsprach dem von einem Kilogramm herkömmlichen Espressobohnen von der Erde. Seine Wahl fiel auf eine besonders große. Als Nächstes musste Bob die Bohne einige Minuten zwischen seinen Händen hin und her rollen, um die typischen Aromastoffe, die unter der Sonne Okuls gereift waren, zur vollen Entfaltung zu bringen. Das war der erste Schritt bei der aufwendigen traditionellen Zubereitung dieses außergewöhnlichen Getränks. Bob hatte ein Lächeln im Gesicht. Zum einen, weil er sich auf den Geschmack und die Wirkung des natürlichen, nicht replizierten berauschenden Getränks freute. Zum anderen, weil er sich später mit Tribandum treffen wollte. Er war optimistisch, dass Tribandum gute Nachrichten für ihn haben würde. Der von Heimweh geplagte Erdling, der sich so sehr nach seiner Familie sehnte, hegte sogar die kleine Hoffnung, dass er vielleicht schon bald seine Frau und seine Kinder wieder in die Arme schließen konnte. Aber erstmal widmete er sich notgedrungen den wenigen kleinen Freuden, die ihm geblieben waren. Also massierte Bob die Bohne eifrig weiter.

Schließlich nahm er sie zwischen Daumen und Zeigefinger, begutachtete sie einen Augenblick, führte sie dann an seine Nase und schnupperte an ihr. »Yeees, du bist bereit, Baby.« Vor ihm auf dem Küchentisch stand eine mechanische, authentische kleine Mühle. Kein Nachbau, kein Replikat, sondern ein okulianisches Meisterwerk, vor Jahrhunderten von einem okulianischen Meister handgefertigt.

Bob wollte die Bohne gerade in die dafür vorgesehen Öffnung des Mahlwerks legen, als er plötzlich innehielt. Er richtete sich auf, öffnete seine Augen und schärfte seine Sinne. Er hatte das Gefühl, dass er ein kaum wahrnehmbares Vibrieren verspürte. War es Einbildung? Jetzt verspürte er auch ein Summen, leise, leicht zu überhören, aber es war da. Hatte sich das Schiff in Bewegung gesetzt? Die Wahrnehmungen wurden immer deutlicher. Es war ganz klar keine Einbildung. Bob hatte sich nicht getäuscht. Das Schiff bewegte sich. Seitdem der Erdenmann aus seinem Tiefschlaf erwacht war, hatte die Sirius ihre Position nicht verändert. Sie schwebte einfach in einem bestimmten Abstand zur Erde im Weltraum. Bob legte die Bohne wieder auf den Tisch. Er stand hastig auf und eilte in seinen Wohnbereich zum großen Bullauge. Jetzt konnte er es sehen. Es gab keinen Zweifel. Das Schiff entfernte sich von der Erde. Bob ging näher ran. So nah, dass seine Nase fast das Bullauge berührte. Er legte seine Hände in Höhe seines Gesichtes auf die Scheibe. Er musste hilflos zusehen, wie das Schiff immer weiter beschleunigte, die Erde langsam aber sicher kleiner und kleiner wurde. Schließlich verschwand der wunderschöne blaue Himmelskörper in den Weiten des Alls. Bob schlug mit beiden Handflächen gegen das Bullauge. »Nein! Nein! Nein!«, rief er bei jedem Schlag gegen die Scheibe. Bob lief zur Eingangstür seines Quartiers. Er machte sich mit schnellen Schritten auf den Weg zu Tribandums Labor. *Was ist hier los? Warum verlassen wir die Erde? Warum hat er mir nichts gesagt?* Bob eilte den Gang hinauf zum nächsten Lift. Dort angelangt, klopfte er mehrmals wuchtig gegen die Türen. »Komm schon, komm schon du verdammtes Ding!« Die Türen öffneten sich. Bob sprang hinein. »Zum Wissenschaftsdeck!« Der Aufzug setzte sich aufwärts in Bewegung. Während der Fahrt stand Bob dicht an der Tür. Er starrte ungeduldig auf die Anzeige, die seine aktuelle Position auf dem Weg zum Zieldeck anzeigte. Es kam ihm vor wie eine Ewigkeit, bis er das Wissenschaftsdeck im obersten Segment des Raumschiffs erreichte. Dabei dauerte die Fahrt tatsächlich nur wenige Sekunden. Auf dem Wissenschaftsdeck angekommen, sprang Bob sofort aus dem Lift und rannte Richtung Tribandums Labor. Dort musste er feststellen, dass die Türen sich nicht wie sonst von selbst öffneten. Was war hier los? Warum stand er plötzlich vor verschlossenen Türen. Er hatte doch sonst jederzeit Zugang zu Tribandum gehabt. Er begann wie wild gegen die Tür zu klopfen. »Tribandum! Bist du da drin? Mach die Tür auf verdammt!«, schrie er in die Tür.

Sie wurde nach kurzer Zeit von einem großen, bleichen Alien mit einem konusförmigen Schädel und leuchtenden Katzenaugen geöffnet. Im Hintergrund sah Bob noch zwei weitere, ähnlich aussehende Aliens, die an den Laborinstrumenten arbeiteten.

»Wo ist Tim?«, schrie Bob das Alien an.

»Ist alles in Ordnung mit Ihnen?«, fragte das Alien ruhig.

»Nein, nichts ist in Ordnung. Wo ist Tim? Warum verlassen wir die Erde?«

Das Alien musterte kurz den aufgebrachten kleinen Humanoiden, der vor ihm stand. »Ah, ich verstehe. Sie sind der Erdenmann. Das Experiment vom Kollegen Tribandum«, sagte es gelassen. »Kommen Sie rein. Beruhigen Sie sich.«

»Ich bin kein Experiment, du mieser Außerirdischer! Ich bin Bob! Wo ist Tribandum?!«, brüllte Bob das Alien an.

Der Außerirdische blieb seelenruhig. Es hatte schon gehört, dass Menschen äußerst aggressiv waren. Es war also nicht überrascht von Bobs Verhalten. Auch nicht beunruhigt, weil ihm dieses aufgebrachte menschliche Exemplar körperlich hoffnungslos unterlegen war. Das Alien ging einen Schritt zur Seite, nickte Bob zu und machte mit seiner Hand eine einladende Geste. Die anderen Aliens, die das Geschehen beobachtet hatten, wendeten sich unbeeindruckt wieder ihrer Arbeit zu.

Das Alien deutete auf einen Stuhl. »Setzen Sie sich doch.«

Bob gehorchte widerwillig. Der Alien-Wissenschaftler setzte sich auf den Platz gegenüber. »Mein Name ist Terbellum. Wissenschaftsoffizier. Sie sagten vorhin, Sie seien Bob. Ist das Ihr Name? Oder eine Kennzeichnung? Wie möchten Sie angesprochen werden«

»Alter, quatsch mich nicht voll! Wo ist Tim!?«

»Tribandum ist nicht mehr hier. Seine Arbeit hier ist beendet. Das Labor wurde heute Morgen mir zugeteilt.«

»Wo ist er verdammt!?«

»Informationen über die Freizeitgestaltung des Herren Kollegen Tribandum stehen mir nicht zur Verfügung. Aber, versuchen Sie es mal auf dem Freizeitdeck.«

»Wohin fliegen wir? Warum verlassen wir die Erde?«

»Unsere Forschungen hier sind abgeschlossen. Wir haben Kurs genommen auf Sternenbasis DC-001 im Delta-Corvi-System.«

Bob stand hastig auf und rannte zum Ausgang. Er begab sich auf dem direkten Weg in den nächsten Lift. »Freizeitdeck!«

Der Lift erreichte das Freizeitdeck nach wenigen Augenblicken. Bob verließ den Lift. Er sprintete direkt in die Bar. Er trat ein, schaute sich hektisch um. Er konnte Tribandum aber nicht sehen. Auch Za'Ul war nicht dort. Aurora stand hinter der Bar und bediente ihren einzigen Gast. Ein vierarmiges Alien mit einem riesigen Kopf auf einem langen, schlauchförmigen Hals. Aurora winkte Bob mit einem Lächeln zu, als sie ihn erblickte. Der vierarmige Gast winkte mit allen vier Händen, schaute Bob dabei neugierig mit seinem käsigen Mondgesicht an.

»Hey Bob, schon so früh hier? Hast du nicht die Spätschicht?«, fragte die Barfrau.

»Hast du Tim gesehen?«

»Tim? Meinst du Tribandum?«

»Ja, verdammt! Wen soll ich sonst meinen?!«

»Nein, der kommt morgens nie.«

Bob drehte sich hektisch um und verließ die Bar wieder. Aurora und der Gast schauten ihm hinterher.

»Was war denn mit dem los?«, fragte der Gast.

Aurora zuckte mit den Achseln. »Jeder hat mal einen schlechten Tag. Und du wirst auf die Myrmidon versetzt?«

»So ist es. Ist ein gutes Schiff. Wir werden die Magellansche Wolke erforschen. War das der Mensch?«

»Ja, ist eigentlich ein netter Kerl. Keine Ahnung was heute mit ihm los ist.«

»Ist er bestimmt. Ich nehme noch einen.«

Bob war inzwischen auf dem Weg zu Tribandums Quartier. Dort angekommen, klopfte er wieder fest an die Tür. »Mach die Tür auf! Tim! Hallo! Bist du da drin?«

Keine Reaktion. Bob fing an zu schwitzen. Er spürte neben der Verzweiflung nun auch Zorn in sich aufkommen. Er hatte bis zuletzt gehofft, seine Familie bald wiederzusehen. Stattdessen verließ das Schiff die Erde mit immer höherer Geschwindigkeit. Mit jeder Sekunde entfernte er sich von seiner Familie. Er wusste nicht, wohin das Schiff steuerte und ob sie jemals wieder zurückkehren würden. Er versuchte sich zu beruhigen, einen klaren Gedanken zu fassen. Aber sein Zorn und seine Verzweiflung vermischten sich mit Panik und größter Verlustangst. *Wo ist dieser verfluchte Tim? Warum hat er mir nichts gesagt? Was mach ich denn jetzt nur?* Der verzweifelte Mensch versuchte sich zu beruhigen, aber seine Gedanken sprangen hin und her. Sein anderer Freund fiel ihm ein. *TikTik, Teleportation! Maschinendeck!* Bob verließ das Labor. Er rannte so schnell er konnte zum nächsten Lift im Subknoten 9. »Maschinendeck! Los, mach schon! Zum Maschinendeck, du verdammtes Scheißding!«, brüllte er den Aufzug an.

Wenige Augenblicke später, war Bob auf dem Maschinendeck. Er lief zum Hauptmaschinenraum, wo sein Freund TikTik üblicherweise seinen Dienst tat. Am Ende des Ganges erreichte Bob schließlich den Maschinenraum. Die Türen öffneten sich, er trat ein. Der Erdling war völlig außer Atem. Er schaute sich um und sah TikTik. Der außerirdische Ingenieur stand gerade an einer Kontrolleinheit. Er justierte etwas mit einem Werkzeug.

»TikTik!«, rief Bob und eilte zu seinem Freund.

TikTik sah Bob. Ein Lächeln erfüllte sein Gesicht. »Hey Bob, mein Freund. Was für eine angenehme Überraschung«, sagte das Alien. »Was ist los, warum atmest du so schwer«, fragte er besorgt.

Bob kam näher und stellte sich vor das kleine Alien, das ihm etwa bis zum Bauchnabel ging. »TikTik, du musst mir helfen. Ich finde Tim nicht! Wir fliegen weg! Weg! Verstehst du? Ich weiß nicht, was ich tun soll!«

Das Lächeln verschwand aus TikTiks Gesicht. Er zeigte auf eine Werkzeugkiste in der Ecke. »Komm, wir setzen uns lieber.«

Sie gingen rüber zu der Kiste und setzen sich drauf.

»Beruhige dich erstmal und komme wieder zu Atem. Und dann sagst du mir, was los ist, einverstanden?«

»Was los ist? Wir fliegen weg! Weg von der Erde! Weg von meiner Familie! Das ist los!«, rief Bob.

TikTik sah Bob an. Irgendwas stimmte nicht. Bob war doch sonst nicht so.

»Das ist nur ein Routineflug, mein Freund. Kein Grund zur Sorge«, sagte er mit ruhiger Stimme.

»Kein Grund zur Sorge? Wie meinst du das?!«

»Glaube mir Bob. Es besteht wirklich kein Grund zur Sorge.«

Bob fixierte TikTik erwartungsvoll mit seinen Blicken. Warum bestand kein Grund zur Sorge? Was meinte TikTik?

»Schau mal«, sagte TikTik. »Die Sirius war jetzt fast ein Erdenjahr hier draußen. Wir müssen in bestimmten Zeitabständen eine Sternenbasis ansteuern. Für routinemäßige Wartungsarbeiten und die Ablösung der Besatzung. Die nächste Basis ist DC-001 im Delta-Corvi-System, nur 87 Lichtjahre von der Erde entfernt. Also ein Katzensprung, wie ihr auf der Erde zu sagen pflegt«, sagte TikTik.

»Heißt das, wir kehren bald wieder zur Erde zurück?«, fragte Bob. Hoffnung keimte kurz in ihm auf, wurde aber sogleich wieder von der Antwort des Aliens zunichte gemacht.

»Das ist unwahrscheinlich. Unser Forschungsauftrag in diesem Sektor ist abgeschlossen. Ich glaube nicht, dass wir wieder hierher beordert werden.«

Bob sprang auf und fuchtelte wild mit den Armen. »Scheiße, so eine verdammte Scheiße!«, schrie er laut.

Er nahm eine Werkzeugkiste, die neben der Kiste lag auf der TikTik noch saß und schleuderte sie gegen die Wand. TikTik erschrak heftig. Er zuckte zusammen, als die Kiste zerbarst und ihr Inhalt in alle Richtungen durch die Gegend flog. Einen so intensiven emotionalen Ausbruch, gepaart mit solch einer unkontrollierten Zerstörungswut hatte er noch nie zuvor bei einem Humanoiden miterlebt. Er verspürte ein wachsendes Unbehagen durch das Verhalten und die unmittelbare Anwesenheit des Menschen. TikTik hob seine Hände. Er hielt sie mit den offenen Handflächen Richtung Bob schützend vor seinen kleinen Körper. »Beruhige dich, Bob. Bitte beruhige dich!«

Bob drehte sich zu TikTik. Er schaute ihm direkt in die Augen. »Ich soll mich beruhigen? Wie soll ich mich beruhigen? Ihr bringt mich 87 Lichtjahre weit weg von meiner Familie und ich soll mich beruhigen? Wie soll das gehen?!«, schrie Bob TikTik an.

»Bitte! Hör auf mich anzuschreien, du machst mir Angst«, sagte TikTik.

Bob nickte mehrmals. Er beruhigte sich nun doch etwas. »Okay, okay, tut mir wirklich leid. Ich bin wieder in Ordnung«, sagte er.

Er setze sich wieder hin, beugte sich nach vorn, vergrub sein Gesicht in seinen Händen und schluchzte. TikTik beobachtete ihn schweigend. Er fühlte ein starkes Unbehagen. Mitleid kam hinzu. Dominierend blieb aber das erste Gefühl. Bob richtete sich wieder auf und drehte sich zu dem kleinen Alien. »Was soll ich denn jetzt bloß tun, TikTik? Wie komme zurück zu meiner Familie? Soll ich mich etwa damit abfinden, dass diese verfluchten Aliens meine

Frau und meine Kinder umbringen, während ich tatenlos auf einer gottverdammten Sternenbasis am Arsch der Welt festsitze?«

TikTik nickte. »Ich verstehe. Du kannst es natürlich nicht wissen«, sagte er.

»Was meinst du? Was kann ich nicht wissen?«, fragte Bob.

»87 Lichtjahre erscheinen dir sicherlich wie eine unüberbrückbare Distanz. Aber dank unserer Technologie ist das eine nicht nennenswerte Strecke. Wir hatten mal kurz darüber gesprochen.«

Bob schaute zu TikTik. Der Ingenieur stand auf. »Komm mit, ich zeige dir etwas.«

Bob zögerte kurz, stand dann ebenfalls auf und folgte dem Alien. TikTik brachte den Menschen zu einer Kontrolleinheit von der Größe eines herkömmlichen 65 Zoll Plasmafernsehers. Die Einheit war vor einem runden Raum installiert, der Platz für drei Personen bot.

TikTik zeigte auf das Steuerelement. »Ich will nicht zu sehr ins Detail gehen. Das würde dich nur überfordern. Aber wir können mit dieser Vorrichtung in nur Bruchteilen von Sekunden Distanzen von mehreren Tausend Lichtjahren zurücklegen. Wir könnten dich also von jedem Ort dieses Quadranten problemlos auf die Erde zurückschicken, ohne merklichen Zeitverlust. Du siehst also, du sitzt nirgendwo fest«, sagte TikTik.

»Mit dem Ding da?«, fragte Bob, mit dem Finger auf die Kontrolleinheit zeigend.

»Ja, genau. Das ist die Steuerung von dem Teleporter. Erinnerst du dich?«, fragte TikTik. »Wir hatten letztens auf dem Panoramadeck kurz darüber gesprochen.«

»Ja!«, rief Bob. »Moleküle auflösen und so was!«

TikTik nickte. »Richtig. Die notwendigen Einstellungen werden an diesem Steuermodul vorgenommen.«

Er verließ die Kontrollstation und machte ein paar Schritte in den runden Raum. Mit einer Handbewegung an einem Display öffnete er den Eingang zum Innenraum des Teleporters. »Der

Reisende begibt sich dort hinein. Schon im nächsten Augenblick befindet er sich am Zielort.«

»Heißt das, diese Maschine kann mich jetzt gleich zu meiner Familie zurückschicken?«, fragte Bob. Er spürte, wie sein Herz stärker und schneller schlug.

»Theoretisch ja«, sagte TikTik. »Teleportieren ist ein simpler Routinevorgang.« Er versuchte ein Lächeln hervorzubringen, um den gestressten und Adrenalin geladenen Menschen zu beruhigen. Um die Situation etwas zu entspannen. Mit wenig Erfolg. Ganz im Gegenteil. Bobs Mimik änderte sich schlagartig. Sein Blick wurde sehr ernst. »Schick mich nach Hause! Sofort!«, sagte der Mensch fest entschlossen. Seine Stimme klang sehr bedrohlich. Das gekünstelte Lächeln aus TikTiks Gesicht verschwand, als er die Veränderung in Bobs Gesichtszügen erkannte. TikTik schloss die Tür zu dem Raum, trat instinktiv einen Schritt zurück. »Bob, das kann ich leider nicht. Selbst wenn ich es könnte, ich darf es nicht«, erklärte er, während er ganz sachte weitere Schritte zurück machte.

Bob kam langsam auf TikTik zu. Der Mensch hatte das kleine Alien fest im Blick. »Du hast gesagt, du kannst es. Also schick mich zurück zu meiner Familie. Jetzt sofort!«

TikTik wich weiter zurück. Er hob wieder seine Hände schützend vor seinen Körper. »So einfach ist das nicht. Wir fliegen gerade mit mehrfacher Lichtgeschwindigkeit. Da ist ein sicherer Transport unmöglich. Deine Moleküle würden sich unkontrolliert im Weltraum rematerialisieren. Du würdest förmlich in deine Atome zerlegt werden, dein Muster wäre unwiederbringlich verloren.«

Bob ging weiter auf TikTik zu. »Ich flehe dich an. Bring mich zurück. Bitte! Tim hat gesagt, es gibt keine Hoffnung für uns Menschen. Wir werden sowieso alle umgebracht. Lass mich wenigstens bei meiner Familie sein, wenn es so weit ist.«

TikTik bekam Gänsehaut. Angstschweiß lief ihm von der Stirn an den Schläfen entlang runter bis zu seinem Kinn. Seine beiden

Herzen pochten in seinem Brustkorb. »Bob, es ist technisch nicht möglich. Das Schiff muss dafür deutlich unter Lichtgeschwindigkeit. Ich kann das von hier aus nicht beeinflussen. Das können nur der Steuermann und der Navigator von der Hauptbrücke aus. Selbst wenn wir unter Lichtgeschwindigkeit fallen, darf ich niemanden ohne Autorisation des Captains transportieren. Versteh doch bitte.«

»Nein, versteh du doch!«, brüllte Bob. »Sie wollen mich und meine Familie und alle anderen töten! Ich will nur noch runter von diesem verfluchten Schiff. Warum hilfst du mir nicht? Ich dachte, wir wären Freunde!«

TikTik zuckte zusammen. Er blieb einige Sekunden reglos stehen. Dann fing er sich wieder, drehte sich um und eilte mit schnellen Schritten Richtung Ausgang.

Bob erkannte, dass TikTik ihn stehen lassen und flüchten wollte. »Hey, wo willst du hin? Bleib hier!«, brüllte er und lief dem verängstigten Ingenieur hinterher.

Der Mensch erwischte das wehrlose Alien schon nach wenigen Schritten. Er packte es von hinten am Kragen seines Overalls. »Du sollst hierbleiben, habe ich gesagt«, schrie Bob außer sich. Er drehte sich Richtung Teleporter und wuchtete das ihm körperlich weit unterlegene Alien vor sich. Mit einem festen Griff am Kragen trieb er TikTik vor sich her zur Kontrolleinheit. TikTik konnte Bob physisch nichts entgegensetzen.

»Bob, bitte hör auf! Das bringt doch nichts. Du machst alles nur noch schlimmer!«, rief TikTik mit zittriger Stimme. Er war chancenlos und versuchte gar nicht erst sich zu befreien.

»Ihr wollt meine Familie umbringen! Wie kann es noch schlimmer werden?«, schrie Bob.

Nach einigen Schritten erreichten Bob und TikTik das Steuermodul.

»Los, mach schon! Bring mich zurück!«, forderte Bob ihn vehement auf. Er deutete dabei mit einem Nicken auf die Kontrolleinheit. Er stand hinter TikTik, hatte ihn noch immer fest im Griff.

»Ich sage doch, es geht bei dieser Geschwindigkeit nicht. Es ist technisch unmöglich. Warum glaubst du mir denn nicht?«, fragte TikTik voller Angst.

Bob packte TikTik am Nacken. Er drückte das hilflose Alien in Richtung Steuerkonsole. Das Herz des Menschen raste. Er spürte kalten Schweiß am ganzen Körper und brüllte TikTik völlig enthemmt an: »Dann streng deine beschissenen 1000 Billionen grauen Zellen an! Lass dir etwas einfallen, verdammte Scheiße!«

»Bob bitte, ich will dir ja helfen. Aber das, was du verlangst, ist nicht möglich!«

»Seitdem ich an Bord bin, erzählt ihr mir, wie böse und feindselig, wie Scheiße wir Menschen sind! Dass wir wertlos sind wie Ungeziefer! Dabei habe ich keinem von euch etwas getan! Keinem! Ich war immer freundlich zu euch, zu jedem von euch! Ich habe mich geduldig an alle Regeln gehalten! Ich habe dir immer geholfen, wenn du meine Hilfe gebraucht hast! Ich habe keine Probleme gemacht, wollte nur zurück nach Hause. Zu meinen Kindern! Zu meiner Frau! Ist das etwa zu viel verlangt?«

»Bob, nicht! Bitte, ich ka-.«

All die aufgestaute brennende Frustration in seiner Seele, seine in diesem einen Augenblick entfesselte Wut in seinem Herzen, beides verschmolz mit dem Adrenalin in seinen Adern. Die durch diese zerstörerische Kombination stark gesteigerte, unkontrollierbare Körperkraft übermannte den überforderten Menschen und er wuchtete TikTiks Gesicht mit all seiner Kraft gegen die Kontrolleinheit. »Ist das zu viel verlangt, fragte ich dich?«, brüllte Bob und schmetterte den Kopf des benommenen, blutenden Aliens erneut gegen die Konsole. »Und jetzt schick mich nach Hause, du mieses Alienschwein! Du bist doch so ein beschissenes Genie!« Ein letztes Mal schlug Bob den Kopf von TikTik gegen das massive Gehäuse. Der zierliche Kopf des Aliens schlug diesmal besonders hart auf. Die Schädelknochen zerbarsten an mehreren Stellen. Die Kopfhaut platzte auf, sie riss an mehrere Stellen weit auf. Gehirnmasse und Blut traten aus den offenen Bruchstellen und klaffenden Wunden aus. Plötzlich spürte Bob, wie TikTiks Muskeln erschlafften. Er löste seinen Griff vom Nacken des Aliens. TikTiks lebloser Körper sackte sofort zu Boden. Bob machte erschrocken ein paar Schritte zurück. Er presste seine Hände vor seinen Mund. Seine Knie gaben nach. Er sackte ebenfalls in sich zusammen. Aus dem Mund, der Nase, den Ohren und aus mehreren Platzwunden am Kopf von TikTik ergoss sich Blut auf den Boden. Es bildete sich eine sich immer weiter ausbreitendende Blutlache um das tote Alien herum. Bob saß wie versteinert auf dem Boden. Er starrte mit weit aufgerissenen Augen auf den regungslosen Körper seines Alien-Freundes. Bob fühlte keinerlei Erleichterung nach seinem Gewaltexzess, bei dem er sich seinem Zorn hingegeben und ihn auf die brutalste Art und Weise ausgelebt hatte. Eine Katharsis trat nicht ein. Dafür aber ein ganz schreckliches Gefühl einer unerträglichen und endgültigen Schuld, die er auf sich geladen hatte.

***

18

Nichts ahnend von den Ereignissen auf dem Maschinendeck, betrat Tribandum den Besprechungsraum des Vorsitzenden des Ethikrates. Der Raum befand sich ein Deck unter dem Wissenschaftsdeck. Tribandum erblickte sogleich seinen Sohn Tegemun, der an seinem Schreibtisch saß. »Hallo, Sohn. Wie geht es dir?«, fragte er freundlich.

Tegemun hob seinen Blick. Er schaute Tribandum an, ohne eine Miene dabei zu verziehen. »Da es sich hier um eine offizielle Angelegenheit handelt, bevorzuge ich die förmliche Anrede.«

Tribandum schüttelte ungläubig den Kopf. »Wie Sie wünschen, Herr Vorsitzender.« Tegemun senkte seinen Blick wieder auf den Bericht auf seinem Tisch.

»Kommen wir gleich zur Sache. Sie haben beantragt, dass der Ethikrat eine Grundsatzentscheidung treffen soll. Es geht um die Frage, ob bei der Bewertung einer Spezies vor einer geplanten Extrahierung auch die Verhaltensweisen der einzelnen Individuen zu berücksichtigen sind.«

»So ist es«, bekräftigte Tribandum.

»Aus Dr. Cursas Protokoll geht hervor, dass Sie Ihre Kommission davon überzeugt haben, den Menschen eine Bewährungszeit von ganzen 100 Erdenjahren zuzugestehen. Sind Sie tatsächlich der Meinung, dass sich der Homo sapiens zu einer friedlichen Rasse entwickeln könnte?«, fragte Tegemun.

»Die Möglichkeit besteht.«

»Die Empfehlungen Ihrer Kommission gehen mich insoweit nichts an. Ich hoffe nur, Sie liegen nicht wieder falsch mit Ihrer Einschätzung.«

Tribandum versuchte die offene Provokation zu ignorieren, allein es wollte ihm nicht gelingen. Was sollte das ganze? Immer noch derselbe Vorwurf. Nach tausenden von Jahren. »Die allermeisten Benthak waren friedlich! Das weißt du genau, Junge.«

»Mutter würde das sicher anders sehen, wenn sie noch leben würde«, erwiderte Tegemun kalt.

»Hören Sie, Vorsitzender. Das ist weder der richtige Ort noch der richtige Zeitpunkt. Ich bin hier, um meinen Antrag vor Ihrer Kommission zu begründen, nicht um Familienangelegenheiten zu klären.«

»Nur zu, ich höre,« sagte Tegemun. Er sah immer noch in den Bericht, ohne Tribandum eines Blickes zu würdigen.

»Wir haben bereits unzählige Spezies extrahiert. Aufgrund veralteter Richtlinien wurde vom Wissenschaftsrat erwartet, stets die Spezies als Ganzes nach bestimmten Kriterien zu klassifizieren. Das Verhalten und die Charaktereigenschaften der Individuen hingegen wurden komplett ignoriert. Uns Forschern wurde jeglicher direkte Kontakt und jede Kommunikation mit den zu bewertenden Lebensformen untersagt.«

»Wogegen Sie bekanntermaßen in gravierender Weise verstoßen haben. Was mich übrigens nicht im Geringsten überrascht hat.«

»Wer immer nur blind Befehlen gehorcht, aber nicht auf sein Gewissen hört, ist nichts weiter als ein armseliger Diener ohne eigene Überzeugungen und hat bereits jegliche Moralvorstellungen verloren«, sagte Tribandum.

»Ich hoffe doch sehr, dass Sie nicht gekommen sind, um mir eine Philosophiestunde zu geben,« spottete Tegemun. »Kommen Sie zum Punkt. Oder sind Sie fertig?«

»Verstehen Sie denn nicht? Der Mensch an Bord hat unwiderlegbar bewiesen, dass sein individuelles Verhalten nicht mit dem Verhalten seiner Spezies gleichzusetzen ist. Er ist friedlich, sozial, lehnt Gewalt in jeglicher Form ab, ist in keiner Weise aggressiv oder feindselig. Sein Verhalten unterscheidet sich grundlegend vom Verhalten seiner Spezies als Ganzes betrachtet. Das gilt für den allergrößten Teil der Menschen als Individuen. Das sind gesicherte Fakten, die wir nicht ignorieren dürfen. Wenn nicht ausgeschlossen werden kann, dass dieses Phänomen auch bei anderen Rassen zu beobachten ist, muss das fundamentale Auswirkungen auf unsere bisherige Extrahierungspraxis haben. Wir können dann nicht einfach weiterhin ganze Spezies ausrotten, ohne vorher zu klären, ob auch die einzelnen Individuen die Kriterien für eine Extrahierung erfüllen oder nicht.«

Tegemun lehnte sich zurück und erbarmte sich, nun doch nochmal in das Gesicht seines Vaters zu schauen. Auch in diesem Moment dachte er nur, dass er nichts mit diesem alten sturen Mann gemeinsam habe. »Gesicherte Fakten, die durch illegitime Methoden und durch den eklatanten Verstoß gegen die obersten Prinzipien der Kooperation erlangt worden sind. Ich verstehe nicht, warum Titawin solche Fakten als Entscheidungsgrundlage zugelassen hat.«

Tribandum schüttelte den Kopf. »Die stumpfe Antwort eines ignoranten Beamten. Wie kann ein Mann wie Sie über ethische Fragen urteilen, wenn er nicht einmal dazu in der Lage ist, Normen zu hinterfragen, die offensichtliches Unrecht zur Folge haben?«

»Was Recht und Unrecht ist bestimmen nicht Sie, sondern die Jurisdiktion. Wie auch immer. Seien Sie sicher, wir werden Ihren Antrag sehr gewissenhaft prüfen. Meine Berichterstatterin hat Ihren Abschlussbericht bereits vollständig ausgewertet. Die Kommission hat entschieden, dass der Mensch vor der Entscheidung angehört werden soll. Die Anhörung findet in zwei Tagen statt. Anschließend verkünden wir unsere Entscheidung.«

»Wer ist die Berichterstatterin, wenn ich fragen darf? Dr. Cursa?«

»Ja.«

»Ich möchte Bob bei der Anhörung zur Seite stehen.«

»Das dürfte kein Problem sein«, sagte Tegemun. »Hat die Kooperationsregierung schon über Ihre, meiner Meinung nach, zumindest kurzsichtige und fahrlässige, vielleicht sogar gefährliche Empfehlung, den Menschen eine Bewährungszeit zu geben, entschieden?«

»Sagten Sie nicht, die Empfehlung meines Rates würde Sie nicht interessieren?«, erwiderte Tribandum.

»Um genau zu sein, ich sagte, die Empfehlung gehe mich nichts an. Sie und Ihre Kommission haben Ihre Empfehlungen, wir unsere. Ich äußere nur meine Meinung. Sie wissen, was es für Konsequenzen hatte, als Sie das letzte Mal meine Einschätzung ignoriert haben«, sagte Tegemun.

Tribandum durchbohrte seinen Sohn mit einem verächtlichen Blick. »Es war die Einschätzung eines 6-jährigen. Und nein, die Empfehlung des Wissenschaftsrates liegt der Kooperation noch nicht vor. Der Captain hat entschieden, erst die Einschätzung Ihrer Kommission zu meiner anfangs besprochenen Grundsatzanfrage abzuwarten. Anschließend wird er Ihr Urteil dazu, zusammen mit unserer Empfehlung einer Bewährungszeit, einer Regierungsdelegation auf Sternenbasis DC-001 persönlich übergeben.«

»Es ist mir noch immer ein Rätsel, wie Sie Titawin davon überzeugen konnten, die Menschen, wenn auch nur vorübergehend, zu verschonen,« sagte Tegemun.

»Ich kann Sie beruhigen, er stimmte dagegen.«

Tegemun nickte. »Dann dürfte alles geklärt sein. Aber eine Frage habe ich noch.«

»Stellen Sie Ihre Frage, Herr Vorsitzender«, sagte Tribandum.

»Wieso setzen Sie sich so sehr für diesen Menschen und seine Rasse ein? Ist es, wie einige auf dem Schiff behaupten, weil Sie, so wie die Menschen, biologisch gezeugt worden sind?«, fragte Tegemun.

Tribandum stand abrupt auf. Er hatte genug. »Meine Herkunft und meine Abstammung stellen in dieser Angelegenheit keine relevanten Parameter für meine Beurteilung des Homo sapiens dar. Wenn Sie meinen Abschlussbericht gelesen hätten, wüssten Sie das auch. Wenn weiter nichts ist, entschuldigen Sie mich jetzt bitte.«

Tegemun nickte. Tribandum drehte sich um und ging Richtung

Ausgang. Kurz bevor er die Tür erreichte, hörte er Tegemun sagen: »Ich frage nur, weil ausnahmslos alle anderen auf dem Schiff nichts mit dieser primitiven Spezies gemeinsam haben und die Angelegenheit objektiv betrachten. Sie bilden die einzige Ausnahme.«

Tribandum blieb stehen. Er schwieg kurz und starrte vor sich hin. Er atmete einmal tief durch, drehte sich um und ging mit festem Blick und schweren, langsamen Schritten auf seinen Sohn zu. Er stellte sich direkt vor den Tisch, beugte sich vor und stützte sich mit beiden Händen an der Tischkante ab. Er schaute Tegemun von oben herab tief in die Augen. Seine Nackenhaare hatten sich aufgerichtet, er atmete tief ein und aus. Sein Brustkorb wölbte sich dabei jedes Mal merklich vor und zurück. Er wirkte einschüchternd auf seinen Sohn, der ihn mit großen Augen anschaute. Tribandum merkte die Verunsicherung, die seine Körpersprache und seine Mimik in Tegemun ausgelöst hatten.

»Du hast ja keine Ahnung, Junge«, sagte er schließlich mit seiner tiefen Stimme. »Du hast mehr gemeinsam mit Bob und all den anderen Menschen, als du dir vorstellen kannst. Weder du noch die anderen seid mehr wert als er oder seinesgleichen.«

»Worauf wollen Sie hinaus?« Schließlich platze es aus Tribandum heraus:

»Du bist das Resultat einer wahren Liebe zwischen einer Frau und einem Mann. Das Ergebnis eines erfüllten Kinderwunsches von sich liebenden Eltern. So wie es die Natur vorgesehen hat. Ein über alle Maßen geliebtes Kind, entstanden aus einer wahren Liebe zwischen deiner Mutter und mir. Sie war mit dir schwanger, hat dich ausgetragen, geboren und gestillt. Du bist genauso biologisch gezeugt wie sie, wie ich, wie deine Großeltern. Und wie die Menschen!«

»Nein! Du lügst!«, schrie Tegemun.

»Deine behördliche Zeugungsurkunde aus dem Reproduktionslabor, deine Zeugungskennziffer, dein Produktionsdatum, deine angeblich im Reagenzglas genetisch optimierten Fähigkeiten, auf die du dir immer so viel eingebildet hast, alles Fälschungen, alles nur eine große Lüge. Ich habe alles auf Wunsch deiner Mutter arrangiert, weil sie nicht wollte, dass du jemals in deinem Leben wegen deiner Abstammung von hirnlosen Rassisten diskriminiert und ausgegrenzt wirst. Aber wie ich feststellen muss, bist du keinen Deut besser als die Ignoranten, vor denen dich deine Mutter immer schützen wollte. Sie würde sich für dich schämen, Junge.«

Tegemun starrte seinen Vater mit großen Augen und geöffneten Mund an. »Was sagst du da?«, fragte er schließlich mit zitternder Stimme.

»Ich habe deiner Mutter versprochen, es dir niemals zu sagen. Aber wenn sie miterlebt hätte, wie du selbst zu einem selbstgerechten, rassistischen Bürokraten verkommen bist, der in seiner unerträglichen Arroganz nur aufgrund seiner Rasse von seiner eigenen Überlegenheit gegenüber anderen Spezies überzeugt ist, hätte sie es dir selbst gesagt, um dir Demut und Nächstenliebe beizubringen. Du weißt gar nicht, was das ist, nicht wahr, Junge? Du bist bemitleidenswert.« Tribandum richtete sich langsam wieder auf, wobei er Tegemun weiterhin fest in die Augen starrte. »Jetzt entschuldigen Sie mich, Herr Vorsitzender. Ich habe Besseres zu tun, als meine Zeit mit Ihnen zu verschwenden.« Tribandum drehte sich erneut um und verließ den Raum.

Tegemun saß regungslos mit offenem Mund auf seinem Sitz. Er brachte kein Wort heraus, starrte nur wie paralysiert Tribandum hinterher. Noch lange, nachdem dieser den Raum bereits verlassen hatte.

***

19

Captain Kaan saß an seinem Tisch. Er studierte die neuen Einsatzbefehle, die er soeben von der Kooperation erhalten hatte. Nach einem kurzen Aufenthalt auf der Sternenbasis DC-001 sollte sein Raumschiff sich zum Lambda-Sol-System am äußeren Rand des Alpha-Quadranten begeben. Sein neuer Auftrag lautete, die Situation einer Kolonie auf Terazed 8, etwa 20 Parsec von der jetzigen Position der Sirius entfernt, auf eine möglicherweise bevorstehende Nahrungsknappheit für die dort lebenden Siedler zu untersuchen. Die Wissenschaftler an Bord sollten zudem berechnen, wie viel verwertbare Nahrung in Form von Proteinen und Nahrungsfett aus der Biomasse der etwa acht Milliarden Menschen der Erde gewonnen werden konnte. Für den Fall, dass die menschliche Nahrungsressource zum Einsatz käme, verlangte die Kooperation, dass ein detailliert ausgearbeiteter logistischer Frachtplan bereitlag. Der Captain schüttelte den Kopf. *Nahrung für eine höher entwickelte Rasse. Das Cargolis-Muster scheint sich zu wiederholen. Tribandum hatte mit jedem Wort recht.*

Eine Meldung über das visuelle Kommunikationssystem kam herein. Der Captain öffnete die Liveübertragung aus dem Gesundheitsdeck. Eine medizinische Offizierin erschien als kleines Hologramm auf dem Schreibtisch des Captains.

»Was gibt es, Doktor?«

»Entschuldigen Sie die Störung, Captain. Aber wir haben hier ein ernsthaftes Problem. Wir empfangen keine Vitalzeichen mehr von Chefingenieur TikTik«, sagte die Ärztin.

»Keine Vitalzeichen? Was soll das heißen?«

»Captain, der Chefingenieur ist tot.«

»Was sagen Sie da? Tot?«, fragte der Captain.

»Wir können uns das nicht erklären, Sir. Vor einigen Minuten war er noch bei bester Gesundheit und verrichtete seinen Dienst auf dem Hauptmaschinendeck. Plötzlich sind aber keine Lebenszeichen mehr messbar. Meldungen über einen Unfall oder Unregelmäßigkeiten im Maschinendeck gibt es nicht. Auch keine Anzeichen für einen technischen Defekt an den Instrumenten. Alles ist normal. Entweder er hat sich selbst umgebracht oder …«

»Oder was, Doktor?«

»Oder jemand hat ihn getötet, Captain.«

»Ein Mord?«, fragte der Captain. »Doktor, es hat seit Jahrhunderten keinen Mord mehr gegeben!«

»Das muss auch nicht sein, Captain. Er könnte durch die Fahrlässigkeit eines anderen Besatzungsmitgliedes zu Tode gekommen sein. Im Moment wissen wir nur, dass TikTik nicht mehr am Leben ist. Über die Todesursache lässt sich derzeit nur spekulieren«, sagte die Ärztin. »Ein Sicherheitsteam sollte das vor Ort untersuchen.«

»Ich werde sofort ein Team hinschicken. Sie begeben sich auch dort hin. Wir treffen uns da. Unternehmen Sie nichts, bevor das Sicherheitsteam eingetroffen ist! Haben Sie verstanden?«

»Aye, Sir.«

Der Captain beendete die Kommunikation und stellte eine Verbindung zum Sicherheitsdeck her.

»Ja, Captain?«, meldete sich ein Sicherheitsoffizier.

»Schicken Sie sofort ein Team zum Hauptmaschinenraum und benachrichtigen Sie den Wissenschaftsoffizier Tribandum. Er soll sich unverzüglich auch dorthin begeben. Ein weiteres Team soll den Menschen ausfindig machen und in Gewahrsam nehmen. Seien Sie äußerst vorsichtig. Es gibt vermutlich einen ungeklärten Todesfall!«

»Aye, Sir!«

Der Captain stand auf und machte sich eilig auf den Weg. Eine böse Vorahnung begleitete ihn. *Lass es nicht das sein, was ich befürchte.*

Tribandum war währenddessen auf dem Weg zurück in sein Quartier. War er zu hart mit Tegemun ins Gericht gegangen? War es richtig gewesen, das Versprechen, das er seiner Frau gegeben hatte, zu brechen? Spielte das alles überhaupt noch eine Rolle? Sie war seit über 4000 Jahren tot. Sein Sohn hasste ihn dafür. Das Einzige, was ihm in seinem Leben geblieben war, war seine Arbeit als Forscher. Er würde mit ziemlicher Sicherheit spätestens nach dem Abschlussbericht der Ethikkommission und der Entscheidung der Kooperation sowieso aus dem Wissenschaftsrat ausgeschlossen werden. Seine Laufbahn als Forscher wäre damit vorbei. Sein letzter Lebensinhalt zerstört. Sollte es das gewesen sein? Hatte er damals wirklich richtig entschieden? Oder hatte er alles verspielt wegen falscher Überzeugungen? Wegen überhöhter Moralvorstellungen? Vielleicht waren die Benthak doch nicht so friedlich gewesen und die anderen hatten recht. Womöglich würde seine Frau noch leben und sein Sohn ihn lieben, wie ein Sohn seinen Vater lieben sollte, wenn er auf die anderen gehört hätte. Vielleicht war es doch richtig gewesen, die Cargol zu opfern, um eine höhere Spezies zu retten. So war nun mal die natürliche Nahrungskette strukturiert. Möglicherweise lag er auch mit den Menschen falsch. Was ist, wenn sie ihre Bewährungszeit bekommen und die Erde dann zerstören? All die anderen Lebewesen mit ins Verderben stürzen? *Eigentlich spricht bei objektiver Betrachtungsweise alles dafür, dass es schon innerhalb kürzester Zeit genauso kommen wird, und so gut wie nichts dagegen. Andererseits darf ich nicht ignorieren, was die Zeit mit Bob ganz klar gezeigt hat. Menschen sind nicht alle nur aggressiv und feindselig.* Tribandum versuchte seine Gedanken zu sortieren. *Du bist aufgewühlt und durcheinander. Das Treffen mit deinem Sohn hat dich mitgenommen. Das ist normal, konzentriere dich jetzt nur darauf, deinen Forschungsauftrag Kolonie Blau03 zu Ende bringen.*

Eine Durchsage über das Audio-Kommunikationssystem holte

Tribandum aus seiner konfusen, ungeordneten Gedankenwelt zurück in seine derzeit ziemlich trostlose reale Welt.

»Wissenschaftsoffizier Tribandum, begeben Sie sich bitte umgehend zum Hauptmaschinendeck. Das ist eine Order der Priorität Alpha-Zero«, hörte Tribandum das Kommunikationssystem ausrufen.

Alpha Zero? Was soll das?

Das »Alpha« im Prioritätscode bedeutete, dass die Order direkt vom Captain kam. ›Zero‹ stand dafür, dass die Order ohne Aufschub sofort zu befolgen war. Dieser Code war auf der Sirius bisher noch nie benutzt worden. Zumindest nicht über das Audio-System und nicht, solange Tribandum an Bord seinen Dienst tat. Die Order wiederholte sich. Tribandum erhöhte deutlich sein Schritttempo und machte sich auf den Weg zum Liftsystem im Subknoten 12. Er spürte ein ganz mieses Gefühl in der Magengrube. *Bob.*

Der Captain hatte inzwischen den Hauptmaschinenraum erreicht. Das Szenario, das ihn dort erwartete, übertraf seine schlimmsten Befürchtungen. Bob war in einem Kraftfeld gefangen. Er saß zusammengekauert und apathisch auf dem Boden. Zwei Sicherheitsleute flankierten das Kraftfeld. Die Ärztin kniete mit einer Assistentin vor TikTiks Leiche und untersuchte sie. Als sie den Captain sah, stand sie auf und ging schnell auf ihn zu. Die Assistentin setzte die Untersuchung von TikTiks leblosem Leib fort. Das tote Alien war inzwischen blass, steif und kalt.

»Captain«, sagte die Ärztin.

»Was ist hier los, Doktor?«

»Er hat multiple Frakturen im Schädelknochen. Massive Hirnblutungen, mehrere Knochensplitter im Encephalon sowie Quetschungen und Prellungen des Vorderhirns. Das Nasenbein und das rechte Jochbein weisen ebenfalls mehrere Frakturen auf. Die Verletzungen am Kopf, verursacht durch mehrere, kurz aufeinanderfolgende traumatische Erlebnisse in Form von stumpfer Gewalteinwirkung von außen, haben zu seinem Tod geführt.«

Der Captain trat näher an die Leiche des Chefingenieurs. Er sah sie sich eine Weile voller Entsetzen an. Dann wandte er sich sichtlich betroffen ab, drehte sich zu dem Kraftfeld und zu Bob. Der Erdenmann vermied jeden Blickkontakt. Der Captain schaute wieder zu seiner medizinischen Offizierin. »Was ist hier passiert?«

Die Ärztin zeigte zur Kontrolleinheit des Teleporters. »Es befinden sich überall Blut und DNA-Spuren von TikTik auf der Einheit. Alles deutet darauf hin, dass jemand, der deutlich größer und kräftiger ist als der Chefingenieur, ihn am Nacken gepackt und seinen Kopf mehrmals gegen diese Konsole gestoßen hat.«

Der Captain drehte sich wieder zu Bob. Er starrte ihn einige Augenblicke fassungslos an. Der Mensch vermied weiterhin jeglichen Blickkontakt. Er starrte einfach nur auf den Boden. Captain Kaan drehte sich zu der Ärztin.

Sie fuhr mit ihrem Bericht fort: »Der Chefingenieur und der Mensch waren zur Tatzeit die einzigen Personen in diesem Raum. Der Erdenmann verfügt über die körperlichen Voraussetzungen und auch über die Kraft, die festgestellten Verletzungen zu verursachen. Zudem haben wir menschliche DNA-Spuren an TikTiks Nacken sichergestellt. Der Mensch hat TikTiks Blut, Schweiß und Speichel an seinen Händen und seiner Kleidung. Es gibt die routinemäßige Sicherheitsaufzeichnung in den Dateien des Wartungssystems für den Teleporter. Die haben wir uns aber noch nicht angesehen. Die Autorisation dafür haben nur der Chefingenieur, der Sicherheitschef und Sie, Captain.«

Der Captain nickte. »Vielen Dank, Doktor. Sorgen Sie dafür, dass die Leiche abtransportiert wird. Führen Sie eine Obduktion durch.«

»Aye, Sir.« Die Ärztin ging zurück zu der Assistentin und gab ihr Instruktionen.

Der Captain machte einige Schritte auf das Kraftfeld zu. Er verschränkte die Arme hinter dem Rücken, starrte den Menschen an. *Ihr Bestien! Ihr* könnt einfach nicht anders.

Die Türen des Hauptmaschinenraumes öffneten sich. Tribandum kam mit großem Tempo herein. Die Türen schlossen sich hinter ihm. Er blieb stehen, sondierte die Situation im Maschinenraum. Ein toter Chefingenieur in einer Blutlache, ein wie gelähmt wirkender Bob in einem Kraftfeld, bewacht von Sicherheitsoffizieren, ein versteinerter Captain, zwei Ärztinnen, die nichts mehr ausrichten konnten. Es traf Tribandum wie ein Schlag. Er verlor seine Körperspannung, nahm eine leicht gebückte Haltung ein. Mit gesenktem Kopf und langsamen Schritten ging er zum Kraftfeld. Er blieb neben dem Captain stehen, starrte auf Bob und schüttelte ungläubig den Kopf. Die beiden Aliens schwiegen nebeneinander, den völlig apathisch wirkenden Menschen beobachtend. Der kauerte weiterhin einfach nur teilnahmslos auf dem Boden. Bob schien nichts mehr wahrzunehmen.

»Captain, wir sind jetzt soweit«, rief die Ärztin aus dem Hintergrund.

Der Captain drehte sich langsam zu ihr. »In Ordnung, Doktor.«

Die Ärztin bediente ein mobiles Steuergerät. TikTiks Körper wurde dematerialisiert und direkt auf das medizinische Deck teleportiert. Die Ärztin und ihre Assistentin verließen den Hauptmaschinenraum.

Der Captain drehte sich wieder zum Kraftfeld. »Schaffen Sie ihn in die Arrestzelle«, befahl er einem der Sicherheitsoffiziere.

»Aye, Sir.«

»Kommen Sie, Tribandum. Auf uns beide kommen jetzt einige sehr unangenehme Dinge zu«, sagte der Captain.

Er drehte sich um und ging zum Ausgang. Tribandum löste seine Blicke von Bob und folgte dem Captain. Sie verließen den Maschinenraum und betraten den Gang.

»Warum hat er das getan?«, fragte der Captain. »Sie waren sich doch sicher, dass der Mensch friedlich ist. Dass er keine Bedrohung darstellt.«

Tribandum schüttelte den Kopf. »Ich weiß es nicht, Captain. Ich lag offensichtlich falsch, mal wieder.«

Captain Kaan blieb stehen. »Tribandum!«, schrie er seinen Wissenschaftsoffizier an. »Das reicht mir nicht!«

Tribandum blieb ebenfalls stehen. Er drehte sich zu seinem Captain, dachte kurz nach. »Captain, ich kann im Augenblick nichts dazu sagen. Ich bitte Sie, das zu verstehen.«

»Aber warum tötet er seinen Freund?«, fragte der Captain.

Tribandum starrte schweigend auf den Boden.

»Schon gut, mein Freund. Ich muss den Menschen sobald wie möglich verhören. Mal sehen, was er zu sagen hat.«

Schweigend setzten sie ihren Weg fort.

»Captain, ich möchte auch mit ihm sprechen.«

»Von mir aus, Tribandum. Viel werden wir für ihn aber nicht mehr tun können, das sollte Ihnen klar sein.«

»Ich bin mir nicht sicher, ob ich das jetzt noch will, Captain.«

***

20

Es war inzwischen Nachmittag. Der Captain saß am Schreibtisch in seinem Bereitschaftsraum. Eine holografische Liveprojektion war ihm zugeschaltet. Eine Videokonferenz mit drei grauen Aliens in Uniformen.

»Captain Kaan, ich bin Xorvus, Direktor der Sternenbasis DC-001. Das sind mein Vize-Direktor Aldron und der Justiz-Offizier Fatu. Wir sind die ranghöchsten Repräsentanten der Kooperation in diesem Sektor«, erklärte das Alien in der Mitte.

»Guten Tag, Direktor Xorvus«, sagte der Captain. »Meine Herren.«

Die Aliens erwiderten die Begrüßung des Captains durch ein Nicken.

»Wann erreichen Sie unsere Sternenbasis?«, fragte Xorvus.

»In drei Tagen.«

»Gut. Ihr vorläufiger Bericht über den Todesfall auf Ihrem Schiff wurde einer summarischen Prüfung durch Fatu unterzogen. Haben Sie dem Vorfall noch etwas hinzuzufügen?«

»Nein, es gibt keine neuen Erkenntnisse. Der Mensch schweigt nach wie vor beharrlich.«

»Ich verstehe. Dann teile ich Ihnen jetzt im Namen der Kooperation das Ergebnis und die Konsequenzen der Überprüfung mit. Die entsprechenden Befehle werden Ihnen im Anschluss übermittelt«, antwortete Xorvus.

»Verstanden.«

»Dem Menschen an Bord wird mit sofortiger Wirkung, der von Ihnen gewährte Asylstatus aberkannt. Er hat keinerlei Rechte mehr und fällt in den Status eines Versuchsexemplars zurück. Sie werden den für ihn verantwortlichen Wissenschaftsoffizier Tribandum anweisen, den Menschen vor Ihrem Eintreffen auf DC-001 einzuschläfern. Das wird zugleich Tribandums letzte Handlung als Wissenschaftsoffizier sein. Sie werden ihn danach vom Dienst suspendieren.«

»Ist für den Ausschluss Tribandums aus dem Wissenschaftsrat nicht der Vorsitzende Titawin zuständig?«, fragte der Captain.

»Selbstverständlich ist er das. Aber wir haben hier eine andere Situation. Tribandum wird nicht vom Wissenschaftsrat ausgeschlossen. Seine Zulassung als Wissenschaftler wird ihm auf DC-001 von Fatu entzogen werden. Der Ausschluss aus dem Wissenschaftsrat tritt als unmittelbare Folge davon kraft Gesetzes ein, ohne dass es eines förmlichen Ausschlusses durch den Vorsitzenden bedarf. Bitte bestätigen Sie die Order.«

»Er verliert seine Zulassung? Finden Sie das nicht etwas überzogen?«

»Was ich denke, spielt keine Rolle, Captain. Bitte bestätigen Sie jetzt die Order.«

»Bestätigt«, antwortete Captain Kaan zähneknirschend.

»Gegen Sie wird eine Untersuchung eingeleitet. Wenn Sie für den Todesfall auf Ihrem Schiff mitverantwortlich gemacht werden, müssen Sie zumindest mit einer Degradierung, im schlimmsten Fall mit der Beendigung Ihrer Laufbahn als kommandierender Offizier rechnen«, sagte Xorvus.

»Sonst noch etwas?«, fragte der Captain mürrisch.

Xorvus überlegte kurz. »Ja, Captain. Ich persönlich finde, Sie und Ihr Wissenschaftsoffizier haben richtig gehandelt. Nach Ihrem Bericht zu urteilen, denke ich, dass es richtig war, dem Menschen Bob eine Chance zu geben. Jeder verdient eine Chance, auch ein Mensch.«

»Danke. Ich weiß das zu schätzen, Direktor.«

Xorvus nickte. »Xorvus, DC-001, Ende.«

Die Projektion verschwand. Der Captain lehnte sich zurück

und verschränkte seine Arme hinter dem Kopf. Er starrte nachdenklich vor sich hin. Sein Vertrauen in diesen Menschen hatte seinem Chefingenieur das Leben, seinem Wissenschaftsoffizier seinen einzigen Lebensinhalt und ihn selbst wahrscheinlich das Kommando über das Forschungsflaggschiff der Kooperation gekostet. Wie konnte seine Entscheidung also richtig gewesen sein? Die Tür öffnete sich. Tribandum trat hinein.

»Captain, haben Sie eine Sekunde?«

Der Captain löste seine Arme wieder, beugte sich in seinem Stuhl nach vorn. »Für Sie immer. Kommen Sie rein.«

Tribandum trat an den Tisch heran und blieb stehen.

Der Captain deutete auf den Sitz vor seinem Tisch. »Setzen Sie sich doch.«

Tribandum nahm Platz.

»Also, was kann ich für Sie tun?«, fragte der Captain.

»Ich möchte mit Bob sprechen.«

»Er ist in einer Arrestzelle auf Deck 5. Er schweigt eisern.«

»Mit mir wird er reden«, beharrte Tribandum.

»Warum sind Sie sich da so sicher?«

»Er vertraut mir.«

Der Captain überlegte kurz. »Tribandum, ich werde offen mit Ihnen reden.«

»Natürlich, Captain.«

»Sie glauben vielleicht, dass Sie den Menschen kennen. Aber Ihre gravierende Fehleinschätzung über seine Friedfertigkeit hatte katastrophale Folgen, wie Sie wissen.«

»Ja, Captain, ich weiß. Ich werde die Konsequenzen dafür tragen.«

Der Captain nickte. »Ich habe mir die Sicherheitsaufzeichnungen aus dem Maschinenraum angeschaut. Dieser Mensch hat sich aufgeführt wie eine wilde Bestie. Er hat den Kopf des wehrlosen TikTik regelrecht an dieser massiven Konsole zerschmettert, ohne auch nur mit der Wimper zu zucken. Da war nichts mehr zu erkennen von dem friedlichen Bob, den Sie zu kennen glaubten.«

Tribandum senkte seinen Blick. Er dachte einige Sekunden nach. Dann hob er seinen Blick wieder. »Ist der Aufzeichnung denn zu entnehmen, wie es zu dem Vorfall gekommen ist? Irgendwelche Hinweise zu den Ursachen für Bobs plötzlichen Gewaltausbruch?«

»Es ist eine visuelle Datei. Keine Tonaufzeichnung. Kurz vor der Tat zeigt TikTik Bob die Steuerkonsole. Dann den Teleporter. Irgendetwas passiert dabei mit dem Menschen. Seine Körpersprache und seine Mimik ändern sich. Alle freundlichen Gesichtszüge verschwinden plötzlich. Nur Augenblicke später begeht er diese unfassbare Gräueltat.«

Tribandum nickte. »Lassen Sie es mich versuchen, Captain. Ich werde herausfinden, was geschehen ist.«

Der Captain zögerte, aber Tribandum blieb hartnäckig. »Ich bitte Sie darum. Ich muss es einfach wissen.«

Was für ein sturer alter Mann. Hat er denn immer noch nicht genug von diesem Menschen, dachte der Captain. »Also schön, versuchen Sie Ihr Glück«, sagte er.

»Aber ich möchte allein mit ihm reden. Von Angesicht zu Angesicht«, erklärte Tribandum.

»Ich kann ihn nicht aus der Arrestzelle lassen. Das wissen Sie doch verdammt.«

»Das müssen Sie auch nicht«, sagte Tribandum. »Ich werde in der Arrestzelle mit ihm reden. Allein.«

»Sie wollen zu ihm in die Arrestzelle?«

»Ja. Für mich ist er keine Bedrohung. Wie Sie wissen, übersteigt meine Körperkraft, die eines Menschen um das Vielfache«, sagte Tribandum.

»TikTik hatte dieses Glück leider nicht.«

Die Männer schwiegen kurz. Schließlich sagte der Captain. »Eines sollten Sie noch wissen.«

»Ja, Captain?«

»Ich habe Order erhalten, Sie anzuweisen, Bob einzuschläfern. Noch vor unserem Eintreffen auf DC-001. Danach muss ich Sie vom Dienst suspendieren. Auf der Sternenbasis wird Justiziar Fatu Ihnen Ihre Zulassung als Wissenschaftsoffizier entziehen. Sie haben also noch drei Tage. Dann war's das für Sie.«

»Ich verstehe, Captain. Es ist in Ordnung. Ich würde jetzt gerne mit Bob sprechen.«

»Ich werde den wachhabenden Sicherheitsoffizier informieren.« Tribandum stand auf. »Danke, Captain.«

»Schon gut. Gehen Sie jetzt.«

Tribandum drehte sich um und ging zur Tür. Bevor er an der Tür angekommen war, rief ihm der Captain zu:

»Tribandum! Es tut mir leid.«

Tribandum nickte, ohne sich umzudrehen und verließ den Raum. Er machte sich direkt auf den Weg zur Arrestzelle. Sein Kopf war voller Gedanken, voller offener Fragen. Was wollte er eigentlich überhaupt noch mit dem Menschen besprechen? Er hatte sich schwer in Bob getäuscht. Sein Fehler hatte ein Besatzungsmitglied das Leben gekostet. Was spielte es da für eine Rolle, warum Bob getötet hatte? Saros-Pis Mimikry-Hypothese fiel ihm wieder ein. Hatte der Mensch tatsächlich seine Friedfertigkeit nur vorgetäuscht, um sich Vorteile zu sichern? Oder war Bob im Grunde doch friedlich und hatte nur aufgrund einer Extremsituation für einen kurzen Augenblick die Beherrschung verloren? Wie würde der Ethikrat diesen tragischen Vorfall bei der Beurteilung der Grundsatzanfrage bewerten? Er hoffte, dass das Gespräch mit Bob einige Fragen klären konnte. Aber wahrscheinlich lag er schon wieder falsch. Vielleicht würde Bob auch nur schweigen wie bisher. Inzwischen hatte Tribandum einen Lift erreicht. Er ging hinein. Die Türen schlossen sich. »Deck 5.«

Der Lift fuhr einige Sekunden abwärts und blieb wieder stehen. Die Türen öffneten sich. Tribandum trat hinaus. Am Ende des Ganges erreichte er den Raum, in dem sich die sechs Arrestzellen befanden. Als er eintrat, erblickte er Bob in Zelle 1, bewacht von einem Sicherheitsoffizier. Die anderen Zellen waren alle leer. Sie waren eigentlich immer leer. Es hatte an Bord bisher nie einen

Grund gegeben, jemanden einzusperren. Tribandum ging zur Zelle 1. Er sah Bob auf der Pritsche sitzen. Der Mensch lehnte an der Wand, die Knie an den Körper herangezogen. Bob hatte sie fest mit seinen Armen umklammert. Sein Kopf war gesenkt. Er schaute teilnahmslos nach unten.

»Guten Tag, Sir«, begrüßte die Wache Tribandum.

Tribandum nickte.

»Sind Sie bereit?«, fragte der Sicherheitsoffizier.

»Ja, lassen Sie mich rein.«

Der Offizier schaltete das Kraftfeld aus, sodass Tribandum in die Zelle treten konnte. Das Kraftfeld wurde wiederaufgebaut.

»Bob.«

Keine Reaktion.

»Bob, ich bin's, Tribandum. Kannst du mich verstehen?«

Keine Reaktion. Tribandum setzte sich neben Bob auf die Pritsche. Er schaute kurz raus. Der Sicherheitsoffizier beobachtete die Situation ganz genau. Tribandum drehte sich wieder zu Bob. »Wenn du nicht reden willst, dann höre wenigstens zu. Ich habe vielleicht gute Nachrichten.«

Bob schien Tribandum vollkommen zu ignorieren. Tribandum war sich nicht sicher, ob Bob ihm zuhörte, ob er überhaupt aufnahmefähig war. Er konnte sich nicht in die physische und psychische Situation eines Menschen hineinversetzen, der kurz zuvor brutal getötet hatte. Tribandum war schlicht überfragt.

»Ich konnte den Wissenschaftsrat überzeugen, der Kooperation zu empfehlen, den Menschen eine Bewährungszeit von 100 Erdenjahren zu gewähren. Wenn die Kooperation dieser Empfehlung folgt, ist deine Familie gerettet«, sagte er.

Wieder keine Reaktion.

»Dir wurde dein Asylstatus aberkannt. Und ich muss …« Er hielt kurz inne und sammelte sich. »Ich muss dich einschläfern, bevor wir die Sternenbasis in drei Tagen erreichen.« Er beobachtete Bob sehr aufmerksam. Aber er konnte keinerlei Veränderung in Bobs Mimik feststellen. »Es ist aber noch nicht zu spät«, sprach Tribandum weiter. »Der Ethikrat wird dich im Rahmen einer Grundsatzentscheidung anhören. Wenn wir den Rat davon überzeugen können, dass du im Grunde friedlich bist und im Affekt gehandelt hast, kommen wir um die Einschläferung vielleicht herum.«

Bob reagierte auch darauf nicht. Tribandum redete weiter auf den Menschen ein. »Die Anhörung ist morgen. Überlege dir bis dahin, und zwar sehr sorgfältig, was du dann sagen wirst.« Keine Regung bei Bob. Tribandum stand auf. »Wenn du nicht mit mir redest, kann ich nichts weiter für dich tun.«

Er gab dem Sicherheitsoffizier ein Zeichen und ging zum Kraftfeld. Der Offizier hob das Kraftfeld auf. Gerade als Tribandum die Arrestzelle wieder verlassen wollte, hörte er Bobs zittrige Stimme: »Seit wann?«

Tribandum blieb stehen. Er drehte sich um. Bob starrte ihn an.

»Wie bitte?«, fragte Tribandum.

»Seit wann?!«, brüllte Bob, so laut er konnte. Tribandum zuckte kurz zusammen. Der Sicherheitsoffizier packte Tribandum am Arm und zog ihn rasch heraus. Dann baute er sofort das Kraftfeld wieder auf.

»Schon gut«, sagte Tribandum zu der Wache. Er blickte wieder zu Bob. »Seit wann was, Bob?«

»Seit wann weißt du von der Bewährungszeit?«, fragte Bob mit finsteren Blicken.

»Seit gestern«, erwiderte Tribandum.

Bob stand auf. Er trat langsam an das Kraftfeld, Tribandum stets fest im Blick.

»Und du hast mir nichts gesagt?«

»Ich wollte erst die Entscheidung der Kooperation abwarten«, sagte Tribandum. »Es kommt nämlich durchaus vor, dass die Kooperation, zwar in seltenen Fällen, aber doch-«

»Halt dein Maul, du verfluchter Außerirdischer! Wenn du mir das gesagt hättest, so wie du es mir versprochen hast, wäre diese ganze Scheiße hier nicht passiert!«, schrie Bob Tribandum an.

Das Alien musterte Bob einige Augenblicke. Aggressiv hatte es den Menschen noch nie erlebt. Es war sich nicht sicher, ob es möglich war, mit Bob in seinem derzeitigen Zustand vernünftig zu reden.

»Was meinst du damit?«, fragte Tribandum nach einem weiteren kurzen Moment des Beobachtens.

»Was ich damit meine? Was wohl? Denkst du etwa, ich habe TikTik zum Spaß umgebracht?«

»Nur du weißt, warum du es getan hast.«

Bob verlor nunmehr komplett die Fassung:

»Er hatte diese Reisemaschine! TikTik hat gesagt, er kann mich sofort nach Hause schicken damit. In der nächsten Sekunde! Ich habe ihn angefleht. Bitte schick mich zurück zu meiner Familie! Sie sind allein da unten und sollen sterben! Ich muss zu ihnen! Aber er wollte es nicht! Er hat sich einfach geweigert!«, schrie Bob. »Da bin ich wütend geworden und es ist passiert! Es tut mir so leid!« Er fing an zu weinen und zu schluchzen.

»Es gibt keine Rechtfertigung für das, was du getan hast«, sagte Tribandum.

Bob wischte sich die Tränen von den Augen. Das Weinen hatte ihn etwas beruhigt. »*Sobald ich etwas Neues erfahre, sage ich es dir, Bob. Ich werde dir helfen, Bob.* Weißt du noch?«, fragte er.

Tribandum beobachtete Bob und schwieg. Bob legte nach:

»Ja, schau dir dein Versuchstier genau an, bevor du es einschläferst.«

Tribandum schwieg weiter.

»Weißt du noch, wie wir auf unsere Freundschaft angestoßen haben?«

»Ja«, sagte Tribandum.

»Dann weißt du auch, was Freundschaft für uns Menschen bedeutet«, sagte Bob.

»Ich weiß nicht mehr, was ich dir glauben kann und was nicht«, erwiderte Tribandum.

»Das spielt jetzt auch keine Rolle mehr. Ein wahrer Freund hätte mir gesagt, dass es Hoffnung für meine Familie gibt.«

»Es gab sie zumindest. Durch den Mord an TikTik, den du übrigens auch deinen Freund nanntest, hast du vielleicht die letzte Hoffnung zerstört.«

Bob senkte den Kopf. Er ging zurück zu der Pritsche, setzte sich hin und vergrub sein Gesicht in seinen Händen. Er fing wieder an zu weinen und zu schluchzen.

Nach einer kurzen Weile sagte Tribandum: »Versuche, deine Gedanken zu sortieren. Morgen ist ein wichtiger Tag.«

Bob hob seinen Kopf, schaute Tribandum tief in Augen. »Ich werde nicht durch die kalte Hand eines Aliens sterben. Ich werde es selbst tun.«

Tribandum starrte ihn schweigend an.

»Wenn es so weit ist, wirst du es mir erlauben. Versprich es!.«

Tribandum sagte nichts.

»Wenn du jemals mein Freund gewesen bist, dann versprich es mir!«

Tribandum schwieg weiter. Sie schauten sich in die Augen. Schließlich nickte das Alien. Bob nickte zurück und vergrub sein Gesicht wieder in seinen Händen. »Jetzt lass mich allein.«

Tribandum schaute ihn noch eine Zeit lang an, bevor er den Raum verließ. Draußen musste er über Bobs Vorwurf nachdenken. War es tatsächlich falsch gewesen, ihm die Entscheidung des Wissenschaftsrates vorzuenthalten?

***

<h1 style="text-align:center">21</h1>

Dr. Cursa betrat den großen Besprechungsraum der Ethik-Kommission. Heute sollte die Entscheidung über Tribandums Grundsatzfrage getroffen und verkündet werden. Der Vorsitzende Tegemun sowie die anderen drei Mitglieder hatten bereits ihre Plätze eingenommen. Cursa begrüßte sie, nahm ebenfalls ihren Platz ein. Tegemun ergriff das Wort. Zunächst protokollierte er Datum und Uhrzeit, anschließend die anwesenden Kommissionsmitglieder nach Namen und Rang. Er eröffnete die Sitzung.

»Dieser Rat wird heute entscheiden, ob bei einer geplanten Extrahierung einer Spezies zusätzlich zu den bereits geltenden Richtlinien eine weitere Prüfung als ethisches Korrektiv zu erfolgen hat«, sagte er und schaute zu Cursa. »Frau Berichterstatterin, bitte, Sie haben das Wort.«

»Danke, Herr Vorsitzender«, sagte Cursa. »Bei der bisherigen Praxis der Extrahierung wurde nur das Verhalten einer Spezies als solche dahingehend überprüft, ob sie sich, ihrer Umwelt oder ihren Mitgeschöpfen schadet. Treffen diese Voraussetzungen zu, kann die Spezies ohne weitere Einschränkungen extrahiert werden, wenn sie eine Typ-0-Zivilisation darstellt. Das ist die aktuelle Rechtslage.« Cursa machte eine kurze Pause, schaute in die Runde. »Dabei ist den Wissenschaftsoffizieren, die die betroffene Spezies erforschen sollen, strikt untersagt, direkt mit einem Vertreter der Spezies zu kommunizieren. Das führt zu dem Ergebnis, dass keinerlei Erkenntnisse aus direkter Kommunikation und Interaktion mit Primärquellen über die Verhaltensweisen der einzelnen Individuen der Spezies erlangt werden können.«

Die Ratsmitglieder folgten den Ausführungen der Berichterstatterin aufmerksam.

»Der Wissenschaftsoffizier Tribandum hat bei seinen Forschungen zu dem Homo sapiens dieses Verbot ignoriert. Er hat den menschlichen Probanden aufgeweckt und einige Wochen mit ihm verbracht. Er konnte trotz eines tragischen Zwischenfalles nachweisen, dass das Verhalten der einzelnen Individuen nicht uneingeschränkt mit dem kollektiven Verhalten der Spezies gleichgesetzt werden kann ...«

***

22

Tribandum hatte die Nacht damit verbracht, über seine Zukunft nachzudenken. Er saß in seinem Quartier und schaute stundenlang aus dem Bullauge ins All. Er beobachtete fasziniert, wie jeder einzelne der unzähligen Himmelskörper einen lang gezogenen Schweif hinter sich herzog. Milliarden von Sternen, Planeten, Quasaren, Nebeln, Schwärmen, Asteroiden, Kometen und sogar ganze Galaxien schienen in einem unendlichen großen, gewaltigen mehrfarbigen Lichtorchester miteinander zu verschmelzen. Bei jedem Flug mit Überlichtgeschwindigkeit war dieses Phänomen zu beobachten. Tribandums erste Forschungsreise mit mehrfacher Lichtgeschwindigkeit lag schon mehrere Tausend Jahre zurück. Er hatte unzählige Male diese scheinbare Fusion des Weltraumes gesehen, aber das Szenario hatte für ihn nicht das Geringste an Faszination verloren. Jetzt war es bald vorbei. Er würde dieses Naturschauspiel, das wie ein lebendiges, sich ständig veränderndes, mehrdimensionales Kunstwerk extremen Ausmaßes wirkte, nie wieder erleben können. In einigen Tagen würde alles vorbei sein. Sein Leben als Forscher, seine Reisen zu neuen Welten, das Erlangen von Erkenntnissen über neu entdeckte Spezies und Kulturen. All das würde jäh enden. Alles, wofür er die letzten Jahrtausende gelebt hatte, sollte in nur wenigen Tagen Vergangenheit sein. Und wofür? Weil er einem Menschen vertraut hatte. Weil er sich für Bob eingesetzt hatte. Seine Selbstzweifel kamen wieder auf. War er wirklich nicht in der Lage, objektive Entscheidungen zu treffen, wie Saros-Pi und Tegemun es sagten? War es tatsächlich eine Schwäche, natürlich gezeugt zu sein, ohne

Optimierung der DNA im Reagenzglas? Oder war es nicht sogar eine Stärke, weil er dadurch in der Lage war, eigene, nicht vorgegebene und implizierte moralische Werte und Überzeugungen zu entwickeln? Möglicherweise war es grundsätzlich eine Stärke und nur er selbst konnte einfach Situationen nicht richtig einschätzen. Seine Gedanken sprangen hin und her. Eine Nachricht durch den Audiokommunikator kam herein. Es war die Stimme von Tegemun. »Wissenschaftsoffizier Tribandum, Sie werden mit dem Menschen im großen Besprechungsraum der Ethik-Kommission zur Anhörung erwartet.«

Tribandum stand auf. »Ich bin auf dem Weg.«

»Ein Sicherheitsteam hat den Menschen bereits hergebracht. Wir erwarten Sie in Kürze und beginnen erst, wenn Sie anwesend sind.«

»Danke«, sagte Tribandum.

»Tegemun, Ende.«

Tribandum verließ sein Quartier und machte sich auf den Weg zum nächsten Lift. Er hatte zwar gebeten, bei der Anhörung von Bob dabei zu sein, aber nach seinem letzten Kontakt zu ihm in der Arrestzelle hatte er keine große Lust mehr, Bob jemals wieder zu sehen. Er erreichte einen Lift. »Deck 7.« *Wenn ich ihm gesagt hätte, dass es Hoffnung auf eine Bewährungszeit gibt, wäre das dann wirklich nicht geschehen?*

Tribandum schwirrten seit dem Vorfall im Maschinenraum viele Fragen im Kopf, aber keine Antworten, um seine quälenden Gedanken zum Schweigen zu bringen. Den Sitzungssaal des Ethikrates betrat er mit gemischten Gefühlen. Er sah sogleich Bob. Gefangen in einem Kraftfeld in der Mitte des Raumes, positioniert vor dem U-förmigen Konferenztisch der Kommission, keine fünf Meter von dem Sitz des Vorsitzenden Tegemun entfernt. Zwei Sicherheitsoffiziere bewachten die mobile Arrestzelle auf beiden Seiten.

»Guten Tag, Tribandum. Nehmen Sie bitte Platz«, sagte Tegemun. Der Vorsitzende deutete auf einen Sitz rechts von Cursa, der sich etwas nach vorn versetzt befand. Tribandum nahm Platz.

»Die Kommission beginnt jetzt mit der Anhörung des Menschen Bob von der Erde«, sagte Tegemun. Er richtete seinen Blick auf Bob. »Du bist Bob von der Erde?«, fragte er in Bobs Sprache.

Bob schwitzte, blickte unruhig umher und sondierte den Raum. Er schaute immer wieder Hilfe suchend zu Tribandum. Dieser erwiderte kurz den Blick, wandte sich dann aber ab.

»Verstehst du mich nicht?«, fragte Tegemun nach.

Bob sagte nichts, er schluckte nur und schaute zu Tribandum. Tribandum bemerkte es. Er spürte Mitleid mit dem zutiefst verängstigten Menschen in sich aufkommen. Schließlich erwiderte er Bobs Blicke. Dann sah er zu Tegemun. »Herr Vorsitzender, lassen Sie ihn raus. Dann wird er sich beruhigen und Ihre Fragen beantworten.«

»Der Mensch bleibt da drin. Ich werde nicht riskieren, dass noch jemand sein Leben verliert«, erwiderte Tegemun.

Tribandum blieb hartnäckig. »Sehen Sie denn nicht? Er hat Angst in dieser engen Zelle. Lassen Sie ihn frei. Was soll er denn schon tun? Es wird nichts geschehen.«

Tegemun beugte sich zu Cursa. Sie unterhielten sich kurz leise. Schließlich nickte Cursa mehrmals. Tegemun drehte sich zu einem der Sicherheitsleute. »Sicherheitsoffizier, erfassen Sie sein Muster. Bei der geringsten verdächtigen Bewegung transportieren Sie ihn sofort zurück in diese Zelle.«

Der Sicherheitsoffizier nickte, nahm eine Einstellung am Kraftfeld vor und nickte Tegemun zu. »Bereit.«

»Behalten Sie ihn im Auge!«, befahl Tegemun.

»Natürlich«, sagte der Sicherheitsoffizier.

»Also los.«

Das Kraftfeld wurde deaktiviert. Bob trat hinaus. Er hatte Tränen in den Augen. »Danke«, brachte er mühsam hervor.

»Schon gut«, sagte Tegemun. »Also du bist Bob von der Erde?«

»Ja und es tut mir unendlich leid!«, sagte Bob. Er fing an zu schluchzen.

Die Ratsmitglieder schauten Bob mit großen Augen an. Tegemun blickte zu Tribandum. »Was ist mit ihm?«

»Nichts weiter, er weint. Das ist harmlos«, sagte er.

»Es geht schon wieder«, sagte Bob. Er wischte sich mit den Handrücken die Tränen von den Augen.

»Warum hast du TikTik getötet?«, fragte Tegemun.

»Bitte glauben Sie mir, ich wollte es nicht. Ich bereue es sehr. Ich würde alles tun, um es ungeschehen zu machen.«

»Wenn du es nicht wolltest, warum hast du es dann getan?«, fragte Tegemun.

»Das war nicht ich. Verstehen Sie das? Das war mein Beschützerinstinkt, der mich einfach übermannt hat. Ich habe für einen kurzen Augenblick komplett die Beherrschung verloren.«

»Ein Besatzungsmitglied ist dabei auf grausame Weise ums Leben gekommen«, sagte Tegemun.

»Herr Vorsitzender«, ermahnte ihn Tribandum.

»Ich will es nur verstehen«, erwiderte Tegemun und schaute weiter zu Bob.

Bob hatte sich inzwischen gefangen. Er sprach mit festerer Stimme. »Wir Menschen sind zu allem fähig, um unsere Kinder zu schützen. Das ist unsere Natur.«

»Ihr tötet, um eure Kinder zu schützen?«, fragte Tegemun.

»Wenn es sein muss, sind wir dazu fähig«, sagte Bob, während der seinen Blick senkte. »Ich hätte aber nie gedacht, dass ich das jemals tun muss.«

»Was genau ist im Maschinenraum vorgefallen?«, fragte Tegemun weiter.

Bob zeigte auf Tribandum. »Er hat mir gesagt, dass ihr alle Menschen umbringen werdet, weil ihr sie für gefährliches Ungeziefer haltet.«

Tribandum wendete seinen Blick ab. Er verzog sein Gesicht.

»Ich war verzweifelt. Ich konnte nicht verstehen, dass ihr auch meine Kinder töten werdet. Und ich verstehe es auch jetzt nicht. Sie sind doch noch ganz klein. Sie haben doch niemandem etwas getan.«

Der Rat schwieg.

»Warum sagt ihr denn nichts?«, fragte Bob.

»Bitte Bob, fahre fort. Was ist dann geschehen?«, fragte Tegemun.

»TikTik hat mir eure Reisemaschine gezeigt und gesagt, dass er mich damit zu meiner Familie schicken kann. Ich habe ihn angefleht, mich zurückzuschicken, damit sie nicht allein ist, wenn ihr kommt, um sie zu töten. Ich wollte sie beschützen. Aber er wollte es nicht. Und dann …«

»Was dann?«, fragte Tegemun.

Plötzlich brüllte Bob. Alle Anwesenden schraken auf. Es ging ein Ruck durch die Runde. Die Sicherheitsaliens packten Bob, verdrehten seine Arme am Rücken und machten ihn bewegungsunfähig. Bobs Halsadern traten hervor und er brüllte die Kommission an. Mit all seiner Wut und all seinem Hass. »Was dann? Ich habe seinen Kopf genommen und ihn gegen diese verdammte Reisemaschine geschlagen! Ich habe aus tiefster Verzweiflung ein Alien getötet, dem es scheißegal war, dass meine Kinder ermordet werden. Ihr tötet Milliarden von Menschen, weil ihr euch für etwas Besseres haltet. Dabei seid ihr nichts anderes als gefühllose, im Labor gezüchtete Monster!«

»Das reicht, bringen Sie ihn weg«, befahl Tegemun.

»Massenmörder seid ihr! Lasst meine Kinder in Ruhe, ihr verdammten Bestien!«, schrie Bob.

In dem Moment erfasste ihn der Transporter. Er wurde zurück ins Kraftfeld teleportiert. Einer der Sicherheitsaliens fixierte ihn zusätzlich im Kraftfeld mit einem Körperkraftfeld, einer Art unsichtbarer Zwangsjacke. Bob konnte sich nicht mehr bewegen und auch keinen Laut mehr von sich geben. Die Sicherheitsoffiziere verließen den Raum. Die mobile Arrestzelle schwebte dabei vor den Sicherheitsleuten her. Tribandum und die Kommission schauten Bob hinterher.

»Die Kommission zieht sich zur Beratung zurück. Die Entscheidung wird im Anschluss bekannt gegeben«, erklärte Tegemun.

Tribandum blieb sitzen und starrte vor sich hin. Er musste an Bob letzte Worte denken. *Gefühllose Monster, Massenmörder, Bestien.* Die Gedanken ließen ihn nicht mehr los. Nach einer Weile trat die Kommission wieder zusammen. Tegemun verkündete die Entscheidung: »Die Ethikkommission folgt dem Antrag des Wissenschaftsoffiziers Tribandum. Es ist ethisch nicht vertretbar, bei der Extrahierung einer Art ausschließlich das kollektive Verhalten der Spezies als Ganzes zu bewerten. Daran ändert auch der Vorfall im Maschinenraum nichts. Denn die Untersuchungen des Wissenschaftsoffiziers Tribandum haben unwiderlegt bewiesen, dass das Verhalten der Individuen einer Art wesentlich vom Verhalten der Spezies als solches abweichen können. Es gibt Grund zu der Annahme, dass dies ein universelles Phänomen ist und nicht nur auf die Spezies Homo sapiens beschränkt werden kann. Solange nicht zweifelsfrei nachgewiesen werden kann, dass …«

Tribandum hörte nicht länger zu. Er hatte es tatsächlich geschafft, die bestehenden Richtlinien für eine Extrahierung zu verschärfen. Das könnte in Zukunft Milliarden von Lebewesen das Leben retten. Dann war doch nicht alles umsonst gewesen! Er hörte sein eigenes Herz vor Aufregung klopfen. Im nächsten Moment dämpfte jedoch ein plötzlicher Gedanke seine Freude, zugleich keimte aber wieder eine kleine Hoffnung in ihm auf.

Wird diese Entscheidung auch die Menschen retten?

***

23

Captain Kaan hatte soeben die Entscheidung der Ethikkommission durchgelesen. Er lehnte sich in seinem Sitz zurück. *Dieser sture alte Mann hat's tatsächlich geschafft.* Eine audiovisuelle Nachricht kam unerwartet herein. Der Captain erkannte Direktor Xorvus. *Was will der denn schon wieder?*

»Guten Tag, Captain.«

Der Captain nickte. »Direktor Xorvus.«

»Ich habe neue Befehle für Sie. Auf DC-001 wird Ihnen ein neuer Chefingenieur zugeteilt. Seine Personalakte erhalten Sie im Anschluss an diese Übermittlung zusammen mit Ihren Befehlen.«

»Ich höre«, sagte der Captain.

»Sie werden sich nach Ihrem dreitägigen Aufenthalt auf DC-001 unverzüglich nach Terazed 8 begeben. Das Extraktionsmutterschiff Situla erreicht den Erdorbit in zwei Tagen. Die Extrahierung des Homo sapiens wird in wenigen Tagen nach Ankunft des Mutterschiffs abgeschlossen sein. Sie erhalten von der Situla die Muster der verwertbaren Biomasse von rund acht Milliarden Menschen. Anschließend koordinieren Sie die Rematerialisierung der Muster und die Verteilung der daraus gewonnenen Nahrung an die Siedler.«

»Was ist mit der Untersuchung gegen mich?«, fragte Captain Kaan.

»Es wird keine geben. Uns liegt nun auch die Entscheidung der Ethikkommission vor. Justiziar Fatu ist der Ansicht, dass Sie sich als kommandierender Offizier auf die Einschätzung Ihres Wissenschaftsoffiziers bezüglich des Menschen verlassen durften.

Er ist zu dem Schluss gekommen, dass von Ihnen nicht erwartet werden konnte, selbst eine wissenschaftliche Einschätzung vorzunehmen.«

»Was ist der wahre Grund, Direktor?«

»Hören Sie, Captain. Wir brauchen Sie und Ihr Schiff dringend auf Terazed 8. Stellen Sie keine Fragen und bestätigen Sie Ihre Befehle!«

»Warum werden die Menschen extrahiert? Entgegen der heutigen Entscheidung der Ethikkommission. Entgegen der anderslautenden Empfehlung meines Wissenschaftsrates?«

»Nun, Captain. Die Kooperation ist der Meinung, dass die Einschätzung Ihres Wissenschaftsoffiziers Tribandum nicht zuverlässig sei. Sie erkennt ihm in diesem Fall die Expertise ab, ein verlässliches Urteil abzugeben. Schließlich lag er bei der Beurteilung des Menschen Bob falsch, mit tödlichen Folgen. Das Risiko einer weiteren möglichen Fehleinschätzung bei der Beurteilung der ganzen Spezies ist nicht akzeptabel, da dies weitaus gravierendere Folgen nach sich ziehen würde.«

»Aber ich durfte mich auf Tribandums Einschätzung verlassen?«

»Ja. Und Sie sollten froh darüber sein. Das rettet Ihre Laufbahn.«

»Ach hören Sie doch auf! Die Menschen werden als Futter gebraucht, darum geht es doch in Wirklichkeit!«

»Captain, die Entscheidung des Ethikrates kann auf diesen Fall nicht angewendet werden. Bob hat durch sein Verhalten bewiesen, dass er sich in der konsequenten Missachtung des Lebens anderer in nichts von dem Verhalten seiner Spezies als Kollektiv unterscheidet.«

»Blödsinn! Bob vielleicht nicht, aber Milliarden andere Menschen tun es. Geben Sie doch wenigstens zu, dass es in Wirklichkeit um rein wirtschaftliche Interessen und um Tribandums biologischen Ursprung-«

»Captain! Das reicht jetzt! Bestätigen Sie Ihre Order oder ich lasse Sie ablösen!«

Der Captain presste seine Lippen zusammen.

»Ihre Entscheidung. Also, Captain?«, fragte Xorvus.

»Bestätigt«, zischte der Captain mit fast geschlossenem Mund.

Xorvus nickte. »Direktor Xorvus, Ende.«

Die Projektion wurde beendet, die neuen Befehle übermittelt.

Captain Kaan überlegte kurz. *Verdammter Heuchler.* Dann startete er den Kommunikator. Schon erschien eine neue Projektion auf seinem Tisch.

»Captain?«, fragte das Hologramm. Es war Tribandum.

»Treffen Sie mich in fünf Minuten in Za'Uls Bar. Captain Kaan, Ende.« Er stand auf, ging zur Tür und verließ den Raum.

Tribandum war gerade erst in sein Quartier zurückgekehrt. Nun machte er sich wieder auf den Weg. Der Captain war inzwischen in der Bar angekommen und wurde von Za'Ul begrüßt.

»Hallo, Captain. Schön Sie zu sehen.«

Der Captain ignorierte den Barmann. Er ging direkt zu einem Sitz vor dem großen Panoramafenster. Dort setzte er sich hin und starrte auf Tribandum wartend hinaus. Kurz darauf betrat dieser ebenfalls den Raum. Tribandum blieb stehen und begrüßte Za'Ul. Dann sah er sich suchend um.

»Hallo, Tribandum«, sagte Za'Ul freundlich wie immer. »Falls Sie den Captain suchen, er sitzt gleich da vorn.« Er zeigte in Richtung des Panoramafensters.

Tribandum erblickte den Captain. »Danke, Za'Ul.«

»Nichts zu danken, aber ich warne Sie lieber vor. Der Captain hat schlechte Laune«, sagte Za'Ul.

Tribandum nickte dem Gusgollianer zu, ging dann ohne zu zögern zu seinem Captain. Er blieb vor ihm stehen. »Guten Tag, Captain. Was gibt es so Dringendes?«

»Setzen Sie sich.«

Tribandum setzte sich hin. Beide starrten aus dem Panoramafenster.

»Die Menschen werden extrahiert. Nahrung für Terazed 8«, sagte der Captain. »Das Cargol-Cluster lässt grüßen.«

»Wann?«, fragte Tribandum.

»Die Situra ist bereits auf dem Weg zur Erde.«

»Sie schicken ein Mutterschiff?«, fragte Tribandum überrascht.

»Es kann wohl nicht schnell genug gehen.«

Tribandum schwieg.

»Wollen Sie denn nicht wissen, warum die Kooperation so entschieden hat? Trotz der Entscheidung der Ethikkommission. Trotz der Empfehlung Ihres Rates?«, fragte der Captain.

»Nicht nötig, Captain. Ich kann es mir denken. Es ist meinetwegen«, erwiderte Tribandum.

»Weil Ihr verdammter Menschenfreund ein mieser Mörder ist!«, rief der Captain wütend aus.

»Captain. Bitte.«

Captain Kaan nickte. »Entschuldigung.«

Sie schwiegen eine Weile. Tribandum drehte seinen Kopf zu seinem Captain, schaute ihm direkt in die Augen. »Captain. Ich bitte Sie um einen letzten Gefallen.«

Der Captain schwieg zunächst. Dann, nach einer Weile:

»Was kann ich für Sie tun?«

»Ich werde Bob zu seiner Familie zurückschicken. Und Sie werden mir dabei helfen.«

»Warum sollte ich das tun?«

»Weil Sie nicht erlauben werden, dass jemand auf Ihrem Schiff exekutiert wird.«

Captain Kaan drehte sich zu Tribandum. »Was sagen Sie da?«

»Sie wissen genau, was ich meine.«

»Nein! Sie sturer alter Mann, ich weiß nicht, was Sie meinen!«

»Sie wissen es sehr wohl, Captain. Machen Sie sich nichts vor«, sagte Tribandum.

Der Captain sagte nichts, schaute Tribandum nachdenklich an. Selbstverständlich wusste er es. Tribandum merkte, dass der Captain überzeugt werden wollte. »Sie gaben ihm seine Rechte auf diesem Schiff. Ja, er hat ein Verbrechen begangen. Aber als er es begangen hat, hatte er einen vorläufigen Asylstatus. Mit allen

Rechten und Pflichten. Das beinhaltet auch das Recht auf einen fairen Prozess. Eines der unerschütterlichen Grundprinzipien unseres Rechtssystems. Stattdessen wird er jetzt entrechtet und ohne ein Gerichtsverfahren zum Tode verurteilt.«

»Hören Sie, Tribandum, das ist doch Unfug. Bob hat den Status eines Versuchsexemplares und soll eingeschläfert werden«, erklärte der Captain nachdrücklich.

»Reden Sie sich nichts ein, Captain. Sie wissen genau, dass der Asylstatus nicht einfach so wieder aberkannt werden kann. Zumindest nicht ohne Anhörung und ohne ein entsprechendes Verfahren. Die Kooperation ignoriert bei der Extrahierung der Menschen ihre eigenen Gesetze, weil sie unbequem geworden sind. Bei dem Todesurteil gegen Bob geht es nur um Rache. Wollen Sie tatenlos zusehen? Oder helfen Sie mir, wenigstens dieses Unrecht zu verhindern?«

»Was wollen Sie denn damit erreichen? Sagen wir mal, ich helfe Ihnen und wir schicken ihn zur Erde zurück. In ein paar Tagen ist er sowieso tot. Also wozu das Ganze?«

»Er stirbt als freier Mann. Zusammen mit denen, die er liebt. Er wird nicht aufgrund eines rechtswidrigen Todesurteils wegen der Rachegelüste gewissenloser Beamter barbarisch hingerichtet.«

Der Captain schaute Tribandum mit skeptischen Blicken an, ohne zu antworten. Tribandum gab nicht nach: »Sie können sich was vormachen, wenn Sie wollen, aber nichts anderes wäre Bobs Einschläferung. Ich werde mich sicher nicht als Werkzeug dieser Mörder in ihren Amtstrachten instrumentalisieren lassen und Bob töten«, sagte Tribandum.

»Bob hat selbst getötet«, erwiderte der Captain zögerlich.

Tribandum erkannte, dass es der letzte Versuch eines Mannes war, sich vor einer unangenehmen Entscheidung zu drücken.

»Ja genau, Captain. Und dafür wollen Sie jetzt Rache. Ist das wirklich Ihr Ernst?«

Der Captain zögerte noch. Schließlich schüttelte er den Kopf »Nein. In der Tat nicht.«

»Dann helfen Sie mir.«

Captain Kaan überlegte. »Ich habe derzeit keinen Chefingenieur. Es kann schon mal vorkommen, dass ein Teleporter in einem der Maschinenräume für ein kurzes Zeitfenster unbeaufsichtigt ist.«

»Das würde reichen.«

»Aber wir müssten unter Lichtgeschwindigkeit fallen.«

»Der Weltraum ist voller unvorhersehbarer Gefahren, Captain. Ein bisher unentdecktes Phänomen könnte unseren Kurs kreuzen. Es mag harmlos sein, uns aber aufgrund der Sicherheitsvorschriften zwingen, kurzzeitig die Geschwindigkeit zu drosseln.«

Der Captain war einverstanden. »Seien Sie in genau einer halben Stunde bei Bob. Ich werde alles arrangieren und ihn direkt aus seiner Arrestzelle zu seiner Familie schicken«, sagte er.

»Und der Sicherheitsoffizier?«, fragte Tribandum.

»Er wird nicht da sein.«

»Danke, Captain. Ich habe nicht an Ihnen gezweifelt.«

»Ich danke Ihnen, mein Freund. Sie haben mir die Augen geöffnet. Auf meinem Schiff wird niemand hingerichtet.«

Tribandum stand auf. Der Captain tat es ihm gleich.

»Wenn es vorbei ist, kommen Sie direkt in meinen Bereitschaftsraum. Ich habe eine unerfreuliche Pflicht zu erfüllen.«

Tribandum verstand. »Selbstverständlich, Captain.«

Captain Kaan nickte. »Na los, gehen Sie schon.«

Tribandum drehte sich um und verließ die Bar. Der Captain folgte ihm kurz darauf. Er ging an Za'Ul vorbei und sagte: »Entschuldigung für vorhin.«

»Ich nehme Ihre Entschuldigung hoch erfreut an, Captain.«

Der Captain schüttelte für einen kurzen Moment ungläubig den Kopf. »Müssen Sie immer so unerträglich freundlich sein?«

»Ich fürchte ja, Captain«, antwortete der Barmann mit einem höflichen Lächeln. »Ich bin, was ich bin, ein Gusgollianer. Wir sind immer freundlich, Sir.« Er verneigte sich leicht.

Wir sind, was wir sind. Wenn der Mensch verdammt sein soll, dann für das, was er ist. Ein aggressiver, brutaler Primat, aber keine Laborratte, dachte der Captain. Tribandum machte sich auf den Weg zu Bob. Es war an der Zeit. Die halbe Stunde war nahezu um. Er hoffte, dass es Captain Kaan gelungen war, alles wie geplant vorzubereiten. Er hatte die Arrestzelle fast erreicht, als er aus einiger Entfernung sah, wie der Sicherheitsoffizier aus dem Gewahrsamsraum heraustrat, in dem sich Bobs Zelle befand. Er ging wortlos und ohne ihn anzusehen an Tribandum vorbei. *Gutes Timing Captain,* dachte Tribandum. Er betrat den Gewahrsamsraum und ging direkt auf Bobs Zelle zu. Dort angekommen, schaltete er ohne zu zögern das Kraftfeld ab und betrat die Zelle. Bob saß zusammengekauert auf der Pritsche. Er hob seinen Kopf, sah Tribandum an.

»Steh auf, Bob«, sagte Tribandum.

»Bist du gekommen, um mich umzubringen?«

»Nein. Der Captain und ich schicken dich mit dem Teleporter zu deiner Familie. Steh jetzt auf. Es ist gleich soweit.«

Bob stand auf. Er schaute zu Tribandum hinauf. »Zu meiner Familie?«

»Ja, du wirst in wenigen Augenblicken bei deiner Frau und deinen Kindern sein.«

»Warum tust du das?«, fragte Bob.

»Bob, hör zu. Ich habe leider schlechte Nachrichten. Die Menschen werden extrahiert. Es gibt keine Bewährung für euch«, sagte Tribandum.

Bob senkte seinen Kopf. »Ich verstehe. Wie lange haben wir noch?«

»Nicht lange, maximal eine Woche. Aber du wirst bei deiner Familie sein, wenn es so weit ist.«

»Wieso gibt es keine Chance für uns?«

»Weil wir es vermasselt haben, Bob. Du und ich.«

Bob nickte. »Wie können sie den Menschen noch trauen, nachdem, was ich angerichtet habe? Ich habe meine ganze Spezies auf dem Gewissen.«

»Bob, ich bin genauso verantwortlich. Hätte ich dir doch bloß rechtzeitig gesagt, dass es eine Chance auf eine Bewährung gibt.«

Bob schüttelte den Kopf. »Nein, mein Freund. Das hätte nichts geändert. Ich hätte auch dann genauso gehandelt«, sagte er. »Deine Kollegen hatten recht. Wir Menschen sind gefährlich. Ich hasse mich selbst für das, was ich bin. Aber ich habe es mir nicht ausgesucht.«

Tribandum schwieg.

»Wird es wehtun?«, fragte Bob.

»Nein«, sagte Tribandum. »Ihr werdet es nicht einmal merken.«

»Was genau habt ihr eigentlich mit uns vor?«

Tribandum zögerte. Er sagte nichts.

»Tim!«, rief Bob. »Bitte.«

Tribandum holte tief Luft, dann sagte er schließlich: »DNA-Scanner des Extrahierungsschiffes identifizieren menschliche DNA. Die Teleporter erfassen daraufhin sekundenschnell das atomare Muster jedes einzelnen Menschen auf der Erde und zerlegen ihn in seine einzelnen Moleküle. Die Moleküle der Proteine und die des Depot- und Organfetts eurer Körper werden als verwertbare Biomasse rematerialisiert. Nahrung für eine höher entwickelte Spezies. Die restlichen Moleküle werden im Weltraum verstreut und entsorgt. Absolut schmerzlos für euch.« Er machte eine kurze Pause und fuhr dann fort: »Es gibt keine Chance, den Scannern oder den Teleportern zu entkommen. Das ist euer sicheres Ende, Bob.«

Bob atmete tief durch. Er senkte seinen Blick, schüttelte ungläubig den Kopf. »Alien-Futter«, sagte er leise vor sich hin.

In dem Moment reduzierte das Schiff merklich seine Geschwindigkeit.

»Bob, es ist soweit.«

Bob schaute wieder zu Tribandum hinauf. Dieser streckte ihm seine Hand entgegen. Bob ergriff die Hand des Aliens.

»Lebe wohl, Bob«, sagte Tribandum.

Bob nickte. »Leb' wohl, mein Freund.« Er lächelte Tribandum ein letztes Mal zu. »Ich werde dich vermissen, Tim-Bandwurm.«

Im nächsten Augenblick erfasste der Transporter das Muster

des Menschen. Bob verschwand vor Tribandums Augen. Das alte Alien stand jetzt allein in der Arrestzelle. Es zog seine nunmehr leere Hand wieder zurück. »Gute Reise, Erdenmann.«

Tribandum verließ den Raum wieder. Er machte sich auf den Weg in Captain Kaans Bereitschaftsraum.

***

24

Zwei Tage später dockte die Sirius auf Sternenbasis DC-001 an. Die Besatzung verließ das Raumschiff, um sich ein paar Tage auf der Station zu entspannen. Wartungsmannschaften kamen an Bord und die Besatzung freute sich über ein paar dienstfreie Tage. Für Tribandum spielte das alles keine Rolle mehr. Er war vom Dienst suspendiert, von all seinen Pflichten entbunden. Er hatte in Zukunft also mehr als genug Zeit zum Entspannen. Sein Standardquartier hatte er bereits geräumt. Er saß mit seinen wenigen Habseligkeiten in seinem vorübergehenden Quartier auf der Sternenbasis. Er schaute aus dem Bullauge in den Weltraum. In wenigen Minuten hatte Tribandum einen Termin mit Direktor Xorvus und dessen Stab. Diese Staatsdiener waren die letzten, die er jetzt sehen wollte. Aber es musste nun mal sein. Vorschriften. Er stand auf und machte sich widerwillig auf den Weg. Der Raum des Direktors befand sich in einer Kuppel auf dem obersten Deck der ringförmigen Raumstation.

Nach 4000 Jahren Forschung gehst du da als Wissenschaftler rein und kommst als ein niemand wieder raus. Verstoßen, weil du Gerechtigkeit in einer ungerechten Welt erwartet hast.

Er ging durch die Tür. Xorvus, sein Vize Aldron und der Justiziar Fatu erwarteten ihn bereits.

»Guten Tag, Tribandum«, begrüßte ihn Xorvus. »Wie geht es Ihnen?«

»Was glauben Sie denn, wie es mir geht?«, antwortete Tribandum.

»Setzen Sie sich doch«, sagte der Direktor. Er deutete auf den freien Stuhl. Tribandum setzte sich hin.

»Das sind Vize-Direktor Aldron und Justizoffizier Fatu. Wir repräsentieren und vertreten die Kooperation hier draußen.«

»Dann repräsentieren Sie mal, Direktor«, sagte Tribandum spöttisch.

Xorvus wirkte überrascht, zögerte kurz. »Also, Tribandum. Bringen wir zunächst das Unerfreuliche hinter uns«, sagte Xorvus und blickte zu Fatu.

Der Justizoffizier ergriff das Wort. »Tribandum, Sie haben gegen die obersten Prinzipien des Erstkontaktes mit einer fremden Rasse verstoßen. Sie missachteten das Protokoll für einen Erstkontakt nach den Vorschriften 3, 4, 26, 27 und 28 der Übereinkunft von Calvas 7 sowie den Regelungen in Abschnitt 3, Unterabschnitt 56 des Zusatzabkommens von Trigonis. Sie haben die Richtlinien des Wissenschaftsrates grob missachtet, indem Sie den Menschen aufgeweckt haben und verstießen damit gegen die Bestimmungen 16 und 17 des allgemeinen Teils des Richtliniencodexes des Rates. Dieses Verhalten hatte den Tod eines Besatzungsmitgliedes zur Folge. Wir haben noch mehrere weitere, zum Teil gravierende, Pflichtverstöße festgestellt im Rahmen Ihrer Forschungsarbeit zu Kolonie Blau03. Unter anderem den Verstoß gegen-«

»Hören Sie!«, unterbrach ihn Tribandum. »Sie wollen mir meine Zulassung entziehen. Tun Sie es endlich und verschonen Sie mich mit Ihren Vorschriften und Ihrem Beamtengeschwätz!«, rief er.

Fatu zog die Augenbrauen zusammen. Er schaute zu Xorvus, der zustimmend nickte. »Hiermit entziehe ich Ihnen mit sofortiger Wirkung Ihre Zulassung als Wissenschaftler der Kooperation. Sind Ihnen die Konsequenzen dieser Amtshandlung bekannt?«

»Ja, das sind sie.«

Fatu überreichte Tribandum einen Datenträger. »Hier ist die ausführliche Begründung dieser Entscheidung zu Ihrer Kenntnisnahme. Wenn Sie es nicht hören wollen, lesen Sie es sich wenigstens durch«, sagte er.

»Nicht nötig. Es interessiert mich nicht mehr.«

Fatu warf Tribandum einen skeptischen Blick zu. »Die Entscheidung ist unanfechtbar und es gibt auch keine anderen Rechtsmittel dagegen.«

Tribandum nahm den Datenträger entgegen. »War doch nicht so schwer, oder? War's das? Kann ich jetzt gehen?«

»Nun warten Sie doch«, sagte Xorvus. »Die Kooperation möchte Sie nicht verlieren. Ich habe Ihnen ein Angebot zu machen.«

Tribandum zog die Augenbrauen zusammen. »Ein Angebot? Was könnten Sie mir schon anbieten?«

»Wollen Sie es sich nicht wenigstes anhören?«, fragte Xorvus.

»Ich bin ganz Ohr«, erwiderte Tribandum.

»Die Kooperation möchte, dass Sie die Wiederherstellung des Planeten Erde leiten. Bevor die Kolonie Blau03 errichtet werden kann, müssen die katastrophalen Zustände, die der Homo sapiens auf der Erdoberfläche sowie in der Biosphäre der Erde verursacht hat, wieder rückgängig gemacht werden. Ist das denn nicht interessant für Sie?«

»Fahren Sie fort«, sagte Tribandum.

»Wie aus Ihrem Bericht hervorgeht, ist die Erde kurz vor dem globalen Kollaps. Der Großteil der Meere ist verschmutzt, ebenso die Landmassen sowie die Atmosphäre. Der Mensch hat ganze Arbeit geleistet. Dazu sind weite Teile der Natur zubetoniert, die Regenwälder abgeholzt und brandgerodet. Unzählige Nuklearsprengköpfe, andere Waffensysteme und Kernkraftwerke mit radioaktivem Material sind weltweit verteilt. Hinzu kommen Industrieanlagen und weitere stark umweltbelastende Infrastruktur. Milliarden von Tieren leben gefangen in Anlagen für Massentierhaltung.«

Tribandum hörte aufmerksam zu, sagte aber nichts.

»Die Extrahierung der Menschen wurde heute Morgen abgeschlossen. Wir haben die evolutionäre Fehlentwicklung auf der Erde, die der Homo sapiens darstellte, wieder korrigiert. Die größte Bedrohung für den Planeten ist damit beseitigt«, fuhr Xorvus fort. »Allerdings ist jetzt auch niemand mehr da, der die Anlagen und Waffensysteme überwacht und in Betrieb hält. Als erstes werden die armen Tiere in den Mastanlagen verenden. Mit der Zeit werden die unkontrollierten Atommeiler, die Kernkraftwerke sowie die restliche Infrastruktur kollabieren und zu einer Gefahr werden. Damit das nicht passiert, müssen diese Gefahrenquellen neutralisiert werden.«

Tribandum sagte immer noch nichts. Er zeigte auch keinerlei Regung. Xorvus schaute etwas irritiert nach rechts und links zu seinen Kollegen. Dann wieder zu Tribandum. »Die Kooperation möchte, dass Sie die Wiederherstellung des natürlichen Gleichgewichts und die Gesundung der Erde in der Post-Homo-Sapiens-Ära überwachen und leiten. Niemand kennt die Erde so gut wie Sie. Kein anderer versteht die Zusammenhänge der Lebenskreisläufe auf dem Planeten so umfassend wie Sie. Mit Ihrer Hilfe kann Kolonie Blau03 in deutlich kürzerer Zeit aufgebaut werden.«

Tribandum schwieg weiterhin.

»Sie würden als Gouverneur mit weitreichenden Vollmachten eingesetzt werden. Dafür brauchen Sie keine Zulassung als Wissenschaftler, könnten aber dennoch Ihre Expertise einbringen.«

Keine Reaktion von Tribandum. Xorvus wurde langsam ungeduldig.

»Nun sagen Sie schon etwas.«

Tribandum nickte. »Also schön. Aber was ich Ihnen sagen werde, wird Ihnen nicht gefallen.«

»Wollen Sie etwa ablehnen? Das ist die Möglichkeit für Sie, weiterhin eine verantwortungsvolle Aufgabe in der Kooperation zu übernehmen. Für einen biologisch Gezeugten ist das eine große Chance«, sagte Xorvus.

»Ich werde nie wieder für die Kooperation arbeiten«, sagte Tribandum. »Ihre Kooperation ist zu einem Haufen von Massenmördern verkommen. Ein Zusammenschluss von skrupellosen Beamten und Bürokraten, die nicht mal mehr vor Völkermord zurückschrecken, um rein wirtschaftliche Interessen durchzusetzen. Ein rassistischer Mob, der sich für etwas Besseres hält. Sich das Recht herausnimmt, ganze Spezies zu vernichten, weil er sie für minderwertig und nicht lebenswert erachtet. Sie alle hier sind Handlanger und Mittäter dieser Verbrecherbande. Sie und Ihre Kooperation widern mich an. Und ich schäme mich zutiefst dafür, ein Teil davon gewesen zu sein.«

Xorvus und seine Kollegen schauten Tribandum mit großen Augen und offenen Mündern an.

»Welch Ironie. Ich habe mehr als 4000 Jahre und Milliarden von Toten durch Ihre sogenannten Extrahierungen gebraucht, die in Wirklichkeit nichts anderes als Genozide sind, um das zu verstehen. Der Mensch, den Sie als primitiv ansehen und den Sie aufgrund Ihrer verachtenswerten Rachegelüste zum Tode verurteilt haben, hat es aber bereits nach einigen Tagen erkannt. Sie sind eine Bande von Heuchlern und keinen Deut besser als die Menschheit, die Sie ausgelöscht haben«, sagte Tribandum.

Er stand auf, warf den drei völlig verdutzten Aliens verächtliche Blicke zu, drehte sich schließlich um und verließ den Raum.

***

25

Tribandum war wieder zurückgekehrt in sein Quartier auf DC-001. Er war gerade dabei, seine Abreise vorzubereiten und packte einen kleinen Koffer. Das Signal an seiner Tür wurde aktiviert. *Wer kann das sein?*

»Herein!«

Die Tür öffnete sich. Es war Tegemun. »Darf ich reinkommen?«

Tribandum nickte. »Sicher.« Er packte weiter, ohne seinen Sohn zu beachten.

Tegemun trat hinein. Zögerlich und nervös. Er schwieg. Nach einer Weile hörte Tribandum auf zu packen und drehte sich um.

»Was kann ich für dich tun?«

Tegemun schaute sich um. »Du willst abreisen?«

»Ja. Es wird Zeit für mich.«

»Wohin geht die Reise?«

»Seit wann interessiert dich, was ich tue?«

»Entschuldige, ich wollte nicht neugierig sein.«

Tribandum schaute Tegemun kurz an. Dann drehte er sich wieder um und packte weiter. Tegemun sagte nichts. Er stand nur da. Nach einer Weile hörte Tribandum wieder auf zu packen. Er richtete sich auf und schaute nach vorn. Er überlegte kurz, drehte sich dann zu seinem Sohn. »Was willst du, Junge?«

»Darf ich mich setzen?«, fragte Tegemun.

Tribandum nickte.

Tegemun setzte sich hin. Tribandum wartete, aber sein Sohn brachte kein Wort raus. »Also, warum bist du hier?«, fragte Tribandum nach einer Weile.

Tegemun atmete einmal tief ein und aus. »Ich habe es immer gespürt. Ich wusste es«, sagte er leise. »Aber ich wollte es mir nicht eingestehen.«

Tribandum schaute seinen Sohn schweigend an.

»Ich wollte es nicht wahrhaben. Ein biologisch Gezeugter? Ich?«, fragte der sichtlich aufgelöste Tegemun sich selbst. »Das durfte einfach nicht sein. Nicht ich.«

»Lass dir von niemanden etwas einreden, Junge. Es ist nicht schlimm, natürlich gezeugt zu sein. Die Herkunft und die Abstammung spielen keine Rolle«, erklärte Tribandum. »Es sind allein unsere Taten, die zählen.«

»Das sagst du so einfach. Aber in der Realität wirst du erst mal aufgrund deiner Herkunft beurteilt. Das musst du doch am besten wissen.«

»Ja, das mag sein. Aber das macht es weder richtig noch wichtig. Sei mutig und steh zu dem, was du bist«, erwiderte Tribandum.

»Ein Mann in meiner Position kann es sich nicht erlauben, ein natürlich Gezeugter zu sein«, sagte Tegemun. »Niemand wird mich mehr ernst nehmen, wenn das herauskommt.«

Tribandum schüttelte den Kopf. »Du hast gar nichts verstanden. Du hast kürzlich eine sehr weise und mutige Entscheidung getroffen. Eine alles verändernde Entscheidung, die in Zukunft das Leben von Milliarden von Lebewesen retten wird«, sagte Tribandum. »Ein biologisch Gezeugter hat diese Entscheidung getroffen. Wie ich schon sagte, es sind allein unsere Taten, die zählen.«

Tegemun hob seinen Blick. Er schaute Tribandum ins Gesicht. Er nickte. »Ich verstehe«, sagte er. »Danke.«

Tribandum nickte. Sie schauten sich eine Zeit lang an.

»Ich muss jetzt gehen«, sagte Tegemun.

Tribandum nickte. Tegemun ging zur Tür und drehte sich noch mal um. Dann kam er zurück und umarmte seinen Vater. Tribandums Arme hingen zunächst teilnahmslos an seinem Körper runter. Doch dann, nach einigem Zögern, legte er sie um seinen

Jungen und drückte ihn fest an sich. Die Aliens lösten die Umarmung wieder.

»Gute Reise, Vater«, sagte Tegemun und verließ den Raum.

Tribandum schaute ihm hinterher. »Danke, mein Sohn. Alles Gute.«

***

26

Tribandum und Captain Kaan gingen den Gang zum Haupt-Teleporterraum der Sternenbasis DC-001 herunter. Tribandum hatte seinen kleinen Koffer dabei.

»Ich habe Sie wirklich sehr ungern suspendiert«, sagte der Captain. »Sie waren mein bester Offizier.«

»Was wollen Sie mit einem Offizier, der ständig gegen Vorschriften verstößt?«

»Wir brauchen Offiziere, die auf ihr Gewissen hören, keine rückgratlosen Mitläufer.«

»Da werden Sie in der Kooperation lange suchen müssen, Captain«, erwiderte Tribandum. »Solche Offiziere sind dort nicht gern gesehen.«

Der Captain nickte. »Sie haben das Angebot von Xorvus tatsächlich ausgeschlagen?«, fragte er. »Ich meine, Sie haben doch eine besondere Verbindung zur Erde. Sie haben sich immer für den blauen Planeten eingesetzt.«

»Es ist der schönste Planet der Galaxis«, sagte Tribandum. »Mir ging es aber in erster Linie um die Menschen. Die gibt es nicht mehr.«

Der Captain nickte. »Auf der Erde nicht, aber Ihre DNA ist nun im Weltraum zerstreut. Wer weiß, vielleicht, eines Tages, irgendwo.«

»Ja, vielleicht. Für mich ist die Kooperation jedenfalls gestorben«, sagte Tribandum.

»Ich habe gehört, Sie sind sehr deutlich geworden. Direktor Xorvus war, sagen wir mal, etwas irritiert.«

»Xorvus kann das alles nicht verstehen. Er ist nur ein Diener hinter einem Schreibtisch, der blind Befehle von jemanden mit einem noch größeren Schreibtisch befolgt«, sagte Tribandum.

Sie erreichten den Teleporterraum und traten ein.

»Sie wollen sich wirklich zur Ruhe setzen?«, fragte Captain Kaan.

»Ich kehre zurück nach Suna74. In das Haus meiner Eltern«, sagte Tribandum. »Was werden Sie tun, Captain?«

»Ich fliege mit der Sirius nach Terazed 8.«

»Terazed 8«, sagte Tribandum. »Die Menschen an die Kolonisten verfüttern.«

Der Captain drehte seinen Kopf zu Tribandum. »Ich hasse es, das tun zu müssen. Also verurteilen Sie mich nicht.«

»Es steht mir nicht zu, über Sie zu urteilen, Captain.

Sie gingen eine Weile schweigend nebeneinanderher.

»Sie wollen wirklich noch für die Kooperation arbeiten?«, fragte Tribandum.

»Ja, ich bleibe noch etwas.«

»Wieso, Captain? Sie sind ein Mann mit Prinzipien, mit Moral. Also wieso bleiben Sie?«

Sie gingen noch einige Schritte weiter und erreichten Teleporter 01. Ein Ingenieur stand an der Steuerkonsole.

»Bereit für den Transport, Sir?«, fragte er.

»Einen Moment noch«, sagte der Captain. Er drehte sich wieder zu Tribandum. »Sie haben durch die Grundsatzentscheidung des Ethikrates eine fundamentale Veränderung in unserer Kolonialisierungspraxis herbeigeführt«, sagte er. »Sie haben einen sehr hohen persönlichen Preis dafür gezahlt und haben die Menschen dennoch nicht retten können. Dafür aber möglicherweise die Fortexistenz unzähliger anderer Spezies, auf die wir noch treffen werden. Sie haben die Kooperation gezwungen, in Zukunft dem Wert des Lebens mehr Achtung zu schenken.«

»Ich hoffe, Sie haben recht, Captain.«

»Das habe ich. Sie haben etwas zum Guten verändert, Tribandum. Jetzt bin ich an der Reihe. Deswegen bleibe ich noch«, erklärte der Captain.

Tribandum nickte. »Ich wünsche Ihnen viel Glück.«

»Danke«, erwiderte der Captain. »Eine Frage habe ich auch noch.«

»Ja, Captain?«

»Es ist nur Neugier, aber was zum Teufel wollen Sie den ganzen Tag im Haus Ihrer Eltern machen?«

»Ich werde mein eigenes Obst und Gemüse anbauen.«

Der Captain musste lachen. »Ach kommen Sie. Tribandum, der Bauer? Schwer zu glauben.«

Tribandum stellte sich auf die Transportplattform des Teleporters. »Ich bin bereit«, sagte er zu dem Ingenieur.

Dann schaute er ein letztes Mal zu seinem ehemaligen Captain. »Dreck lässt sich leichter abwaschen als Blut, Captain.«

Captain Kaan nickte anerkennend. Dann gab er dem Ingenieur an der Steuereinheit ein Zeichen durch einen Blickkontakt. Der Ingenieur startete den Transport. Captain Kaan schaute Tribandum in die Augen, nickte und lächelte ihm zu.

»Leben Sie wohl, mein Freund.«

Tribandum nickte zurück. Im nächsten Augenblick wurde sein Muster erfasst und er verschwand.